L'ÉTRANGER À MA PORTE

Saskia Sarginson a grandi dans le Suffolk. Diplômée de littérature anglaise à l'université de Cambridge, également titulaire d'un diplôme de mode et design, elle a travaillé pour la presse magazine, la radio et l'édition, mais se consacre désormais totalement à l'écriture. Elle est l'auteur de *Jumelles* (Marabout, 2012 ; Le Livre de Poche, 2018), *Sans toi* (Marabout, 2014) et *L'Autre moi-même* (Marabout, 2015).

Paru au Livre de Poche :

Jumelles

SASKIA SARGINSON

L'Étranger à ma porte

TRADUIT DE L'ANGLAIS
PAR CHARLOTTE FARADAY

MARABOUT

Titre original :

THE STRANGER
Publié par Piatkus au Royaume-Uni en 2017.

© Saskia Sarginson, 2017.
ISBN : 978-2-253-25801-8 – 1re publication LGF

À Sara.

Il ne lui semble voir que barreaux par milliers
Et derrière mille barreaux, plus de monde.

Rainer MARIA RILKE, *La Panthère*

Prologue

Tu es né juste avant Noël. Malgré toute cette haine, tu es arrivé. Tu as revendiqué ton existence. Je craignais de le reconnaître en toi, mais ton visage n'était pas le sien. Tu étais un étranger, une merveille terrifiante. Nous pleurions tout le temps. Toi pour de bonnes raisons, moi sans savoir pourquoi. Je profitais de ton sommeil pour t'admirer : tes cils perlés de larmes, tes orteils recroquevillés dans la paume de ma main, le parfum de ton petit crâne sous tes cheveux noirs. Quand je posais mes lèvres contre ton cou, mon ventre se contractait, une douleur qui nous reliait me rappelait que tu faisais encore partie de moi.

Ma mère nous a rendu visite à l'hôpital. Elle s'est assise à l'autre bout de la chambre, le plus loin possible de toi. Comme si tu étais malade. Elle avait le regard fuyant, s'épongeait le front avec son écharpe. Elle m'a dit que mon père vivait très mal la situation. Qu'il serait mieux pour tout le monde que je recommence ma vie à zéro, loin de la maison. Après l'adoption, il me donnerait un chèque.

Dans un film, j'avais vu des bonnes sœurs voler les bébés de femmes qui n'avaient pas eu la décence de se marier avant de tomber enceintes. Si ma vie avait été un film, on m'aurait montrée en train de crier, de me battre pour te garder, de refuser de signer les papiers, de m'effondrer quand on t'a arraché à moi.

Ce n'est pas ce qui est arrivé. Vois-tu, mon chéri, j'avais peur : pas seulement de ton père, mais de toi. En tombant enceinte, j'avais détruit mon avenir. Du moins, c'est ce que pensait mon père. Mais je refusais de baisser les bras. Je voulais vivre ma vie. J'étais jeune. Je n'étais pas prête à élever un enfant. On m'a dit qu'on avait trouvé un couple intéressé, des futurs parents aimants et respectables. J'ai essayé de me convaincre que c'était pour le mieux, pour toi comme pour moi. Aujourd'hui, je reconnais mon erreur.

Je te demande pardon.

J'ai détourné le regard et les ai laissés t'emmener. Il a suffi d'un geste, de quelques pas, et c'était terminé. J'ai tourné la tête et je me suis terrée dans le silence. À l'intérieur, je hurlais.

J'ai prié pour que tu gardes la trace de mes lèvres sur ta joue, le son de ma voix dans ton oreille. Pour que tu saches que je t'aimais.

Mon bébé.

Tu avais mon odeur, celle de mes entrailles et de mon sang.

Je ne t'ai même pas donné de nom.

Me pardonneras-tu un jour ?

1

2015

Le phare rond de mon vélo accentue la pénombre qui m'entoure. Je m'arrête sur le bas-côté et je me penche pour l'éteindre. La route est déserte. La voix de Will résonne dans ma tête.

« Ellie ! Tu sais que ces routes sont dangereuses, la nuit ! »

Tu exagères, réponds-je dans ma tête.

« Je suis ton mari, me rappelle-t-il, à la fois résigné et patient. Je ne veux pas qu'il t'arrive malheur. »

William passe son temps à se faire du souci. L'audace et la virilité ne sont pas ses points forts. Il est du genre à grimacer de douleur en marchant pieds nus sur les galets, à respecter les limitations de vitesse et à faire demi-tour pour vérifier s'il a bien éteint la lumière de la salle de bains. Je lève les yeux au ciel, comme s'il était devant moi, et je l'imagine en train de me sourire. Au fond, j'adore ses pinaillages. Cela fait de moi la moitié la plus courageuse et la plus casse-cou de notre couple.

Il n'y a aucune raison d'avoir peur. Je n'ai pas

croisé une seule voiture depuis ma sortie du village. Le ciel est dégagé. Sans la lumière de mon phare, le monde révèle ses ombres. Les champs de fraises s'étendent à perte de vue jusqu'à la forêt. Quelques fermes se dessinent à l'horizon, sous les étoiles.

Je n'ai pas emporté mon casque avec moi. Je me sens mieux sans la sangle serrée sous le menton. J'emprunte une portion de route bordée de hautes haies de hêtres, m'engouffrant dans le tunnel végétal. Je suis seule. L'unique être humain dans la nuit. J'ai des picotements dans la nuque. Tous mes sens sont en alerte.

Après la fermeture de la Laiterie, mon salon de thé, j'ai retourné la pancarte sur la porte, dit au revoir à Kate, enfilé un tablier et passé la soirée en cuisine, à préparer des gâteaux au chocolat et des flapjacks pour demain.

J'adore me retrouver seule après le travail. En attendant que les gâteaux gonflent dans le four, je me suis servi une tasse de thé, j'ai pelé une orange et changé de station, passant de BBC Radio 4 à BBC Radio 6. Une musique latine s'est échappée des haut-parleurs. J'ai dansé – *un, deux, trois, un, deux, trois* – en goûtant un flapjack, me demandant si je ne ferais pas mieux de rajouter du sirop d'érable la prochaine fois, et quelques abricots pour l'acidité.

Mes pneus glissent sur le goudron. Le vent de mars siffle dans mes oreilles. Ma peau sent le sucre et la cannelle. Autour de moi, des créatures invisibles bruissent, chassent et rôdent. Une chouette hulule. Je me concentre sur ma respiration et les cliquetis métalliques du vélo. Je me demande si William est sorti de son bureau. J'espère qu'il a fini de travailler et qu'il m'attend au lit, avec ses lunettes au bout du nez, un livre à la main, la chatte lovée contre lui. Je me glisserai sous les draps et poserai la tête dans le creux familier de son épaule, mes pieds froids rejoignant les siens.

Je suis en train de fredonner un air de bossa-nova quand un vrombissement brise le silence. Une voiture. Je freine, pose un pied à terre et tends l'oreille. Elle arrive derrière moi. Vite. Trop vite.

Mon instinct prend le dessus. Je descends du vélo et me plaque contre la haie. Je suis minuscule, vulnérable, invisible. Le véhicule surgit des ténèbres. Ses roues dérapent, propulsant des cailloux sur le bas-côté.

Je m'enfonce dans les branchages. Les phares m'aveuglent. La voiture accélère, passe près de moi dans un souffle, puis disparaît au bout du virage. Je suis à nouveau seule dans la pénombre, tremblante, coincée au milieu des brindilles et des feuilles.

Le conducteur avait sûrement bu. Un imbécile inconscient, suicidaire. Je fronce les sourcils tandis que le ronflement du moteur se tait, remplacé par un bruit perçant, fracassant, ignoble. Les pneus crissent sur le goudron. Mon ventre se noue. Une explosion déchire la nuit, suivie d'un silence inquiétant.

— Mon Dieu !

Sans réfléchir, j'abandonne mon vélo et je pars en courant. En sortant du virage, j'aperçois la voiture. Elle est retournée sur le toit, le capot écrasé contre un arbre, tel un monstre échoué sur le dos. La lune illumine les traces de pneus sur la route, la barrière détruite, la terre fraîchement retournée, le métal froissé et le bois fendu.

Je me force à approcher, le cœur battant. Mon cerveau refuse d'enregistrer la scène qui se déroule devant moi. Je m'agenouille dans l'herbe, me frayant un chemin parmi les broussailles. Je jette un œil à travers la vitre. Une silhouette affaissée, la tête tournée du mauvais côté.

Pourtant, je le reconnais. Même brisé, même dans le noir, je reconnais mon mari.

L'odeur d'essence est étouffante. Des effluves de métal chaud, de caoutchouc brûlé. Des bruits de gouttes s'écrasant sur les tuyaux brûlants. Une partie de moi a conscience de ce qui m'entoure, sent l'herbe fraîche sous mes genoux. J'essaie d'ouvrir la portière. Impossible. Un monticule de terre s'est formé contre la tôle froissée, recouvrant la moitié de la vitre, bloquant l'ouverture. Je donne des coups de poing contre le verre.

— Will !

Un sanglot m'arrache la gorge. Je ne peux pas l'atteindre. Le capot est déformé, plié comme une feuille de papier. Le pare-brise est défoncé, l'accès bloqué par le tronc de l'arbre.

Mon portable. Je reviens sur mes pas, cours jusqu'au vélo. À genoux sur le bas-côté, je plonge la main dans mon sac jusqu'à sentir la forme de mon téléphone. Je prie pour qu'il soit chargé. Les mains tremblantes, j'appelle les urgences.

— J'ai besoin d'aide... Une ambulance... Mon mari...

Mon interlocutrice reste calme. Elle me pose des questions. Sa voix autoritaire m'aide à me concentrer et me plonge dans un monde de noms, d'adresses et d'itinéraires.

Je retourne au côté de William, ramasse une pierre par terre. Je l'écrase contre la vitre, hurlant pour qu'il m'entende.

— Les secours arrivent. Accroche-toi, William !

Un dernier coup. Le verre éclate en mille morceaux. Je plonge le bras à l'intérieur, m'écorchant la peau. J'ai mal, mais j'ai réussi. Je glisse une main sur le volant déformé et le tissu arraché du siège. Je veux sentir son souffle. Les battements de son cœur. Je passe les doigts sur son visage, sur ses lèvres. Je sens un vide là où devraient être ses dents. Un liquide collant s'échappe de sa bouche. Il est immobile.

Je me sens vide, comme dépouillée d'os et de muscles.

Je ne sais pas combien de temps je reste accroupie dans la terre froide avant que mon cri se mêle aux sirènes de l'ambulance et de la police. J'ai le sentiment d'évoluer dans un cauchemar. Les lumières bleues qui clignotent, les lampes de poche qui dansent autour de moi, éclairant des détails que je ne veux pas voir.

On me guide jusqu'aux véhicules. On m'enveloppe dans une couverture. On soigne les coupures sur mes poignets.

Ce soir, William aurait dû être à la maison. Il avait

du travail, il voulait avancer sur son livre. Il m'avait dit qu'il passerait la soirée dans son bureau. Pourquoi conduisait-il à si vive allure, en pleine nuit ? Je baisse la tête, épuisée. Il aura une explication. Mon mari est constant, prévisible.

Mon mari m'aime.

2

Je me traîne du canapé jusqu'au lit, chancelant comme une invalide. Je reste assise pendant des heures, blottie dans ma couverture. J'ai froid. Je n'arrive pas à me réchauffer. J'ai les dents qui claquent.

— Tu es sous le choc, dit Mary Sanders en m'apportant un gratin de poulet aux champignons.

Les gens sont gentils. Leur générosité me serre le cœur. Je ne peux pas leur dire la vérité. Je vois d'ici leurs visages se transformer, leurs gestes se raidir. Ils continueront à avoir pitié de moi, mais pour d'autres raisons.

Il faut que j'aille nourrir les animaux, récolter les œufs et enfermer les poules pour la nuit. C'est pour mes animaux que je me lève tous les matins. Sinon, je n'en aurais pas la force. Le salon de thé est fermé. Kate m'a proposé de le gérer seule, de demander de l'aide à sa mère, mais il est plus simple de le garder fermé pour le moment.

Depuis la visite de la police, je n'arrête pas de penser à mes derniers instants avec William, de chercher des indices qui m'auraient échappé ce matin-là. Le soleil teintait la cuisine d'une lueur dorée. J'étais éblouie devant mon petit déjeuner, assise à table, en face de lui. En silence. Il corrigeait la dissertation qu'un élève lui avait rendue en retard. Ses doigts étaient tachés d'encre rouge. Je me suis levée. Il ne m'a pas regardée dans les yeux. Je ne m'en suis pas rendu compte sur le moment, trop pressée. Désormais, je sais qu'il m'évitait.

« Je vais travailler tard ce soir, a-t-il dit. J'ai des examens à corriger. Désolé, Ellie. Je ne serai pas là pour te tenir compagnie. »

— Pas de problème. Je passerai la soirée au salon de thé.

Il a hoché la tête. Il connaissait déjà ma réponse.

Où étais-tu, William, tandis que je mélangeais les flocons d'avoine et le miel du bout des doigts, que je versais le beurre fondu dans le saladier ? Où étais-tu quand je chantais et dansais, seule dans ma cuisine ?

Je me lève et me plante devant la fenêtre du salon. La couverture glisse de mes épaules. Mon regard se pose sur les champs de fraises, au-delà du lieu de l'accident, où des milliers de fruits rouges pendent à de délicates tiges vertes, protégés par la toile blanche des polytunnels. La fraise parfaite a la forme d'un cœur. Elle est pulpeuse, sucrée et fragile. Le moindre choc marque sa chair fine, assombrit sa surface. Je me demande si les fraisiers ont senti l'impact de l'accident, endormis sur leurs doux lits de terreau.

L'enterrement est passé. Les derniers de ceux qui y ont assisté sont partis. J'ai mal au visage à force de contenir mes sanglots. Je n'ai rien mangé de la journée. Jamais je ne retrouverai l'appétit. J'ai envie de m'allonger dans le noir et de fermer les yeux. Pour toujours. Au lieu de cela, j'erre de pièce en pièce, à la recherche de quelque chose qui n'existe pas.

La sonnette retentit. Je bondis de surprise. J'ai du mal à soulever le loquet. Je m'attends presque à ce que ce soit William, de retour pour me demander pardon, me donner des explications.

C'est David Mallory. Le propriétaire des champs de fraises. Il porte une bouteille de cognac dans une main, un bouquet dans l'autre. Des roses et des lis blancs.

— Tu n'as sûrement pas envie de parler, mais je pense que tu as besoin de compagnie. Dis-moi si tu préfères être seule.

Je glisse une mèche de cheveux derrière mon oreille, espérant me donner une apparence humaine. David a assisté à l'enterrement avec son fils Adam. En arrivant, il m'a serré la main et s'est excusé de l'absence d'Henrietta, sa femme.

« Une autre migraine », a-t-il murmuré.

Il avait accompli son devoir. Il n'était pas obligé de me rendre visite chez moi, dans son beau costume, le visage plein d'empathie, ni de m'offrir ce bouquet prétentieux. Si nous étions au Moyen Âge, David Mallory serait le seigneur du village. Il prend son rôle très à cœur. Il est proche de son peuple, des braves gens comme moi. D'un côté, je lui reproche cette intrusion. De l'autre, je lui suis reconnaissante de ce moment de distraction.

Nous nous asseyons dans la cuisine. Le parfum des fleurs embaume la pièce.

— Henrietta a insisté pour que je te les offre. Elle aimait beaucoup ton mari. On l'aimait tous.

Je fixe le verre dans ma main, tripote le bandage à mon poignet.

— Comment vas-tu, Ellie ?
— Je vais bien.

Sa gentillesse me donne envie de pleurer. Mon visage se déforme. Un sanglot s'échappe de ma gorge.

— Excuse-moi. Je… Je n'arrive pas à croire qu'il est parti.

— On est tous là pour toi, Ellie. Tu n'es pas seule.

Je me mouche dans un vieux mouchoir.

— Merci. Désolée.

— Je ne peux pas imaginer ce que tu ressens. J'ai été choqué quand j'ai appris la nouvelle. Les routes sont tellement calmes par ici. Je me suis demandé s'il avait crevé, si la voiture avait eu un problème.

— Non.

David ne réagit pas. Il transpire le respect et la compréhension, me poussant à la confession.

— D'après l'autopsie, Will avait de l'alcool dans le sang. Beaucoup d'alcool.

Je pose les mains sur mes genoux crispés.

— William était ivre. Il a perdu le contrôle du véhicule. Je ne comprends pas. Il ne buvait jamais.

Un verre de vin de temps en temps, une bière après le travail. Rien de plus.

Je me prépare à ce que David soit choqué, dégoûté, mais il se contente de hocher la tête, sourcils froncés.

— C'est vrai. Il n'acceptait jamais un second verre. Est-ce qu'il s'est passé quelque chose ce jour-là ? Est-ce qu'il a voulu noyer son... chagrin dans l'alcool ?

— Non. Du moins, pas que je sache. Pourquoi prendre le volant dans un état pareil ? Il n'avait même pas attaché sa ceinture ! C'est absurde. Il attachait *toujours* sa ceinture.

Je me ronge un ongle. J'en arrache un morceau. Un éclair de douleur. Je parle trop, mais c'est un soulagement d'en discuter avec quelqu'un. Je ne m'attendais pas à ce que ce soit avec David Mallory.

— Je suis désolé, Ellie.

Je lève la tête et le regarde droit dans les yeux. Ils sont bleus, cerclés de jaune. Un regard chaleureux, engageant.

— William était la personne la plus prudente que je connaisse, dis-je en retenant mes larmes. Cette histoire n'a aucun sens.

— J'aimerais pouvoir t'aider.

J'essaie de sourire. Je bois une gorgée d'alcool. Il me brûle la gorge. David se penche vers moi.

— William était quelqu'un de bien. Je suis sûr qu'il aurait une explication, s'il était encore là.

Ma gorge se resserre. Je hoche la tête. C'est tout ce dont je suis capable. David fait tourner le verre dans sa main.

— Te souviens-tu de la première fois où vous avez dîné à la maison, peu de temps après votre arrivée ? Hettie vous a aussitôt adorés. Elle était ravie d'accueillir et de rencontrer de nouvelles personnes dans le village. Des gens cultivés, drôles et intéressants.

Il me fixe en silence.

— Vous étiez mariés depuis longtemps ?

— Vingt-deux ans.

— Presque autant qu'Hettie et moi.

J'avale ma salive.

— David... Tu sais comment sont les gens par ici. Ils adorent les ragots. Je ne veux pas qu'ils sachent que William avait bu. N'en parle à personne, d'accord ?

— Tu as ma parole.

Il s'éclaircit la voix, jette un œil à sa montre.

— Je ne vais pas tarder. Henrietta est au lit. Elle collectionne les migraines. Elles sont de plus en plus fréquentes. Je ne pense pas que ce soit dû au stress. J'insiste pour qu'elle consulte un spécialiste.

Henrietta et David sont les premiers à nous avoir invités après notre emménagement. Ce soir-là, Henrietta nous avait suppliés de ne rien apporter. Elle s'occuperait du dîner. Quand nous nous étions garés à Langshott Hall, Will et moi avions échangé un regard surpris.

« Ils habitent ici ? avais-je murmuré. On dirait un manoir du National Trust. »

William avait sifflé en admirant les murs en pierres apparentes et les fenêtres étincelantes.

Dans notre village, la communauté est plutôt fermée, frileuse à l'égard des nouveaux arrivants. L'accueil d'Henrietta et David nous avait rassurés. Après cette première rencontre, nous avions été invités à chacune de leurs fêtes. Nous ne venions pas du même monde – ils aimaient les matchs de polo, partaient en vacances à Venise et au ski à Saint-Moritz –, mais nous avions des points communs, aussi improbables fussent-ils. Henrietta était passionnée d'histoire locale. William, lui-même historien, l'avait aidée à rédiger une brochure touristique pour le village. Ils avaient visité l'église ensemble, passé des heures à étudier des vieux cadastres. Henrietta avait illustré la brochure avec ses propres photographies. Victime de mes préjugés, j'avais été surprise par sa passion et son talent. William m'avait confirmé qu'elle était douée.

Il est bien trop facile de juger les autres. Avec Will, nous voyions David comme un bourgeois coincé, charmant mais déconnecté de la réalité. Gentil mais distant.

— Il faut que j'y aille, dit-il en posant son verre. Si tu as besoin de quoi que ce soit, tu sais où me trouver.

Il attrape sa veste sur le dossier de la chaise. Nous nous levons en même temps. Je trébuche en lui tendant la main. Il me serre dans ses bras. Déconcertée, je pose mon menton contre son torse. Il sent la lessive et l'eau de Cologne. Il est plus grand, plus mince que William. Son corps m'est étranger, mais il est chaud et vivant. La solitude qui m'attend se déverse sur moi telle une vague glacée. Il s'écarte, se dirige vers la porte. Une fois seule, je perds l'équilibre, manquant de m'effondrer.

Le lendemain matin, le soleil illumine les tapis poussiéreux, les tasses vides empilées dans l'évier et la montagne de courrier sur le guéridon. Il est temps de mettre fin à cette léthargie et d'affronter la réalité. Le salon de thé est fermé depuis trop longtemps. C'est difficile, mais je dois continuer à vivre.

Je décide de commencer par le courrier. Chargée de caféine, je pose le tas d'enveloppes sur la table de la cuisine. Factures, cartes de condoléances. Je garde le relevé bancaire pour la fin. C'était William qui s'occupait de nos finances, même si j'étais meilleure que lui en maths. J'étais trop occupée par la gestion de la Laiterie.

L'état de nos comptes est plus inquiétant que je ne le pensais. Il doit y avoir une erreur quelque part. Je fronce les sourcils en suivant les nombres du bout du doigt. Dépenses et recettes. Tout m'a l'air normal, sauf le solde de départ, qui me paraît trop faible. Je monte dans le bureau de William et je m'empare des relevés de banque rangés sous la table. La réponse se trouve dans le document le plus récent. Un retrait de cinq mille livres, le mois dernier. En liquide.

Je m'assois sur son fauteuil en me frottant le front. Je ne comprends pas. J'appelle notre banque. On m'informe qu'il ne s'agit pas d'une erreur. L'argent a été retiré par William, au guichet.

Je raccroche et fixe le téléphone, comme si le combiné allait prendre vie et répondre à mes questions. J'allume l'ordinateur, j'entre son mot de passe. Le même depuis des années. Je fouille dans sa boîte mail.

Elle est remplie de messages ordinaires et de l'université. Pourquoi avait-il besoin de cet argent ? Et pourquoi en liquide ?

Son portefeuille est posé sur la commode, dans notre chambre. Le cuir est usé et taché. Il l'avait dans sa poche le soir de sa mort. Je l'ouvre, m'attendant presque à ce que des liasses de billets s'en échappent. Je ne trouve qu'un vieux billet de dix livres. Je vide le portefeuille, j'inspecte ses cartes bancaires, sa carte de bibliothèque, chaque pièce de monnaie et les vieux tickets de caisse froissés. Il ne s'agit que de petits achats : livres, tickets de cinéma, essence.

Aucun nouveau gadget n'est apparu dans la maison. Aucun billet d'avion n'est arrivé. Je pose les mains sur mon ventre noué, tentant d'étouffer la colère qui monte en moi.

À quoi jouais-tu, William ? Qu'est-ce qui t'est passé par la tête ?

Je mets son portable en charge. On me l'a rendu taché de son sang. Je me demande si j'y trouverai une explication. Je scrute ses appels et messages les plus récents. Rien d'anormal. Les textos qu'il a envoyés ne sont adressés qu'à moi. « J'arrive, W. » « Qu'est-ce qu'on mange ce soir ? Je meurs de faim. » Ses abréviations familières me brisent le cœur.

Frustrée, j'abandonne le portable et j'ouvre chaque tiroir, retournant ses vêtements, épiant les moindres recoins. Des chaussettes roulées. Une pelote de corde. Une bille. J'ouvre l'armoire. Le parfum chaleureux de mon mari embaume la pièce, mêlé à une odeur de renfermé. J'examine ses vieilles vestes en tweed et ses pantalons en velours côtelé, glissant une main dans chaque poche : deux mouchoirs en tissu, un bouton, des crayons à papier et un galet troué.

Je ne sais pas ce que je cherche. Une bague en diamant ? Un devis pour la réfection de la toiture ?

Je me mets sur la pointe des pieds et j'attrape les boîtes à chaussures empilées sur l'étagère du haut. Je soulève les couvercles, déverse leur contenu par terre. Des vieilles photos. Des chaussures neuves, jamais portées. Des lettres de ses parents, morts il y a longtemps, protégées dans leurs enveloppes jaunies. Des magazines. Je fouille, le cœur battant. Rien. Je m'allonge sur le ventre pour jeter un œil sous le lit. La poussière me fait éternuer. Je n'y trouve qu'une vieille batte de cricket, un radiateur d'appoint à l'abandon et une paire de chaussures de randonnée incrustées de terre sèche.

Je balaie la chambre du regard. Il y a une tache d'humidité au plafond, une ligne de moisissure verte sous la fenêtre, une toile d'araignée avec une mouche piégée au centre. La maison se désintègre autour de moi. Je serre les poings. Pourquoi a-t-il pris le volant après avoir bu ? Un problème au travail ? Le retour d'un vieil ennemi ? Un souci dont il ne m'a pas parlé ?

J'ouvre le tiroir en bas de l'armoire, celui où Will rangeait ses affaires de sport. J'en sors un maillot de bain et une paire de lunettes neuves. William n'aimait pas le sport, mais chaque début d'année, sa résolution était la même : se mettre à la natation, à la course, au tennis. Parfois, il s'y tenait pendant deux jours avant de baisser les bras. Ce tiroir était une perte d'espace.

Sous un jogging propre et froissé, j'aperçois un sac en tissu que je ne reconnais pas.

Je tire sur la fermeture éclair. Son contenu jaillit dans mes mains, telles des entrailles. Des vêtements de femme : un pantalon beige, des culottes… J'attrape un pull en cachemire du bout des doigts, le tenant le plus loin possible de moi. Une chemise de nuit en dentelle s'écrase sur mes genoux. La soie colle à mon pantalon. Je la jette à l'autre bout de la pièce. Un parfum étranger, floral et ambré, embaume la chambre, comme si cette femme était assise à côté de moi, son souffle caressant ma joue. Je tremble en examinant ces affaires. J'ouvre une trousse de toilette rayée. Pots de crème, brosse à dents, brosse à cheveux. De longs cheveux sont accrochés aux poils. Il ne s'agit pas des miens. Aucune de ces affaires ne m'appartient. Je jette la brosse en hurlant. Je recouvre mon visage avec mes mains et je me lève, furieuse.

Dans la salle de bains, je m'agrippe au rebord de l'évier, les yeux rivés sur la bouche noire du trou d'écoulement. Je ne m'attendais pas à une chose pareille. Pas William. Comment a-t-il osé ? J'ouvre le robinet d'eau froide et je m'asperge le visage. J'ai l'impression d'être victime d'hallucinations. Comme si mon monde était fait de papier et s'envolait au gré du vent.

3

Quand avons-nous fait l'amour pour la dernière fois ? Trouverais-je un indice dans la façon dont il me touchait ? Un comportement étrange, un signe qui aurait pu m'alerter, me prouver qu'il me trompait ? Je ne m'en souviens pas.

Nous faisions l'amour rarement, Will et moi. Nous avions une routine confortable, câline. Nous éteignions la lumière en bâillant, il me tenait la main sous les draps, me souhaitait bonne nuit, me tournait le dos et s'endormait. Cela me semblait normal. Nous étions mariés depuis longtemps. Notre relation n'a jamais été passionnelle, même à nos débuts. Nous nous aimions. Nous étions amis. Heureux.

Finalement, notre bonheur n'était qu'un mensonge. Notre amitié, une illusion. William était lassé de notre vie. Lassé de moi.

Un arôme de café et de gâteau embaume le salon de thé. Le soleil traverse les fenêtres, capturant dans ses rayons les volutes de fumée qui s'échappent des tasses. La Laiterie n'a pas changé. Cet endroit est aussi chaleureux et joyeux qu'avant le drame. Plantée derrière le comptoir, j'observe mes clients en train de siroter leurs boissons, déguster leurs biscuits, parler de la pluie et du beau temps, comme si rien n'avait changé.

John Hadley enlève son chapeau en s'installant à une table ensoleillée.

— Je suis content que tu aies rouvert, Ellie.

Mary Sanders et Barbara Ackermann sont assises face à face, en pleine discussion. L'une est bien en chair, carrée et sûre d'elle. L'autre est petite, maigre et nerveuse.

Mary se tourne vers moi.

— Deux cappuccinos, s'il te plaît.

Je remplis un pichet de lait et je le fais mousser à la vapeur, entre 140 et 160 degrés. Je frappe le pichet sur le plan de travail afin d'éliminer les bulles. Je prépare deux expressos, je les recouvre de lait et forme deux cœurs, que je parsème de cacao.

William est mort.

Mon mari me trompait.

Ces deux phrases me suivent partout, claquent dans ma tête comme des coups de cymbales. Irene Morris s'arrête devant le comptoir, sourcils froncés par-dessus ses lunettes, hésitant devant les flapjacks. Mon regard se pose sur Kate. Elle slalome entre les tables, pose les deux tasses entre Mary et Barbara. Elle tire sur sa jupe courte. Très courte. Elle a les jambes musclées d'une sportive qui passe ses mardis soir à danser le jive.

William me trompait-il avec Kate ? Impossible. Elle porte du fard à paupières violet et des traits d'eye-liner à la Cléopâtre. Son style vestimentaire et son maquillage excentrique n'étaient pas à son goût.

Elle lève la tête, croise mon regard et m'offre un grand sourire. Son rouge à lèvres brille. J'ai honte. Non, Kate n'était pas son amante. Elle ne me trahirait pas de la sorte. Sans compter qu'il n'y avait ni haut à paillette, ni minijupe dans le sac que j'ai trouvé. Le sac que j'ai jeté à la poubelle, enfoui au fond de la benne à ordures.

Le simple contact avec les tissus m'a donné envie de vomir. Leur odeur s'est incrustée dans ma peau, un mélange de parfum et de cuir. Écœurant, horripilant. En fermant la poubelle, je me suis demandé si ces vêtements appartenaient à William, si mon mari se travestissait en cachette. J'ai éclaté de rire devant cette image incongrue. C'était encore plus absurde que de l'imaginer avec une autre femme. Non, ces vêtements étaient trop petits pour lui. Taille 36.

Je ferme les yeux. Qui qu'elle soit, connaître son identité ne m'aidera pas à panser mes blessures. Il faut que j'aille de l'avant, mais je ne sais pas comment m'y prendre. Pourquoi ce sac était-il chez nous ? William avait-il invité cette femme dans notre chambre, dans notre lit ? J'ai besoin de réponses, mais sans William, le mystère restera entier.

Peut-être ne m'aimait-il plus.

La clochette tinte au-dessus de la porte. Le brigadier Bagley entre dans le salon de thé. Je le reconnais à peine. Cet ancien militaire, d'ordinaire sûr de lui, confiant, impeccable, avec son *Times* sous le bras, semble aujourd'hui fébrile et hésitant. Il trébuche sur le pas de la porte et s'affale sur la chaise la plus proche, les mains tendues devant lui, comme un aveugle. Il a le teint cireux. Je me précipite vers la table et m'accroupis devant lui.

— Est-ce que ça va ?

Il ferme les yeux, secoue la tête. Kate me rejoint à ses côtés.

— Je peux appeler le docteur Waller. Vous avez mal à la poitrine ? des fourmis dans les doigts ?

Il la regarde en silence.

— Qu'est-ce qui se passe ? demandé-je en posant une main sur son bras.

— Je reviens de chez les Mallory.

Derrière moi, Mary et Barbara se taisent pour assister à la scène. Kate sert un verre d'eau au brigadier. Nous échangeons un regard inquiet tandis qu'il en boit une gorgée.

— Henrietta, dit-il en se massant les tempes. Je n'arrive pas à y croire. Je la connais depuis qu'elle est née. J'ai assisté à son baptême.

Les pipelettes ont abandonné leurs cafés et se sont levées, curieuses.

— Il lui est arrivé quelque chose ? demande Mary.
— Cancer.

Il parle si bas que je l'entends à peine. Kate recouvre sa bouche d'une main.

— Quelle horreur !
— Ce n'est pas la fin du monde, le rassure Bar-

bara, ayant elle-même survécu à la maladie. Elle est à l'hôpital ? Est-ce que c'est opérable ?

Le menton du brigadier s'enfonce dans son cou. Il a les mains qui tremblent. J'aimerais ne pas avoir à entendre la suite.

— Trop tard. Ils s'en sont aperçus trop tard. Elle est soignée à la maison. Il n'y a plus rien à faire.

Les migraines. David m'a dit qu'il voulait l'emmener chez un spécialiste. J'ai croisé Henrietta une semaine avant l'accident de William. Elle traversait la place du village en voiture. Elle m'a saluée d'une main, ses lunettes de soleil sur le nez, cheveux impeccablement coiffés, aussi élégante que Jackie Kennedy.

Henrietta avait pourtant l'air à l'abri, dans sa bulle dorée. Je la voyais comme quelqu'un d'indestructible, épargnée par les tragédies ordinaires, la cruauté de la vie.

Je prépare un gâteau et cueille quelques fleurs dans mon jardin. Devant les grilles de Langshott Hall, j'appuie sur le bouton de l'interphone. Les grilles s'ouvrent. Mes pneus crépitent sur les graviers de l'allée qui mène à la demeure géorgienne.

La dernière fois que je leur ai rendu visite, la maison était illuminée, pleine de vie. David était planté sur le pas de la porte, accueillant ses invités. Le tintement des verres et le ronron des conversations brisaient le silence de la nuit. Aujourd'hui, l'endroit est désert. Je frappe à la porte avec le heurtoir en bronze. Les pivoines débordent de mon bouquet. Leurs pétales doux et satinés me réconfortent. Je me sens nerveuse.

Une fille aux cheveux noirs ouvre la porte et accepte mes cadeaux en hochant la tête. Elle ne se présente pas.

— M. Mallory est absent.

Je me sens à la fois soulagée et déçue. L'intérieur spacieux de la maison est plongé dans le silence. Il s'en échappe une odeur de cire d'abeille et de chien mouillé, mais aussi de maladie, de fleurs fanées, de désinfectant et de renfermé.

Sur le trajet du retour, je repense à l'instant où j'ai jeté une poignée de terre sur le cercueil de mon mari. J'ai peur que David n'ait à faire la même chose pour sa femme. Il fut un temps où ni lui ni moi ne savions qu'une tragédie était tapie dans l'ombre, prête à bondir sur nous tel un loup affamé.

Trois semaines plus tard, nous apprenons le décès d'Henrietta. Le village est sous le choc. La nouvelle provoque un appétit insatiable chez les habitants. Le salon de thé est plein à craquer. Je suis à court de gâteaux au chocolat et de tartes à la crème.

L'enterrement a lieu dans la plus stricte intimité. Une crémation. Les cendres d'Henrietta sont répandues sur les terres qu'elle aimait tant. Lorsqu'une cérémonie en sa mémoire a lieu, quelques jours plus tard, la foule se presse dans l'église. Tout le village est présent. Barbara s'assoit à mes côtés, étouffant ses pleurs dans un mouchoir.

— Je l'admirais beaucoup, dit-elle en me serrant la main. Elle me rappelait la princesse Diana. Les meilleurs partent toujours trop tôt.

Le brigadier Bagley lit le psaume 23, la voix voilée par le chagrin. *Il me fait reposer dans de verts pâturages.* Barbara me confie que le brigadier était ami avec les parents d'Henrietta, qu'il la connaissait depuis toujours. *Quand je marche dans la vallée de l'ombre de la mort, je ne crains aucun mal.*

En sortant de l'église, elle s'agrippe à mon coude.

— Au moins, Henrietta a été heureuse et aimée jusqu'à la fin. David s'occupait bien d'elle. Tu te souviens quand elle s'est cassé le poignet ? Il la protégeait comme une poupée en porcelaine. Ce doit être agréable d'avoir quelqu'un d'aussi prévenant à ses côtés.

Elle a posé une main sur sa bouche, horrifiée par ses propres paroles.

— Oh ! Je suis désolée, Ellie. Tu viens juste de perdre ton mari.

Je lui tapote le bras.

— Ce n'est rien.

David et Adam sont debout, encerclés par la foule. Rachel, la fille de David, porte un costume noir élégant, les yeux cachés derrière des lunettes de soleil. Elle est soutenue par son mari. Leur fille, Pip, est sûrement restée à la maison. Adam fixe le sol, les épaules voûtées, la mâchoire crispée, luttant contre ses émotions. David a le visage tendu et le teint pâle. J'ai envie de le réconforter, de lui rendre la pareille. Je connais sa souffrance.

Après la cérémonie, j'essaie de l'appeler à deux reprises. Je raccroche au dernier moment, par peur de le déranger. Contrairement à moi, il a des enfants, une famille vers qui se tourner. Il n'aura pas envie de me parler. Je n'étais pas proche d'Henrietta. Nous n'étions pas amies.

Les semaines défilent. David passe régulièrement au salon de thé. Je le sers au comptoir, nous discutons de tout et de rien. La saison estivale apporte son lot de clients. Je suis contente d'être occupée. L'automne arrive, les haies de hêtres se dorent, mon jardin devient humide et brumeux, les pommes tombent et pourrissent dans le verger délaissé. Je croise David de temps en temps, au village ou dans sa voiture, parfois avec Pip, sa petite-fille. Plus le temps passe, plus j'oublie la sensation de son corps contre le mien dans la cuisine, l'intimité de ce geste.

Je fête mon premier Noël sans William. Kate m'invite à déjeuner avec sa famille. Je refuse poliment. Je crains de me sentir seule et isolée dans cette maison remplie de parents, de sœurs et de cousins. Je me demande si tous mes Noël seront identiques. J'essaie de ne pas pleurer, de ne pas me lamenter sur mon sort. Je ne pense presque plus à David. Il est redevenu David Mallory, seigneur du village, riche, charmant et impénétrable.

4

2015

C'est une fois l'hiver passé et les jonquilles ouvertes que David m'appelle.

— J'ai beaucoup pensé à toi, Ellie.

Je manque de lâcher le combiné.

— Cette année a été difficile, tu sais. J'avais une question à te poser. Tu es toujours gentille avec Pip quand je l'emmène au salon de thé. Je me demandais si tu aimerais nous accompagner au cirque.

— Au cirque ?

— Je vais être honnête avec toi. C'est un service que je te demande. Avant, c'était Henrietta qui s'occupait de Pip. Ce serait plus normal pour la petite si on sortait à trois.

Il a l'air nerveux. Je ne pensais pas que David Mallory en était capable. Et puis, je déteste les cirques.

— Bien sûr, dis-je sans réfléchir. Avec plaisir.

Me voilà donc sous un chapiteau, applaudissant parmi le public, admirant un trapéziste, bras tendus, prêt à attraper sa partenaire au vol. Mon ventre se noue lorsqu'elle lâche son trapèze, virevoltant dans le vide.

Je tourne la tête vers David. Il m'observe d'un air grave. Soudainement timide, je ravale ma salive. Il se penche pour dire quelque chose à l'oreille de Pip, passe une main dans les cheveux de sa petite-fille.

Des clowns font des cabrioles dans les gradins. La clameur des enfants ressemble à celle d'une volée d'étourneaux. Pip glisse sa petite main dans la mienne. Ses doigts sont poisseux de barbe à papa fondue. Un clown se plante devant nous, un tuyau d'arrosage à la main. Son sourire rouge et blanc s'étire. Je me prépare à être arrosée, mais des serpentins multicolores s'en échappent. Pip hurle de joie. David et moi échangeons un regard complice. Il me fait un clin d'œil.

Voilà le moment que j'attendais. Celui qui me redonne enfin espoir. L'espoir d'une nouvelle vie. Je lui rends son sourire. Un mélange de gratitude et de bonheur se déploie dans ma poitrine.

Tandis que le clown raconte des blagues aux enfants, des hommes en salopette érigent une grande cage ronde sur la piste. Le dernier clown disparaît en trébuchant dans ses grosses chaussures. Le chapiteau est plongé dans le noir. Un projecteur éclaire l'intérieur de la cage. Un homme avec une tresse blonde entre en piste, un fouet à la main. Une femme lui emboîte le pas. Ils saluent. Silence dans les gradins. Roulement de tambour.

Un lion surgit dans la cage. Un mâle puissant avec une crinière épaisse qui remonte le long de son dos.

Je devine ses côtes sous son pelage poussiéreux. Pip suce son pouce, fascinée.

— Je croyais qu'on avait interdit les numéros d'animaux, murmuré-je à l'oreille de David.

— C'est un des derniers du pays.

— Tant mieux. Je déteste voir ces bêtes en cage.

— Moi aussi.

Le dresseur donne un coup de fouet. Le lion rugit et bondit sur un des tabourets posés le long des barreaux.

Quatre autres fauves entrent en piste. Ils s'assoient sur leur arrière-train et donnent des coups de pattes en l'air, comme des chats géants qui joueraient avec un ruban. La foule applaudit. Pip est captivée par les lions, les yeux écarquillés. Un autre coup de fouet. La plus grosse créature saute dans un cerceau scintillant. Le lion le plus proche remue la queue, aplatit les oreilles. Chez un chat domestique, ce comportement serait perçu comme une menace.

Je comprends à peine la scène qui se déroule sous mes yeux. Des formes, des ombres, un nuage de poussière, un chaos de griffes et de dents. Le lion s'est jeté sur la partie la plus haute de la cage. Il a atterri sur le dos de la femme. Une masse de deux cents kilos qui la plaque au sol. Un silence s'abat sur le chapiteau. Puis des cris.

Le dresseur brandit son fouet. La bête se tapit sur sa proie en rugissant. Un cri profond et sauvage. Un cri de douleur et de tourment, celui d'un animal gardé captif trop longtemps. Le fouet s'écrase sur son dos. La créature ne bronche pas. Les autres lions s'agitent sur leurs tabourets. L'un d'eux s'approche du dresseur. À l'extérieur de la cage, des silhouettes noires s'affairent autour d'un gigantesque tuyau. Un jet d'eau jaillit sur un des lions et touche le dresseur, qui glisse et tombe à genoux.

Les spectateurs sont debout. Certains ont enjambé des rangées de sièges pour s'éloigner de la piste. Les parents serrent leurs enfants contre eux. Personne ne sort. Personne n'est capable de détourner le regard du drame. La femme est immobile, inerte, comme un vieux chiffon jeté au sol. Ses cheveux blonds sont étalés dans le sable, sa main levée au-dessus de sa tête.

Un autre homme entre dans la cage. Grand, à la carrure imposante, les cheveux grisonnants, le visage buriné. Il ne porte pas de costume, pas de tresse, pas de boutons dorés ni de cape. Il rejoint l'atmosphère tendue de la piste, ignorant le dresseur hystérique, le jet d'eau et les fauves. Il se dirige vers la femme et le lion, sans croiser le regard de l'animal. J'imagine l'haleine de celui-ci, la chaleur et l'odeur de viande crue qui s'échappe de sa gueule. L'homme se tourne lentement. Il tend une main vers le lion, comme on approcherait un chien errant. Le temps semble suspendu. Je retiens mon souffle. Le lion grogne, redresse les oreilles. Je m'attends à ce qu'il bondisse… mais il s'effondre.

Je cligne des yeux. Je ne comprends pas. Le puissant animal roule aux pieds de l'homme. Ses yeux sont ouverts mais aveugles, son ventre est doux, sa crinière trempée par le jet d'eau. La femme et l'animal sont allongés, immobiles, l'un contre l'autre. La veste de la femme est lacérée, imprégnée de sang. L'homme se penche vers le lion et caresse sa crinière en secouant la tête avec regret. Il s'agenouille devant la femme. Un attroupement se crée autour d'elle. Un employé tient un fusil tranquillisant sur l'épaule.

— Allons-y, dit David en se levant.

Pip enroule les bras autour de son cou, enlève le pouce de sa bouche.

— Le lion voulait manger la dame ?

David lui caresse la joue.

— Il ne voulait pas la manger, ma chérie. C'était un jeu.

Il se fraye un chemin parmi la foule avec sa petite-fille dans les bras. Je jette un dernier coup d'œil vers la cage. L'homme mystérieux a disparu. Quel genre de personne ose approcher un lion en colère ? Je me faufile derrière David, trébuchant sur une canette vide. Je suis épuisée. L'incident m'a vidée de mon énergie. Ma sidération se reflète dans le visage des autres.

Dehors, une ambulance se gare devant l'entrée.

— La dame va mourir ? s'inquiète Pip. Le lion est mort ?

Elle pose les mains sur la tête de David, qui tente tant bien que mal de la rassurer.

— La dame va aller à l'hôpital pour être soignée. Le lion s'est juste endormi. Tout va bien, ma chérie. N'aie pas peur. C'était un coquin de lion.

— Coquin de lion, répète Pip en souriant.

David l'installe dans son siège auto et m'ouvre la portière côté passager. Je m'assois sur le fauteuil en cuir, j'attache ma ceinture.

— Je suis désolé, Ellie. La soirée ne s'est pas passée comme je l'aurais aimé. J'espère que cette pauvre femme va s'en sortir.

Il prend place derrière le volant, démarre et se dirige vers la sortie.

— J'aimerais beaucoup te revoir.

Il a parlé en regardant droit devant lui. Je ne suis pas certaine de l'avoir bien entendu.

— Mais seulement si tu en as envie.

Je gigote dans mon siège, ne sachant comment réagir.

— Bien sûr. Merci. C'est juste que... je ne suis pas...

— Tu n'es pas prête. Je sais. Je comprends.

Il hoche la tête, plonge son regard dans le mien.

— Tu es une belle femme, Ellie. Tu ne devrais pas rester seule à la maison. Tu mérites mieux que ça. J'aimerais t'inviter à dîner un soir.

Avec William, nous nous moquions souvent de David et Henrietta : chaque fois que nous les croisions dans leur Range Rover, nous nous retenions de les saluer comme des serviteurs devant leur roi. J'aimerais rentrer à la maison pour lui raconter ma soirée. *Devine ce que David m'a dit ?*

Mais Will n'est plus là. J'ai les larmes aux yeux. J'ai honte. Je n'ose pas répondre. Je me contente de hocher la tête.

C'est un peu comme avoir le mal du pays. Cette sensation m'étreint chaque fois que je glisse ma clé dans la serrure et que je ferme la porte, accueillie par le vide et le silence. La chatte descend l'escalier, la queue caressant chaque barreau. Ses yeux clignent dans le noir. J'attrape son corps chaud dans mes bras et blottis mon visage contre sa fourrure. Elle se tortille, ouvre sa petite gueule pour miauler. Je repense à cet homme qui caressait le lion, à cette femme étendue au sol comme un pantin sans vie.

David m'a dit que j'étais « belle ». Je pose une main sur ma joue, devant le miroir de la chambre. J'ai le front ridé. Les pommettes saillantes. Des taches de rousseur, la peau brûlée par le soleil. Je ne suis pas son genre. Je ne prends pas soin de moi comme le faisait Henrietta. J'oublie tout le temps de m'épiler les sourcils. Je ne vais jamais chez le coiffeur. Mes cheveux fauves et bouclés m'arrivent sous les épaules. Je devrais les couper au carré, peut-être même plus court. Si j'avais une fille, elle me donnerait des conseils.

Nos vies auraient été très différentes si nous avions eu des enfants, mais Will n'en voulait pas. Il appréciait la tranquillité. Il faisait la grimace chaque fois que nous étions invités quelque part. Il détestait dîner à l'extérieur. *Et si on restait à la maison ?* demandait-il chaque fois.

Je me souviens d'un soir où nous étions invités à une soirée. J'avais enfilé un collier que Kate m'avait offert.

« Qu'est-ce que tu en penses ? » avais-je demandé.

Will ne savait pas de quoi je parlais. La panique s'était dessinée sur son visage.

« J'aime beaucoup ton chemisier. Il est nouveau ? »

Il n'avait pas remarqué le collier. Quant à ce chemisier, je l'avais porté des dizaines de fois. Will ne me comblait pas de compliments. J'aurais pu porter des guenilles, il ne s'en serait pas aperçu. Pour lui, c'était la personne qui comptait, pas ce qu'elle portait. Il ne savait ni séduire, ni flirter.

Je ne sais toujours pas avec qui il m'a trompée. Sûrement une collègue, ou une de ses élèves. J'ai passé des nuits entières à l'imaginer avec une femme plus belle, plus intelligente, plus gentille que moi. Puis j'ai décidé d'y mettre fin. J'ai acheté des somnifères, ces petits comprimés blancs qui m'assomment tel un coup de marteau, me laissant sonnée le lendemain, avec un goût amer dans la bouche.

J'ai enlevé nos photos de mariage de la cheminée. Dans la malle au bout du lit, j'ai rangé chaque objet qui me rappelait William : ses diplômes, son portrait en toge et toque d'étudiant, une photo de nous en vacances dans le Lake District, au sommet d'une montagne. Désormais consciente de sa trahison, je me sens à nouveau capable de partager ma vie avec un autre homme. Je ne veux pas finir seule avec mon chat.

Dans le lit, le côté de William est froid et vide. Je m'allonge au centre du matelas, revendiquant mon espace. Je presse les mains contre l'oreiller posé sur mon ventre. Pendant toutes ces années, j'ai évité les miroirs, lavé ma peau à l'eau et au savon, porté des vêtements amples qui cachent mes formes. J'étais la femme d'un professeur.

Quand Will est entré dans le pub où je travaillais, cela n'a pas été le coup de foudre, mais un signe du destin. Il est revenu, tous les soirs, jusqu'à ce que j'accepte de sortir avec lui. C'était sa dernière année à l'université. Il me parlait du Moyen Âge pendant des heures. J'admirais sa passion. William me rappelait le livre sur le roi Arthur que j'avais lu quand j'étais petite. Mon mari n'aurait jamais brandi une épée, mais il avait le sens de la chevalerie et une soif de justice dignes de Lancelot.

J'aurais dû me douter que sa noblesse n'était qu'une illusion. Personne n'est parfait. Personne n'est à l'abri de la tentation. Je touche mes hanches en me demandant ce qu'en penserait un autre homme, en imaginant d'autres mains à la place des miennes. C'est à la fois étrange et effrayant. J'ai appartenu à William pendant tellement longtemps ! Mon corps a changé.

Je n'ai plus dix-huit ans.

5

1990, vingt-cinq ans plus tôt

Les billes rouges, jaunes, bleues et grises sont dignes d'un casse-tête chinois. Je passe un doigt sur l'illustration de la molécule d'ADN. Une double hélice. Je ferme les yeux et récite ma leçon. *Hydrogène, oxygène, nitrogène, carbone...*

— Eleanor ?

J'ouvre les yeux. Mon corps entier se raidit. La voix de ma mère provient du rez-de-chaussée. Je reconnais son hésitation, sa fausse douceur.

— Eleanor, viens dire bonjour aux invités.

Je ferme mon livre en soupirant. J'ouvre la porte de ma chambre. La clameur des voix et des rires s'échappe du salon.

— Ne me force pas à venir te chercher, insiste ma mère.

Son visage est un ovale pâle en bas de l'escalier. Mes doigts s'agrippent à la rampe. Elle sent ma réticence, fait la moue, pose une main sur sa hanche. Dans l'autre, un verre à cocktail. Secoué, pas remué. Une olive sur un cure-dent. Une référence à James Bond que mon père affectionne tout particulièrement.

Je descends les marches. Ma mère me recoiffe. Ses ongles manucurés s'emmêlent dans mes cheveux, sans la moindre délicatesse, comme on traiterait un animal désobéissant.

— Tu as mauvaise mine.

Son haleine empeste le gin.

— Je révise, maman.

— Ton père veut que tu salues nos invités. Ne sois pas égoïste.

Nous entrons dans le salon. Ma mère passe une main sur son front, glisse une mèche de cheveux blonds derrière son oreille.

— La voilà ! J'ai réussi à la tirer de sa chambre.

Les visages se tournent, les bouches s'entrouvrent pour me saluer ou avaler un petit-four. Les hommes sont en costume. Les femmes ont les lèvres rouges, les bras dignement posés sur les coudes de leurs maris. On se croirait dans les années 1950.

— Bonsoir, dis-je d'une petite voix.

— Tu as grandi, remarque M. Nicholls.

On dirait presque qu'il m'accuse d'un phénomène inexpliqué.

— J'ai dix-sept ans. Je ne suis plus une petite fille.

Mme Nicholls éclate de rire, lève les yeux au ciel, boit une gorgée de vin. Les adultes reprennent leur conversation. Ma mère penche la tête, bat des cils, répond à une question. Je m'éclipse dans la salle à manger. La table est mise comme à chaque occasion : les verres scintillants, les couverts en argent, les assiettes blanches sur la nappe immaculée, les bouteilles de vin déjà ouvertes.

J'ai l'impression de vivre dans une autre époque. Avec mes parents, difficile de se croire dans les années 1990. Ils reçoivent toutes les semaines. Mon père dit que c'est nécessaire pour créer des contacts et soigner sa réputation. Il travaille pour une grande entreprise pharmaceutique. Une jeune femme d'Impington vient à vélo pour s'occuper du service et du ménage. Mme Oaks, notre domestique, cuisine les jours de fête. Ma mère se charge des desserts. Un diplomate et une forêt-noire trônent au milieu du frigo. Je le sais, car j'ai trempé un doigt dans la crème. Je l'ai léché et trempé une dernière fois, camouflant mon passage avant de fermer la porte.

— Voici la belle du bal !

Les Ashton vient d'entrer dans la pièce. Il est grand, imposant. Contrairement aux autres hommes, il n'a pas de bedaine. De tous les amis de mes parents, Les est celui que je préfère. Il s'intéresse à moi, même si ses blagues sont parfois scabreuses.

Il me pince la joue.

— Comment se passent les révisions ?

— Bien, merci.

— Qu'est-ce que tu aimerais faire plus tard ? As-tu un métier en tête ?

Je rougis, gênée.

— Je veux devenir médecin. Pédiatre.

Les est notre médecin de famille. Il hoche la tête.

— Très bon choix. Tu as raison de viser haut. Tu es intelligente. Tu feras une excellente pédiatre.

Mon cœur bondit de joie dans ma poitrine. Mon père entre dans la pièce. Lès lui sourit.

— Jason, je disais justement à ta fille que j'approuvais son choix de carrière.

Mon père baisse la tête. Les flammes des bougies se reflètent dans ses lunettes. Impossible de déchiffrer son expression.

— Tu n'iras nulle part si tu passes ta soirée à traîner ici. Au travail, Eleanor. Ce n'est pas le moment de papoter.

J'ouvre la bouche pour protester. Lès me fait un clin d'œil. Je me retiens de sourire. Il est le seul à me considérer comme une adulte.

Dans le salon, la voix de ma mère couvre celles des invités.

— Le dîner est servi. Suivez-moi, je vous prie.

Je m'échappe dans l'escalier, enjambant deux marches à la fois, le pas assuré malgré la pénombre. Nous vivons dans cette maison depuis que je suis petite. J'en connais les moindres recoins. J'ai passé des heures à jouer à la poupée, à fabriquer des cabanes dans le placard-séchoir, à me prendre pour une navigatrice dans le coffre du palier.

Le brouhaha du rez-de-chaussée se transforme en murmure, en bruit de fond, berçant comme l'océan. Mes parents me traitent comme une enfant. Lès Ashton est le seul à me comprendre. C'est lui qui m'a donné envie de devenir médecin. Un jour, quand je serai en fac de médecine, je lui parlerai de mes études. On discutera entre professionnels, entre adultes.

Quand j'avais sept ans, je suis tombée de notre

balançoire. J'ai hurlé au point de faire peur à ma mère. Elle m'a emmenée en urgence chez Les Ashton. J'étais aveuglée par la douleur qui me traversait l'épaule. Sa voix calme et sérieuse m'a aidée à rester éveillée.

« Ton épaule est disloquée, Eleanor. L'os est sorti de sa cavité, comme un ballon hors d'un filet. N'aie pas peur. Respire profondément. Je vais le remettre en place. »

J'ai pleuré en silence, essayant de respirer comme il me l'avait demandé. Je me suis concentrée sur ses conseils, ses ordres. Ma mère faisait une crise de nerfs à l'autre bout de la pièce. On l'a forcée à sortir, un mouchoir plaqué contre la bouche. Seul Les Ashton a su me calmer et réparer mon épaule, imbriquant une partie de moi-même dans une autre.

6

2015

Les poules caquettent en m'entendant approcher. Elles se rassemblent derrière le grillage. La nouvelle arrivée, une poule brune que j'ai appelée Trèfle, a des touffes de plumes abîmées et le cou nu. Trèfle a été élevée en batterie. Toutes mes poules viennent du même endroit, vendues parce qu'elles ne produisaient plus assez d'œufs. Je suis fière de leur offrir une nouvelle maison, une nouvelle vie, un jardin spacieux. Il a fallu des semaines aux autres avant de comprendre qu'elles étaient libres. Elles sont restées agglutinées, terrifiées, sidérées par la texture de l'herbe sous leurs pattes. Depuis, elles ont eu le temps de grossir, et leurs becs abîmés de guérir.

J'éparpille le maïs par terre. Elles se jettent sur leur repas, téméraires et malicieuses, picorant mes chaussures. Will m'a aidée à planter les poteaux de l'enclos. Il s'est cogné le pouce plus d'une fois en donnant des coups de marteau, et il m'a accompagnée le jour où je suis allée les chercher, me servant un café dans un thermos pour fêter leur arrivée.

Tandis que je longe l'enclos, je remarque qu'un de mes érables est mort. La clôture est envahie par les ronces. Muscade, mon ânesse, passe la tête par-dessus. Je la caresse entre les yeux, le long de son museau frémissant. Je lui donne une carotte, qu'elle dévore avec entrain. Gilbert, un dindon au bec croisé, la toise d'un air jaloux. Gilbert a bien failli finir sur un plat un soir de Noël. J'ai beau l'avoir sauvé d'une mort certaine, il ne m'en a jamais été reconnaissant. Il est amoureux de Muscade et passe son temps à la suivre comme un prétendant jaloux et protecteur, attaquant quiconque ose l'approcher. J'ai le droit de me pencher par-dessus la barrière, mais je suis obligée de la longer sur la pointe des pieds lorsque je décide de traverser le pré. Sinon, Gilbert se jette sur moi, cou tendu et ailes battantes.

Nous avons emménagé ici il y a près de cinq ans, après des années passées à voyager d'un logement à l'autre, d'une ville à l'autre, tandis que Will grimpait les échelons de la hiérarchie universitaire. Ce cottage est la maison dont j'avais toujours rêvé, avec ses hectares de terrain, ses dépendances, son potager et son verger parsemé de pommiers. La maison est petite, les plafonds sont bas et les murs biscornus. À l'étage, le plancher penche comme dans un bateau qui coule. Les chambres sont étriquées, sous les combles. Dehors, il y a de l'espace. Le village est loin. Pas une seule maison ne nous sépare de l'horizon.

Un soir de juillet, les déménageurs ont disparu au bout de l'allée, nous laissant avec nos cartons et nos valises. Nous avons fait le tour de notre nouveau chez-nous en criant de joie, jusqu'à ce que Will se cogne la tête contre une poutre. Il s'est assis, sonné, un torchon mouillé pressé sur le crâne. J'ai servi du vin dans deux tasses tout droit sorties des cartons. Ensuite, nous nous sommes promenés dans le jardin envahi de mauvaises herbes, de moustiques et de moucherons. Au loin, des arches blanches scintillaient sous le soleil, tels des reflets dans l'eau.

« Qu'est-ce que c'est ? ai-je demandé en plissant les yeux.

— Des polytunnels. Efficaces, mais pas esthétiques. »

J'ai froncé les sourcils.

« Faisons semblant d'habiter à côté d'un lac, d'accord ? C'est plus poétique. »

J'ai admiré notre jolie maison. Une vague de bonheur m'a envahie.

« J'espère que les allers-retours à Canterbury ne te fatigueront pas trop. »

Will a posé les mains sur mes épaules.

« Il est trop tard pour s'en soucier. Et puis, j'ai passé des années à aller au travail à pied. J'ai eu beaucoup de chance. Je suis prêt à faire la route trois fois, dix fois plus longtemps si c'est pour revenir ici tous les soirs, près de toi. »

J'ai sûrement répondu par une blague. Will était rarement romantique. Je rêvais qu'il me fasse des déclarations de ce genre, mais quand cela arrivait, je ne savais pas comment réagir. J'ai dû le décevoir, ébranler sa confiance.

Lui faisait-il des compliments, à elle ? Lui offrait-il des cadeaux ? Avec *notre* argent ? Peut-être était-elle plus féminine, moins dominante, plus aimante. Peut-être ne se moquait-elle jamais de lui. Me trompait-il déjà, le jour où nous sommes arrivés dans notre nouvelle maison ?

Je me frotte les yeux, frustrée par ces questions innombrables, furieuse d'être retombée dans mon propre piège. Depuis quelques semaines, j'essaie d'arrêter les somnifères, de me concentrer sur le présent. Ma vie sans William. Mes animaux, le salon de thé. D'ailleurs, je dois y être dans un quart d'heure. Kate aura déjà reçu la livraison de lait et de pain, mis en place les gâteaux derrière la vitrine et nettoyé la machine à café.

Tandis que je me dirige vers la maison, mon pied heurte quelque chose par terre. Un trognon de pomme, abandonné dans l'herbe. Il ne vient pas de mon verger. Mes pommes ne sont pas encore mûres. Je me penche pour le ramasser. Je ne mange jamais de pommes crues. Je les préfère cuites, de préférence dans un gâteau. La chair de celle-ci est encore croquante et pâle. Les traces de dents sont bien visibles.

Je pense aux migrants qui viennent jusque dans le Kent pour ramasser les fruits. Il fut une époque où les habitants étaient victimes de cambriolages. Certains travailleurs dormaient devant leurs portes, dans leurs cabanes de jardin. Depuis que David, le producteur principal de la région, loge et nourrit ses employés sur son terrain, on ne croise plus de migrants dans le village, et il n'y a plus d'incidents.

Je ressens des picotements dans la nuque, comme si on m'observait. Rien ne bouge, à part Muscade qui broute dans son pré, avec Gilbert, et les poules qui caquettent et grattent la terre. Un vol d'oiseaux passe au-dessus de moi. J'hésite un instant, jette un œil à ma montre et marche jusqu'au terrain en friche à l'arrière de la maison. Je m'arrête devant la clôture cassée, scrute les fourrés dans le vieux verger. Rien. Je reviens sur mes pas, risquant une attaque de Gilbert en longeant l'enclos pour vérifier les dépendances. Le cœur battant, j'entre dans l'étable. Elle est pleine de poussière, de toiles d'araignées, de vieux outils usés et d'un filet à foin vide. Silence.

Ce n'est qu'un trognon de pomme. Un oiseau ou un renard l'a peut-être ramassé ailleurs et lâché ici. Et puis, je suis en retard. Il va falloir pédaler deux fois plus vite.

Kate me sourit derrière le comptoir, un torchon à la main. Il n'y a que trois clients dans la salle.

— Tu n'étais pas obligée de venir. Il n'y a pas beaucoup de monde. J'ai servi quelques cafés tout à l'heure, à David et Adam. Ce mec est vraiment trop beau.

— David ou Adam ?

— C'est vrai que les deux sont charmants ! Je n'arrive pas à croire que David soit grand-père. Mais je parlais d'Adam. Il est tellement séduisant, et son histoire est si romantique ! Le fait qu'il a été adopté le rend encore plus mystérieux.

Je la fixe en silence, choquée par son aveu. David

et Henrietta parlaient souvent de leurs enfants et de leur petite-fille, comme tous les parents. Ils nous donnaient des nouvelles d'eux, se plaignaient de leurs échecs et se vantaient de leurs réussites. Le visage d'Henrietta s'illuminait quand elle évoquait son fils. Je suis surprise qu'ils n'aient jamais abordé le sujet de l'adoption. Mais après tout, cela ne regardait qu'eux.

Je repense à David avec Pip dans les bras, sous le chapiteau, à la façon dont il la protégeait, à la tendresse dans son regard.

— Ils ont aussi adopté leur fille ? Rachel, la mère de Pip ?

Kate se mord la lèvre.

— Je pense que oui. Je n'étais pas censée le répéter. Adam me l'a dit il y a longtemps, quand on était ados, à une fête bien arrosée. Il ne veut pas que ça se sache. Il a sûrement peur de manquer de respect à ses parents. N'en parle à personne, d'accord ? On n'est plus aussi proches qu'avant. Je ne veux pas le mettre en colère.

Je hoche la tête. Kate me sourit.

— À l'école, on était toutes amoureuses de lui. Quand il revenait de l'internat pour les vacances, il faisait les quatre cents coups. Il a même eu affaire à la police. Et le voilà de retour à la maison, célibataire. Je suis sûre qu'il héritera de la ferme un jour.

— Tu as tout planifié, dis-je en souriant.

Elle fixe ses ongles, l'air gêné.

— Il ne voudra jamais d'une fille comme moi.

— Il ne faut jamais dire jamais. Tu es jolie, intelligente et drôle. Que demander de plus ?

L'air rêveur, Kate découpe une plaque de beurre et dépose les morceaux dans des petites assiettes. Elle glisse une mèche de cheveux derrière son oreille percée.

— Je suis déjà prise. Pete est obsédé par le foot, mais il sait danser, et il est à moi. Au fait, David m'a dit de te passer le bonjour. Je pense qu'il aurait aimé te voir.

Je me sens rougir. Je me dirige vers la table de Mary et Barbara, qui bavardent autour d'une tasse de thé. Je verse de l'eau bouillante dans leur théière. Elles me remarquent à peine.

— Encore des géraniums ? se plaint Barbara. Non, on peut trouver mieux. C'est trop prévisible, trop... banal.

Mary se redresse sur sa chaise.

— Je ne suis pas d'accord. Les œillets, c'est banal. Les géraniums, c'est robuste et joyeux.

— Vraiment ? Moi, je n'ai jamais aimé ça. Je déteste leur parfum. Il me rappelle la pisse de chat.

Les deux femmes se disputent poliment, mais je les connais bien. Derrière leur apparence courtoise, elles bouillonnent de rage. En ce moment, les habitants n'ont qu'un mot à la bouche : la compétition régionale du village le mieux entretenu. L'année dernière, nous avons perdu contre Bidborough. Cette année, la communauté est bien décidée à remporter le trophée. Le village est parsemé de panneaux en tout genre, nous ordonnant de tailler nos haies et de ramasser nos déchets. Les réunions s'enchaînent pour discuter des avantages et des inconvénients des paniers à fleurs, de la position des bancs et du fauchage des bas-côtés.

Mary serait choquée de voir les mauvaises herbes, les piles de bois mort, les ronces et les tapis de queue de cheval dans mon verger. Heureusement, j'habite loin du village et ne cours pas le risque d'indigner les juges.

Je me rassure en pensant à tous les insectes et papillons qui prospèrent chez moi. Les jardins impeccables du village ne leur laissent aucune chance.

Je suis en train de remplir l'abreuvoir quand j'entends un bruissement familier provenant de la haie. La chatte est encore en train de chasser le pigeon de son nid. Je me fraye un chemin parmi les herbes hautes en direction du verger et des sapins qui bordent la haie. J'appelle Tilly, qui jaillit aussitôt des fourrés, la queue hérissée et les yeux mi-clos. Pas de plume dans sa gueule.

— Laisse les pigeons tranquilles, dis-je en la caressant.

Du coin de l'œil, quelque chose attire mon attention. Une forme étrangère au pied de l'érable mort. Je m'approche du tronc. C'est un sac à dos, abandonné tel un scarabée géant retourné. Je recouvre ma bouche d'une main. Il y a *quelqu'un* chez moi. Je balaie les environs du regard. Je n'ai pas mon portable sur moi. Je l'ai laissé sur la table de la cuisine. De toute manière, qui appeler ? Si un migrant ou un vagabond a décidé de passer la nuit sous un de mes arbres, il partira demain. Je ne risque rien. J'ai la chance d'avoir une maison, un lit. J'ai lu de nombreux articles sur la crise des réfugiés, étudié les arguments défendant ou condamnant leur entrée dans le pays. Quand je vois les photographies de ces visages meurtris derrière des grillages, je me dis que j'aurais pu être à leur place. J'ai juste eu la chance de naître au bon endroit, au bon moment, dans un pays en paix.

Malgré cela, mon cœur s'emballe quand la silhouette d'un homme apparaît à l'autre bout du champ. Il est grand, d'une carrure imposante. Je me cache derrière le tronc d'arbre. Je retiens mon souffle. Il est trop loin, à contre-jour. Je ne vois pas son visage.

Il a des fleurs à la main. Ses cheveux long tombent sur son visage tandis qu'il admire sa trouvaille. Il rôde plus qu'il ne marche, tel un vieil ours. J'ai à peine le temps d'apercevoir ses traits burinés qu'il disparaît déjà derrière la barrière, parmi les fourrés du verger.

J'observe le sac à mes pieds. Ce doit être le sien. Il est abîmé, déformé, plein à craquer. On l'a raccommodé à un endroit avec un tissu vert foncé. Le rabat est fermé avec de la corde. Je passe un doigt sur la lanière en cuir et glisse une main dans la poche extérieure.

Quelqu'un tousse derrière moi. Je pousse un cri de surprise. L'intrus est là. Il sent la sève, la terre et le citron vert. Il me dévisage d'un air accusateur, les sourcils froncés. Je recule d'un pas.

— Je ne vous veux pas de mal, mais ce sac m'appartient.

Je croise les bras sur ma poitrine. J'ai les jambes qui flageolent.

— Sortez de chez moi. Tout de suite. Ou j'appelle la police.

— Ce ne sera pas nécessaire. Je veux juste récupérer mes affaires.

Il ne bouge pas, avec ses fleurs à la main. On dirait qu'il cherche la réponse à une question difficile. Je n'aurais jamais dû sortir sans mon portable. Si je partais en courant, il me rattraperait. Cet homme est mince et musclé. Il a la peau rougie par le soleil. Le nez légèrement tordu, cassé au moins une fois. Des cheveux épais et grisonnants qui recouvrent le col de sa veste en cuir. Des vêtements d'ouvrier. Des bottes robustes aux lacets dépareillés, un couteau suisse accroché à la ceinture de son jean. J'ai l'impression de l'avoir déjà vu quelque part.

Il me tend le bouquet de fleurs.

— Avez-vous déjà goûté la tisane de tilleul ?

Je fronce les sourcils.

— Ces fleurs sont à moi. Vous les avez volées.

— Je ne pensais pas que quelqu'un vivait ici. Pas de voiture dans l'allée, et la maison était fermée à clé. J'ai cru qu'il s'agissait d'une résidence secondaire. J'allais passer la nuit ici, dehors.

— Vous saviez que c'était un terrain privé.

— Je ne voulais faire de mal à personne.

— Et les animaux ? À qui pensez-vous qu'ils appartiennent ? Il est clair que cet endroit n'est pas abandonné.

Il pousse un soupir.

— Je n'ai jamais dit qu'il était abandonné. Les animaux peuvent appartenir à n'importe qui. Parfois, les gens qui possèdent trop de terrain en louent une partie aux voisins.

Il se frotte le front.

— Écoutez, excusez mon intrusion. C'était juste pour une nuit. Je vous laisse tranquille.

Son anglais est parfait, teinté d'un accent trop léger pour qu'on puisse en déterminer l'origine. Europe de l'Est, peut-être ? Il se penche pour ramasser son sac. C'est en le voyant de profil que cela me revient.

— Vous étiez au cirque ! m'exclamé-je. Sur la piste. Avec les lions. Vous avez sauvé cette femme…

— Maria, dit-il en posant son sac sur l'épaule.

— J'ai cru qu'il allait la dévorer.

— Sûrement pas. Il était juste frustré.

— C'était terrifiant.

Rencontrer cet homme, c'est un peu comme rencontrer la star d'un de mes films préférés. Tout à coup, je me sens détendue. Je le connais. Je l'ai déjà vu.

— Vous ne travaillez plus au cirque ?

Il hausse les épaules.

— Ils se sont débarrassés des lions.

— Vous vous occupiez d'eux ?

Il hoche la tête.

— Qu'est-ce que vous allez faire ?

— Je cherche du travail. Si je ne trouve rien, je partirai ailleurs.

Il me regarde de travers. Des questions se forment sur ma langue, mais je les retiens.

— Essayez la ferme des Mallory. Ils cherchent peut-être d'autres cueilleurs.

— C'est noté, merci.

Je m'apprête à revenir sur mes pas. Je me retourne au dernier moment.

— Vous pouvez dormir ici cette nuit.
— Merci.

Je l'observe, hésitante.

— Comment saviez-vous que j'étais là... derrière l'arbre ?
— Je vous ai vue sortir de la maison et trouver mon sac. Je tiens beaucoup à mes affaires.
— Jamais je n'aurais...

Je me tais, me rappelant mon intention d'examiner son contenu, ma main dans la poche.

Je lui tourne le dos et me dirige vers la maison, sentant son regard derrière moi. Il m'a sûrement vue remplir l'abreuvoir, parler aux poules, éparpiller le maïs, me gratter la tête. Depuis combien de temps m'observait-il ? Et comment savait-il que la maison était fermée ? A-t-il essayé d'entrer ? Ici, je suis seule, isolée. Je ne veux pas que des étrangers tentent d'ouvrir mes portes, jettent un œil par mes fenêtres.

J'espère avoir eu raison de l'inviter à passer la nuit ici. Je ne connais même pas son nom. Je me retourne, à la recherche d'un regard rassurant, d'un sourire ou d'un salut. Personne. Il a disparu. Il me rappelle une créature sauvage, de celles que l'on aperçoit en bord de forêt et qui s'évanouissent en un clin d'œil.

7

Debout devant la fenêtre de ma chambre, je tente de percer une obscurité impénétrable, attendant que le clair de lune illumine le paysage. Je sais pourtant que je ne le verrai pas. Le toit de l'étable occulte le verger.

Les cris perçants d'un renard brisent le silence de la nuit. Je me demande s'il se sent seul, s'il a peur. Sûrement pas. Cet homme est un géant. Il a quarante ans, peut-être plus. Il a vaincu un lion. Il n'a pas peur du noir. Il a l'habitude de dormir dehors. Son sac à dos usé en est la preuve.

J'ai fermé toutes les portes à clé, par sécurité. Je ne suis pas naïve. Cet homme a beau m'avoir fascinée sous le chapiteau, j'ai conscience des risques. C'est un étranger, et je suis vulnérable. J'ai vu le couteau attaché à sa ceinture.

Il partira demain. Dans mes relations avec les autres, j'ai l'habitude de suivre mon instinct. J'ai sûrement tort. Après tout, je me suis trompée au sujet de William, mais aussi de quelqu'un d'autre, il y a bien longtemps. Je ferme les yeux. Je préfère ne pas y penser.

J'hésite à avaler un somnifère. Je réfléchis trop, je suis stressée et je ne veux pas passer la nuit à me poser des questions sur mon mari. Mais je dois aussi être vigilante. Mieux vaut avoir le sommeil léger quand un étranger dort dans son jardin.

Je me réveille avec la langue pâteuse et le corps lourd. J'ai dû m'endormir au petit matin. Je suis désorientée, comme si l'on m'avait assommée avec la batte de cricket que je garde sous le lit. Je me redresse, je me frotte les yeux. Derrière les rideaux, des gouttes de pluie s'écrasent contre la vitre. Les événements de la veille me reviennent par bribes. Je sors du lit et je me plante derrière la fenêtre. Mon regard se pose sur le jardin négligé, la pelouse trempée et les flaques qui se forment dans l'enclos. Muscade résiste aux intempéries, dos au vent. Aucun signe de mon visiteur. Il doit être trempé jusqu'aux os. Peut-être devrais-je l'inviter au chaud, lui offrir un café ?

J'enfile mes bottes en caoutchouc et mon imperméable. Je sors de la maison, traverse les herbes hautes et humides et enjambe les fourrés qui mènent au verger. Le sol est boueux. Je me fraye un chemin parmi la végétation, évitant les épines de ronces.

— Il y a quelqu'un ?

Pas de réponse. Seulement un battement d'ailes et le bruit de la pluie qui tombe sur les feuillages. Une grive perchée sur une branche s'ébroue et se met à chanter. Je me faufile au milieu des arbres, à la recherche d'un signe de son passage. Rien. Pas de restes de cendres, pas d'herbe couchée. Je me demande comment cet homme a pu passer la nuit ici sans laisser aucune trace. La pluie l'a peut-être chassé. Ou peut-être n'a-t-il pas profité de mon invitation.

Il est temps de nourrir les poules. À ma grande surprise, je retrouve, devant le poulailler, un nid de mousse fraîche, avec six œufs posés à l'intérieur. Il les a sûrement ramassés ce matin. Je me penche et j'effleure leurs coquilles douces, me demandant s'il en a gardé un pour lui.

La pluie s'est arrêtée. Une femme en ciré et chapeau jaune est en train de peindre des échantillons de couleurs sur le nouveau lampadaire érigé devant l'épicerie du village. En approchant, je reconnais Mary et son air déterminé. Elle fait partie du comité qui a poussé la mairie à remplacer les lampadaires. Ils sont plus beaux que leurs prédécesseurs, froids et modernes. Mary a peint des carrés noirs, verts et gris sur le métal.

— On choisit la couleur à la réunion de ce soir, explique-t-elle. Le temps passe trop vite. Il faut qu'on se dépêche si on veut être prêts pour le concours.

— Je préfère le noir.

— C'est vrai ?

Elle n'a pas l'air d'être convaincue. Je souris en poussant la porte de l'épicerie. Je sens que mon vote ne sera pas pris en compte.

Sally-Ann est à la caisse. Pas de chance. Cette femme est douée pour se limer les ongles et répandre les ragots du village, pas pour servir ses clients rapidement. Je suis pressée. J'ai besoin de lait pour le salon de thé. J'attrape plusieurs briques tandis qu'elle scanne le deuxième article d'un client. Ils discutent à voix basse. Quand je les rejoins à la caisse, mon panier métallique au bras, ils se taisent. Je reconnais le crâne dégarni et la veste en tweed de John.

— Bonjour, Ellie, dit Sally-Ann. Tu as vu ça ?

Elle montre du doigt un journal ouvert sur le comptoir. Une photographie aérienne montre une longue file de camions. Des kilomètres de bouchons. Des silhouettes semblent courir le long des véhicules. En gros plan, un homme essaie d'ouvrir une remorque.

— C'est terrible, marmonne-t-elle.

— Je sais, dis-je en changeant mon panier de bras. Tous ces pauvres gens…

— Tu parles des migrants ? s'étonne Sally-Ann. Moi, je pense surtout aux routiers. Il paraît que ces sauvages portent des couteaux, donnent des coups sur les vitres. Ils essaient de grimper dans les camions, sous les remorques et même sur les toits. Si j'étais à la place des chauffeurs, je serais terrifiée. Tout ce qu'ils veulent, c'est faire leur travail et rentrer auprès de leur famille.

— On ne sait pas les horreurs que ces gens ont vécues, dis-je avec précaution. Certains ont fui la guerre, les massacres et la pauvreté. Ils n'ont pas eu le choix.

John secoue la tête.

— La vraie question, c'est pourquoi ils persistent

à venir en Angleterre. Pourquoi pas en Hongrie ou en Albanie ?

Sally-Ann fronce les sourcils.

— Ils savent qu'ils auront une meilleure vie ici, avec notre système de santé, la Sécurité sociale et tout le reste.

Je m'éclaircis la voix.

— Excuse-moi, Sally-Ann, mais je suis pressée. Est-ce que je peux payer ?

Elle scanne mes courses lentement, les yeux rivés sur le journal. John rassemble ses affaires, ajuste son chapeau.

— Ne crois pas à toutes ces histoires, Ellie. Demande-toi plutôt combien d'extrémistes se cachent parmi eux.

Il sort du magasin. La clochette retentit derrière lui. Sally-Ann a l'air horrifiée.

— Il a raison. Je n'y avais pas pensé.

Il faut que je garde mon calme. William répétait souvent que c'était l'inconvénient de vivre à la campagne, dans une petite communauté, composée majoritairement de retraités. Parce qu'ils ont travaillé dur, ils pensent qu'ils méritent leur vie privilégiée. Ils ont peur de la voir bousculée ou menacée par des gens qu'ils considèrent comme des « étrangers ». D'un commun accord, nous ne discutions jamais politique avec nos voisins.

« On est venus ici pour l'espace et le calme. Pour être tranquilles. Mieux vaut faire profil bas et profiter de notre nouvelle vie en silence. »

Nous avions de la chance. Nous possédions plusieurs hectares de terrain, entourés de nature et de beaux paysages. Le village a sa place dans tous les guides touristiques : ses ruelles étroites, ses maisons à colombages, ses fenêtres à meneaux qui donnent sur la place publique, où les pensées poussent dans les abreuvoirs et les canards glissent sur la mare. Il y a même un château. Les os de Thomas Becket ont un jour reposé dans l'église romane. Nous étions bien décidés à ne pas laisser les opinions politiques des villageois ternir notre bonheur.

Sur le chemin du salon de thé, ma gêne se mue en colère. Mes sacs de course battent contre mes jambes, les coins pointus des briques de lait me labourent les mollets. Si je n'ai pas réagi, c'est par pur égoïsme. Je ne voulais pas me lancer dans un débat que j'étais certaine de perdre. Et j'ai besoin de ces gens. Ce sont mes voisins, mes clients.

Je lève la tête et j'aperçois, au loin, une silhouette familière. Une démarche souple, un sac à dos sur l'épaule. Je cours pour le rattraper. Les anses des sacs me font mal aux doigts.

— Bonjour, dis-je, à bout de souffle.

Il s'arrête, se retourne.

— Avez-vous essayé la ferme ?

Il hausse les épaules.

— Pas de travail.

— Je suis désolée.

Il a des poches sous les yeux. Je m'en veux, comme si j'étais responsable de cet échec.

— Pourriez-vous m'aider à la maison ? Mon terrain a besoin d'entretien.

— C'est-à-dire ?

— Des ronces à couper, des barrières à réparer. Il y a aussi un arbre à abattre.

Deux personnes se sont arrêtées sur le trottoir opposé, les yeux rivés sur nous.

Il hoche la tête.

— Entendu.

— Je travaille jusqu'à 18 heures.

— Dans ce cas, je passerai demain matin.

Je suis troublée par son aplomb.

— Où allez-vous dormir cette nuit ?

— Ne vous inquiétez pas pour moi. Je serai là demain. Huit heures ?

— Vous comptez venir à pied ?

Plusieurs kilomètres séparent le village de ma maison, mais un simple coup d'œil vers ses bottes et son sac me rappelle que cet homme a l'habitude de marcher.

— Je m'appelle Ellie. Ellie Rathmell.

J'hésite à lui tendre la main. Il me dévisage un long moment.

— Luca, dit-il en posant une main sur son cœur.

Je reviens sur mes pas, en direction de la Laiterie. Nos deux spectatrices n'étaient autres qu'Irene et Barbara. Je les salue d'une main, mais elles baissent la tête, faisant mine de ne pas m'avoir vue.

Je marche la tête haute. Les gens étroits d'esprit ne m'intéressent pas. C'est la peur de la différence qui engendre les discriminations. En accueillant

Luca chez moi, peut-être aiderai-je des gens comme Sally-Ann à comprendre qu'accorder sa confiance à un étranger n'est pas aussi dangereux qu'on le croit.

8

Le lendemain matin, Luca m'attend devant la porte, avec cinq minutes d'avance. Je dévale l'escalier, les cheveux en bataille, pieds nus, en jean. Tilly ronronne à mes pieds et se frotte à mes jambes. Je manque de trébucher en tournant la poignée. Dehors, une fine bruine tombe en silence. Des gouttes de pluie perlent dans ses cheveux. Il est penché en avant, le col remonté, une cigarette éteinte à la main. Je l'invite à entrer, me demandant où il a passé la nuit.

Il range sa cigarette dans une poche, franchit le seuil. Il est obligé de se courber sous les poutres. Je le guide jusqu'à la cuisine, remplis la bouilloire et pose deux tasses sur la table. Je suppose qu'il n'a pas encore déjeuné, mais il secoue la tête.

— Montrez-moi par où commencer.

Dans l'entrée, je lutte avec la fermeture éclair de mon ciré. Je suis obligée de me pencher en avant, fesses en l'air, pour enfiler mes bottes. Il sent le tabac, la terre, la paille, le tissu humide et enfumé.

Nous sortons de la maison et nous dirigeons vers le

champ. Il boite légèrement de la jambe gauche. Voilà qui explique sa démarche singulière.

— Les outils sont dans la cabane de jardin, à côté de l'étable. Il y a une échelle dans le garage. Si vous avez besoin de quoi que ce soit, venez me voir.

Il ouvre le portail qui donne sur l'enclos. Gilbert surgit avant même que j'aie le temps de le prévenir. Il déploie ses ailes et claque du bec, indigné et enragé.

Luca ne bronche pas. Il marche sans se soucier de ses cris. Mais quand Gilbert s'attaque à ses jambes, il se penche et l'attrape par le cou, les doigts serrés comme une menotte. Le dindon se calme aussitôt, immobile et silencieux. Pendant un terrible instant, je crains que Luca ne lui brise le cou. Au lieu de cela, il saisit ses ailes avec son autre main et le dépose dans l'étable, fermant la porte derrière lui.

Cet homme est habitué aux fauves. Pour lui, dompter un dindon doit être un jeu d'enfant.

J'ouvre la porte de la cabane. Il s'empare d'un sécateur, d'une scie et d'une faux.

— Vous avez travaillé longtemps avec les lions ?

Il teste le tranchant de la scie avec son pouce.

— Je ne suis pas dresseur. Je ne faisais que m'occuper d'eux.

— Leur départ a dû vous rendre triste.

Il ouvre une boîte en bois posée sur une étagère.

— Vous avez un aiguisoir ?

— Je ne sais pas.

Il continue d'inspecter les étagères mal rangées.

— Les lions ont été placés dans un parc safari. Ils seront plus heureux là-bas. Leur place n'est pas dans un cirque. Les animaux ne sont pas nés pour nous divertir.

J'ai l'impression qu'il me reproche quelque chose. Je ressens comme un soupçon d'injustice.

— Je sais.

— Vous êtes quand même venue les voir.

— On m'avait invitée. J'accompagnais un ami et sa petite-fille. Je ne savais pas qu'il y aurait des lions.

Il ignore ma réponse en pinçant les lèvres, examinant les vieux outils rouillés. Je ne sais pas ce qui le dérange le plus : l'état de mes outils ou ma présence au cirque. Je respire profondément. Je n'ai pas à me justifier auprès de cet homme, mais je veux me prouver, à moi autant qu'aux autres, que j'ai eu raison de l'employer.

— C'est à cause de leur départ que vous avez quitté votre travail ? demandé-je, d'un ton que j'espère amical.

Il hausse les épaules.

— J'ai perdu mon vrai travail quand je suis tombé d'un trapèze, il y a plusieurs années. Je me suis blessé à la jambe. Je suis resté pour les lions.

— Oh... Je suis désolée.

Il hausse les épaules.

— J'ai eu de la chance. J'ai survécu.

J'attends la suite de l'histoire, mais il ne s'étend pas. Sous sa veste en cuir, je devine sa carrure d'athlète, son corps musclé. Je repense aux trapézistes intrépides qui m'ont tant impressionnée sous le chapiteau, à leurs pirouettes au-dessus de ma tête.

Je peux lui demander de partir quand je veux, me rappelé-je.

En rentrant à la maison, je m'arrête un instant pour caresser Muscade. Les cris étouffés de Gilbert résonnent depuis l'étable.

Je suis une pâtissière qui aime mettre la main à la pâte, de celles qui finissent toujours avec du sucre sur le front, du chocolat sur le menton et des empreintes farineuses sur les poches de leur jean. J'aime sentir la farine entre mes doigts, la pâte qui s'effrite, le sucre de canne roux et sableux, la souplesse de la pâte d'amande quand je l'étale avec mon rouleau, épaisse et luisante contre la planche. Même quand je cuisine à grande échelle, je prends plaisir à transformer les ingrédients en quelque chose de nouveau, divin, complexe, riche en saveurs.

Quand je cuisine, j'oublie tout. Gâteaux, muffins, biscuits, macarons, fondants, croquants, légers, collants… J'affine mes recettes, j'en tente de nouvelles et je réinvente les classiques. Je suis attirée par la science de la pâtisserie. Aujourd'hui, je prépare des sponge cakes, le gâteau préféré de mes clients, une recette qui transpire la simplicité. C'est l'acidité de la confiture, la douceur de la crème et la légèreté de la génoise qui font de ce dessert une réussite. Le gâteau est la toile de fond. Les ingrédients doivent être de bonne qualité.

Je suis en train de battre le beurre et le sucre dans mon robot quand le visage de Luca apparaît à la fenêtre. Surprise, je lâche l'œuf que je tenais à la main. Des fragments de coquille, de blanc et de jaune gluants s'écrasent sur mes chaussures et le carrelage.

Luca ouvre la porte, l'air désolé.

— J'ai frappé. Vous ne m'avez pas entendu.

— C'est ma faute. Je faisais trop de bruit.

Il enlève sa veste, retrousse ses manches. Il a le front trempé. Il me tend l'assiette vide et la tasse que je lui ai données au déjeuner, avec un sandwich au fromage et un thé.

— Vous voulez voir le résultat ? me demande-t-il.

— Avec plaisir.

Je m'essuie les mains sur mon jean et j'enlève mon tablier. J'attrape mon imper dans l'entrée.

— Avez-vous eu des nouvelles de Maria ? Est-ce qu'elle va bien ?

Il fronce les sourcils, secoue la tête.

— Excusez-moi. Je pensais que vous seriez au courant.

— Maria n'était pas mon amie. Elle et moi, on avait des opinions très différentes.

Luca a bien travaillé. Il a déblayé le terrain et a entassé les ronces sur le côté. Il a même commencé à couper les branches les plus hautes de l'érable. La porte de l'étable est ouverte. Gilbert est tapi dans l'ombre de Muscade, à l'autre bout du pré. Je ne sais pas si mon imagination me joue des tours, mais j'ai l'impression que le dindon a honte. Luca suit mon regard en souriant.

— On a appris à se connaître, lui et moi. Chacun sait où est sa place.

Le soulagement soulève mon cœur telle une voile dans le vent. Luca travaille dur. Il a abattu plus de travail en une journée que je n'en aurais effectué en une semaine. J'ai envie de lui serrer la main pour le remercier. Malgré son efficacité, il lui faudra une journée supplémentaire pour terminer.

— Est-ce que vous accepteriez de rester une nuit de plus, pour finir le travail ? Mon garage est vide. Il y a un lit de camp, de l'eau courante, un évier et une salle de bains à l'arrière de la maison. Il s'agissait de toilettes avant qu'on les rénove. Si cela vous intéresse, je vous offre les repas.

Il sort une cigarette, l'allume dans le creux de sa main, penche la tête en arrière. Un nuage de fumée s'échappe de sa bouche. Il hoche la tête.

Je vais chercher des draps dans l'armoire. Il m'aide à sortir le lit de camp du grenier, et un vieux chauffage d'appoint qui adoucira l'atmosphère humide du garage. J'appuie sur l'interrupteur. Les néons fluorescents crachotent au plafond une lumière froide et blanche. J'ajoute une petite lampe à côté du lit, plus chaleureuse, branchée avec une rallonge.

Nous faisons un pas en arrière pour admirer sa chambre de fortune.

— Ce n'est pas le Ritz, dis-je en soupirant.

Ai-je eu raison de l'inviter ? Quel genre de personne accepterait de dormir dans un garage ? Parviendrai-je à le faire partir une fois qu'il sera installé ?

Luca éclate de rire. Un vrai rire qui vient du ventre. Son visage s'est détendu. Il a les yeux qui pétillent.

Son rire se transforme en toux. Il couvre sa bouche d'une main.

— Pour quelqu'un qui a l'habitude de dormir dehors, cet endroit est aussi confortable que le Ritz. Croyez-moi.

Je lui apporte un bol de soupe, du pain, un verre d'eau, un paquet de biscuits et une banane. Il attrape le plateau avec délicatesse, une cigarette logée au coin de sa bouche.

— Bonne nuit, dis-je en partant.

Il dépose le plateau par terre, à côté du lit. Il a allumé sa lampe de chevet. Elle projette des ombres sur les murs. La pièce est pleine de courants d'air. Le sol en béton est froid sous mes pieds. J'aurais dû installer un tapis. Je repense à sa toux.

— Je reprendrai le travail à l'aube, dit-il, une main sur la porte. Ne vous tracassez pas pour le petit déjeuner. Je ne mange jamais le matin.

Je me déplace de pièce en pièce, fermant les rideaux et les volets. N'ayant pas de voisins proches, je n'ai pas l'habitude de m'enfermer la nuit. Chaque fois que je passe devant une fenêtre, je suis surprise par mon propre reflet. Prête à me mettre au lit, j'éteins la lumière dans ma chambre et je me tapis dans l'ombre, jetant un œil vers la fenêtre du garage. Je ne vois rien. Je tire les rideaux d'un coup sec.

Je me demande ce qu'il fait, à quoi il pense, s'il est à son aise. Son visage est insondable. Il ressemble aux anciens antihéros de Hollywood – un personnage à la James Dean ou Marlon Brando, une cigarette à la bouche, trop macho pour construire une phrase et dévoiler ses sentiments.

Avant d'aller me coucher, je descends sur la pointe des pieds et ferme la porte du fond à clé. Tilly miaule. Je bondis de surprise. Je lui parle à voix basse. Je me demande d'où vient Luca, s'il a une famille, s'il est allé en prison. Tout ce que je sais, c'est qu'il a risqué sa vie pour sauver quelqu'un qu'il n'aimait pas. C'est un héros.

J'imagine la réaction de Will, s'il était encore vivant. Mon impulsivité l'aurait inquiété, agacé.

Je remonte la couverture jusqu'au menton et je me blottis contre l'oreiller, yeux fermés et poings serrés.

Je n'arrive pas à m'endormir. Il me reste quelques somnifères, mais je n'ai pas envie de les prendre. J'essaie d'énumérer tous les noms collectifs qui me viennent à l'esprit ; cette technique m'aidait à l'époque de mes insomnies, au lieu de compter les moutons : une bande de souris, un envol d'étourneaux, une portée de pékinois.

Je glisse la main dans le tiroir de ma table de chevet, saisis le paquet et dépose deux comprimés sur ma langue.

9

1990

La fête bat son plein. Des couples ivres dansent un slow sur *Sacrifice* d'Elton John. Je colle ma joue contre l'épaule d'Ed. Il enroule ses bras autour de moi. Je sens une bosse contre ma cuisse. Je deviens toute rouge, recule d'un pas.

Quelques minutes plus tard, je rejoins Julia dans les toilettes. Elle admire sa nouvelle coupe de cheveux, blonds comme ceux de Madonna. Elle se penche par-dessus le lavabo pour retoucher son rouge à lèvres.

— J'ai senti son érection contre ma jambe, dis-je, encore sous le choc.

Elle éclate de rire.

— Tu t'en remettras, me taquine-t-elle.

Je lui jette un mouchoir à la figure.

— Arrête ! Ce n'est pas drôle.

Je sors des toilettes et rejoins Ed, qui m'attendait dans le couloir.

— On y va ?

Nous sortons du salon en riant. Dehors, nos rires s'éteignent, rattrapés par l'humiliation de la danse. Je m'essuie les yeux. Ed s'appuie contre le mur et roule un joint. Il gratte une allumette, approche la flamme de son visage.

— On va faire un tour ?

Mon cœur s'emballe. Je hoche la tête. J'accepte le joint. Je me retiens de tousser. Je me prépare mentalement à notre baiser, mais Julia et Mark nous interrompent. On se rassemble derrière la salle des fêtes. Ed fait tourner le joint. L'odeur et la fumée m'étouffent.

— Il y a une barque abandonnée sur la berge, annonce Mark. Ça vous dit ?

Le long de la route, les prairies de Grantchester plongent dans la rivière Cam. Le cours d'eau noir traverse des champs constellés de vaches jusqu'à Cambridge, où il coule sous les vieux ponts en pierre de l'université.

Nous nous dirigeons vers la rive, nous frayant un chemin parmi les herbes hautes en riant et en chuchotant. Ed détache la barque. Mark nous aide à monter à bord. L'embarcation ondule sous notre poids. Julia s'assoit à l'arrière. Je me colle à elle et tire sur ma jupe pour recouvrir mes cuisses.

Mark s'installe à la proue, Ed s'empare des rames. Nous nous éloignons de la rive et glissons sur les eaux noires. Les rames claquent, le bois grince.

— La rivière est profonde ? demande Julia.

— Aussi profonde que l'océan, répond Mark. Et les poissons sont carnivores.

Je lève les yeux au ciel.

— N'importe quoi ! Ne t'inquiète pas, Julia. Je suis sûre qu'on a pied.

Le bruit rythmique des rames m'hypnotise. Les épaules d'Ed se contractent sous l'effort. Des formes mystérieuses et fantasmagoriques évoluent autour de nous. La silhouette d'une vache surprend Julia. Elle hurle de terreur. Je lève la tête pour admirer la lune, un globe jaune entouré d'un halo brumeux. Ed m'observe. Je le sens. Je passe une main dans mes cheveux, la langue sur mes lèvres. J'espère que le clair de lune est flatteur.

À l'approche de la ville, la rivière s'élargit et les bâtiments universitaires surgissent de la pénombre. Nous passons sous un pont. Des bruits de pas résonnent au-dessus de nos têtes, des claquements de talons sur les pavés. Les reflets des murs et des flèches ondulent à la surface. Trois cygnes remontent le cours d'eau en silence.

Certaines fenêtres sont éclairées, dévoilant la vie des étudiants derrière les carreaux. Un couple s'embrasse dans une chambre. Mark et Ed poussent des cris d'encouragement.

— Regardez, un rouquin ! s'écrie Mark. C'est l'homme de ta vie, Eleanor.

Le garçon en question est assis devant sa fenêtre, dans la clarté d'une lampe de bureau. Ses cheveux roux tombent sur son front tandis qu'il se concentre sur un livre. Il lève la tête, attiré par le bruit. Il a l'air mignon, gentil, dans un autre monde. Mark et Ed éclatent de rire. Ed le siffle et fait demi-tour en un coup de rame.

— Allez, on rentre. Il est tard.

— Déjà ? dis-je en boudant. Je pensais qu'on ferait quelque chose de plus… excitant.

— Comme quoi ? demande Julia.

Je regarde autour de moi.

— Un bain de minuit.

— Tu plaisantes ? s'écrie Mark. On est en avril ! L'eau est glacée.

Trop tard. Maintenant que l'idée a germé dans mon esprit, je suis possédée par un désir profond, l'envie de me distancier des autres, du ton mesquin d'Ed, de leurs moqueries, du tournant ennuyeux et amer qu'a pris cette soirée. J'ai envie de me faire peur. J'enlève mes chaussures et ma veste.

— Arrête ! crie Julia.

Je suis en sous-vêtements. Ed pose une main sur ma cuisse. J'ai la chair de poule. Sans réfléchir, je me bouche le nez, et je saute.

L'eau est noire et froide. Glacée. Mes jambes s'emmêlent dans les algues. Je me débats, j'avale une gorgée d'eau nauséabonde. Je me rappelle que ces rivières sont sources de maladies, remplies de rats qui y nagent et y urinent. J'imagine une créature sur la rive, le poids de son corps qui plonge dans l'eau. La rivière est implacable. Elle m'écrase. Je ferme les yeux et remonte à la surface. Les autres me soulèvent comme un gros poisson visqueux.

Julia pose ma veste sur mes épaules trempées.

— Tu es folle !

Je ne peux plus parler. Mes lèvres et ma langue sont engourdies. Je suis sur un petit nuage, comme si j'avais accompli quelque chose d'extraordinaire. Mon triomphe, mon audace allument un feu dans mon ventre. Je souris et croise le regard stupéfait d'Ed. Tout à coup, je vois le genre d'homme qu'il deviendra : ennuyeux, conventionnel, coincé. Je ne veux pas de quelqu'un comme lui, ni d'un rouquin plongé dans ses livres. Je veux m'enfuir d'ici et rencontrer l'amour, le vrai, celui qui me libérera.

Je m'esclaffe. Mon rire ressemble à un hoquet, déformé par mes frissons. Julia me frotte le dos.

— Elle fait une crise de nerfs. Accélère, Ed.

J'ai les dents qui claquent. Je penche la tête en arrière, comme un loup huant sous la lune. Je ne sens plus mes doigts. Mon corps est paralysé par le froid. Je sais que les autres me prennent pour une folle, mais le feu continue à brûler en moi. Mon avenir m'attend. Je rencontrerai un homme courageux, unique. Je deviendrai médecin, je sauverai des vies et changerai le monde.

10

2015

Au-delà du jardin détrempé, une silhouette attire mon attention. Je retiens mon souffle. Il y a un homme dans le pré. Je mets un instant à comprendre qu'il s'agit de Luca, déjà au travail.

Je ramasse les œufs dans le poulailler avant de le rejoindre. Il s'essuie le front du revers du bras. La chair de l'érable est à vif, pâle et humide. Elle sent la sève, le dernier souffle du bois. La mort d'un arbre est toujours poignante. Je touche la souche du bout du pied, détourne le regard de son bord dentelé.

— Vous avez bien dormi ?

Il hoche la tête.

— Vous avancez vite.

Je me tourne vers l'ancien verger, envahi de broussailles et de fourrés qui étouffent les arbres fruitiers. Will et moi avons laissé le terrain à l'abandon, repoussant l'échéance par paresse.

— Le verger a besoin d'être débroussaillé. Est-ce que cela vous intéresserait ?

Luca hausse les épaules.

— Vos pommiers ont besoin d'air. Je serais ravi de les sauver.

— D'où venez-vous ? Je ne reconnais pas votre accent.

— Roumanie, dit-il en se grattant le cou.

— Vous avez beaucoup voyagé ?

— Oui. Europe, Amérique. Un peu partout.

Il est sûrement né dans le monde du cirque. Je ne lui pose pas la question. Luca n'est pas bavard, et je ne veux pas lui faire subir un interrogatoire.

— Si vous me cherchez, je passe la journée à la Laiterie.

Il lève un sourcil, perplexe.

— Mon salon de thé, dis-je en avalant ma salive. Est-ce que vous vous débrouillerez sans moi ? Je ne vous ai pas préparé de repas.

— Ça va aller, merci.

Nous nous sommes mis d'accord sur un salaire, logement inclus, mais je ne l'ai pas encore payé. Luca mange très peu. Cela explique sa minceur. Il doit vivre d'air et d'eau. Pas comme William. Quand je l'ai rencontré, Will était un étudiant maigrichon, mi-garçon mi-homme. Au fil des années, il s'est empâté. Il était gourmand. Il adorait les gâteaux que je préparais et ne pouvait pas s'empêcher de lécher les saladiers. Je passais mon temps à le chasser de la cuisine. Alors il posait une main sur sa bedaine, l'air rieur.

— C'est le prix à payer pour avoir épousé une pâtissière.

J'aimais son ventre. Contre lui, les nuits étaient douillettes. Il me manque. Sa chaleur dans le lit, son souffle familier sur ma peau. Je me sens seule. C'est sûrement pour cette raison que j'ai demandé à Luca de rester. Pour avoir un autre humain à mes côtés. Dommage qu'il ne soit pas de meilleure compagnie. J'ai la nostalgie de mes conversations avec Will, autant que des histoires que nous nous racontions le soir, partageant les potins du village et de l'université.

Kate klaxonne dans l'allée. Nous chargeons le coffre de gâteaux. Elle remarque la silhouette de Luca au loin.
— Qui est-ce ?
— Luca. Il nettoie l'extérieur de la maison. C'est un ancien trapéziste.
— Intrigant, dit-elle en mâchant son chewing-gum.
Elle jette un dernier coup d'œil vers lui avant de s'asseoir au volant.
— Il a l'air sexy. Tu le laisses tout seul chez toi ? Ça ne te dérange pas ?
— J'ai fermé la maison à clé, réponds-je aussitôt. C'est une bonne personne.
— Si tu le dis.
J'ai envie de lui parler de William, de ce que j'ai découvert, pour lui prouver que faire confiance aux autres n'est pas aussi simple qu'il y paraît, mais je ne veux pas que le village se mette à parler derrière mon dos. Kate est friande de commérages.
Pendant le trajet, elle me raconte son dimanche en slalomant sur les petites routes de campagne. Pete, son petit ami, a passé la journée devant la télévision. Il n'a pas voulu sortir au pub avec elle, obnubilé par

un match de football. Il l'a ignorée toute la soirée, parlant sport avec ses amis.

Elle se mord la lèvre, frustrée.

— Les mecs d'ici manquent vraiment de classe. Je n'en ai pas rencontré un seul qui ait du style, qui sache me divertir.

Un camion surgit dans le virage. Il nous surplombe, menaçant, son large pare-chocs semblant occuper toute la route. Kate donne un coup de volant à gauche. Je me colle à ma portière. Les roues géantes nous frôlent, puis disparaissent. C'est sur cette route que Will a eu son accident. Depuis, la barrière a été réparée, les barbelés ont été remplacés. Les traces des pneus dans le fossé ont été effacées par la pluie et le passage du temps. Des brins d'herbe poussent au creux de leurs plaies terreuses.

Au salon de thé, les clients s'enchaînent. Habitués et touristes dégustent mes gâteaux, boivent du thé, commandent des chocolats chauds et des bouteilles de Coca, dévorent des sandwichs et vident des paquets de chips. La salle est remplie du doux murmure des conversations, du ronron de la machine à café et du tintement de la porcelaine.

La porte s'ouvre. La clochette retentit. Kate me donne un coup de coude. David et Adam se plantent devant le comptoir. J'essuie mes mains sur le tablier. Je suis sûre que David a oublié sa promesse – il ne m'invitera jamais à dîner.

Il étudie la vitrine avec attention.

— Bonjour, Ellie. J'aimerais ce gâteau, s'il te plaît. Rachel et Pip viennent prendre le thé cet après-midi.

— Bien sûr.

Je m'empare du présentoir. J'attends que Kate déplie une boîte pour y déposer le gâteau, mais elle est trop occupée à admirer Adam et à battre des cils. Je comprends pourquoi. Il est très séduisant. Il s'appuie contre le comptoir, les mains dans les poches. Même avachi, il est plus grand que son père. Il doit avoir une vingtaine d'années. Quand nous sommes arrivés dans la région, il était encore étudiant. Depuis quelques années, il travaille sur la ferme avec son père. Je ne le connais pas bien. Je me demande comment il va depuis la mort de sa mère.

Ses yeux ténébreux se posent sur moi.

— Bonjour, Adam. Le travail se passe bien ?

— C'est dur, répond-il. Papa m'exploite comme un esclave.

— Tu exagères ! proteste David en le poussant gentiment.

Kate emballe le gâteau. Je leur tends la boîte blanche, fermée avec un ruban rouge. David se penche vers moi et me tend un billet, approchant sa bouche de mon oreille.

— Mon invitation tient toujours, murmure-t-il. Tu es libre samedi ?

Je réfléchis un instant, faisant mine de consulter un agenda invisible. Vide. David sait que je suis libre. Je ne devrais pas en avoir honte.

— Je pense que oui. Ce serait… avec plaisir.

Satisfait, David sort du salon de thé avec son fils ; il referme la porte derrière eux.

— Tu sors avec David Mallory ? me demande Kate.

— Pas dans ce sens-là, dis-je à voix basse. Il m'a juste invitée à dîner.

Je les regarde monter dans leur Range Rover. Maintenant que je sais qu'Adam a été adopté, je me demande pourquoi je ne l'ai pas deviné plus tôt. Il ne ressemble à aucun de ses parents. Je repense à Henrietta, frêle et pâle, une main sur le bras de son fils, l'autre en train de le recoiffer.

Kate me dépose à la maison et me dit au revoir d'un air enjoué. En marchant jusqu'à l'entrée, je vérifie chaque fenêtre, chaque porte, m'assurant que tout est à sa place. C'est plus fort que moi. Muscade approche du portail, appuie son museau tiède contre ma main. Je lui caresse les oreilles. Elle a le vendre bien rond. À son arrivée du refuge, elle était tellement maigre que ses côtes étaient visibles.

Dans le champ, quelque chose attire mon attention. Je mets quelques secondes à réagir, à comprendre de quoi il s'agit : l'érable ; le vide laissé derrière lui. C'est étrange comme les choses qui ont disparu laissent une empreinte dans notre subconscient. Son absence en est presque impertinente.

Je balaie les environs du regard, à la recherche de Luca. Je devine sa silhouette, à genoux de l'autre côté de la clôture. Il me salue en brandissant son marteau.

J'allume la radio, à la recherche d'une station musicale. Je m'arrête sur une chanson pop. Je ne la connais pas, mais le rythme est entraînant. Je balance les hanches. Je n'ai pas dansé depuis mon adolescence. Will n'a jamais aimé sortir. Il a travaillé dur pour obtenir son doctorat, puis il a enchaîné avec les examens de ses étudiants à corriger, et les livres qu'il écrivait. Il ne parvenait pas à se concentrer quand il y avait du bruit. Je dansais seule dans la cuisine avec le volume au plus bas, puis je montais dans la chambre sur la pointe des pieds pour lire un livre.

J'ouvre le robinet et lave quelques carottes. Je me sèche les mains, pèle un oignon. La peau est fine comme du parchemin et se détache de sa chair dodue. J'essuie une larme et je repense à David, à ce qu'il m'a dit dans le salon de thé, à sa voix. Je me demande s'il m'apprécie vraiment. Tout ce que je sais, c'est qu'il me fait perdre mes moyens. Je manque de confiance en moi. Ce n'est pas sa faute si ses vêtements lui vont parfaitement, si sa peau rayonne comme s'il sortait de la douche, si ses yeux sont aussi bleus et clairs qu'un ciel de juin.

Je coupe la carotte en rondelles. La lame claque contre la planche en bois. Luca passe devant la fenêtre en sifflant. Il disparaît dans le garage. Il donne l'impression de s'être installé. Il ne m'a rien demandé depuis son arrivée. J'ai bien fait de lui offrir du travail et un endroit où dormir.

Je verse un filet d'huile dans la poêle. Les oignons crépitent et dorent. Je cuisine pour deux. C'est une habitude dont je ne parviens pas à me défaire. En ce moment, elle est utile, car je dois nourrir Luca.

Tandis que je remue les légumes, j'essaie de m'imaginer au restaurant avec David, entourée de bougies, un vase rempli de roses sur la table. *Tu es une belle femme.* J'ajoute la viande hachée dans la poêle. Le rose se transforme en marron. Depuis mon mariage avec Will, je ne me suis intéressée à aucun homme. Jusqu'à récemment, je pensais que c'était réciproque. J'avais tort.

11

David remarquera tout, de la couleur de mon fard à paupières à la qualité de mes bijoux. Je retiens mon souffle en passant une main dans mes cheveux indociles, un geste que ma mère a trop souvent répété. Je détestais quand elle me recoiffait. De toute manière, il est trop tard pour me soucier de mon apparence.

Je suis encore dans ma chambre, en train d'enfiler une paire de boucles d'oreilles marocaines, quand j'entends le moteur de la Range Rover, suivi d'un claquement de portière. J'ai vidé toute ma garde-robe. Mon lit est jonché de vêtements, semblable à une table de vide-grenier. Je porte une longue robe à fleurs achetée dans une friperie, des collants violets et un collier en argent. Je m'inspecte une dernière fois dans le miroir de la porte. J'ai opté pour un style bohème chic. David, lui, me trouvera sûrement négligée, excentrique.

La sonnette retentit. Je dévale l'escalier, attrapant un manteau léger au passage. Je me redresse sur le paillasson, espérant que mon visage ne trahira pas mon stress. Malgré ce que j'ai dit à Kate, j'ai bel et bien l'impression de me rendre à un rendez-vous galant. Cela fait longtemps que je suis sortie avec un homme. J'ai peur de ne pas savoir quoi dire, ni comment me comporter.

J'ouvre la porte. David se penche vers moi et dépose un baiser sur ma joue. Il porte un costume bleu foncé, une chemise et une cravate en soie. Will ne possédait qu'un seul costume, en velours côtelé jaune moutarde. Malgré mon insistance, il refusait de le remplacer par un ensemble plus moderne. Il le portait par-dessus une chemise à carreaux, la cravate de travers et le bouton du haut ouvert.

David me sourit. Je m'éclaircis la voix.

— J'arrive. Je vais prévenir Luca.

Il a l'air surpris. Je l'abandonne sur le seuil sans lui fournir d'explications. Je lui tourne le dos, traverse la cuisine, sors par la porte du fond. Luca ouvre la porte du garage avant même que je frappe. Il sent le tabac et la terre. Derrière lui, le lit de camp est bordé. Des ombres se dessinent sur les murs.

— Je sors... avec un ami, dis-je en me balançant d'un pied sur l'autre. Vous n'avez besoin de rien avant que je parte ?

Il ne répond pas. Son silence me trouble. Je hoche la tête.

— Très bien. Bonne nuit.

Il me regarde droit dans les yeux, me dévisageant avec une intensité déconcertante. J'en ai des frissons. Je remonte le col de mon manteau. Il m'offre un sourire en coin, visiblement amusé.

Je me demande ce qu'il fait de ses soirées, comment il occupe son temps. Aime-t-il lire ? Son sac ne me paraît pas bien large, juste assez pour contenir le strict minimum.

Je rejoins David dans la voiture.

— Qui est Luca ? demande-t-il en démarrant.

— Il m'aide à débroussailler le terrain, à réparer les clôtures. Ce genre de choses.

La voiture s'enfonce dans la pénombre. Des insectes se rassemblent en nuées, attirés par les faisceaux des phares.

— Je le connais ?

— Il n'est pas de la région. Il travaillait au cirque. C'est lui qui est entré en piste après l'attaque du lion.

David fronce les sourcils.

— Je ne m'en souviens pas. J'étais trop concentré sur les animaux.

— Luca a quitté le cirque après l'incident.

— Où dort-il ?

— Dans mon garage.

— C'est vrai ?

J'entends l'inquiétude dans sa voix. Je me redresse dans mon siège, les yeux rivés sur le pare-brise. Un animal traverse la route, bas sur pattes, une longue queue traînant derrière lui. David freine. Une fois le danger écarté, il plonge son regard dans le mien.

— Fais attention à toi, Ellie. D'accord ?

Un bruit évasif s'échappe de ma gorge. Je refuse de me laisser influencer par les opinions des autres. La confiance, c'est la meilleure partie de l'être humain. Fermer cette porte, c'est prendre le risque de me renfermer sur moi-même, de devenir méfiante, paralysée par les blessures et les trahisons de la vie.

Je me blottis contre le cuir moelleux du siège. Le trajet passe vite. David a réservé une table dans un restaurant chic de Canterbury. La salle est exactement comme je l'avais imaginée : tamisée, parsemée de bougies, avec des serveurs tapis dans l'ombre, présentant des bouteilles de vin, se précipitant vers les tables pour remplir les verres et ramasser les serviettes tombées à terre.

David se penche sur la table immaculée.

— Je suis désolé d'avoir tardé à t'inviter.

Je secoue la tête, mais il persiste à s'excuser.

— J'avais envie de te revoir, mais je n'étais pas prêt. Ce n'était jamais le bon moment. Pendant plusieurs mois, j'ai vécu au jour le jour.

Un serveur nous interrompt, déposant les entrées entre nous. David attrape la salière.

— Comment vas-tu ? me demande-t-il.

— Bien.

Je ne m'étends pas. Je ne veux pas parler de William.

— N'hésite pas à m'appeler si tu as besoin d'aide, ajoute-t-il en salant sa soupe. J'aurais pu t'envoyer quelqu'un pour nettoyer ton terrain. Tu n'aurais pas dû demander à un étranger.

— Luca. Il s'appelle Luca. Je te remercie, mais je n'ai pas l'habitude de demander de l'aide. Je me suis toujours débrouillée toute seule. C'est sûrement une question de fierté.

Je pique un morceau de figue avec ma fourchette. Elle est sucrée, fondante et granuleuse sur ma langue. David me sourit.

— Tu n'as pas à en avoir honte. J'admire les femmes qui prennent leur vie en main.

Il baisse le regard, se concentrant sur son bol.

— Hettie n'était pas comme ça.

— Ah bon ?

Cet aveu me surprend. Henrietta m'a toujours semblé sûre d'elle, indépendante et déterminée. Elle était très active, engagée dans des associations caritatives. Jamais négligée, elle prenait le temps d'aller chez le coiffeur et chez l'esthéticienne malgré son emploi du temps chargé.

— C'est ce que j'aimais chez elle, reprend-il. Sa vulnérabilité. Et c'était une mère formidable, très protectrice.

Il penche la tête en souriant.

— Excuse-moi, Ellie. Je me contredis. L'être humain est une créature complexe.

— J'aurais aimé la connaître davantage.

— Sa santé a vite décliné. Elle avait des migraines depuis longtemps, mais le diagnostic est tombé comme un couperet. Je me sens coupable. J'aurais dû la forcer à voir un médecin plus tôt.

— Tu ne pouvais pas savoir.

Je me concentre sur mon verre, faisant tourner le pied sur lui-même. David a les larmes aux yeux.

— Désolé. Je ne voulais pas parler de choses tristes. Pas ce soir.

— Ça ne me dérange pas. Je suis là pour t'écouter.

Il recouvre ma main de la sienne.

— Ma femme était fragile.

Je hoche la tête. Henrietta avait la peau fine, presque transparente, une silhouette longiligne. Je l'ai vue plus d'une fois avec un bras dans le plâtre. Frêle et délicate. Pas comme moi.

— Elle prenait soin d'elle, ajoute David. Elle buvait rarement. Un verre de champagne de temps en temps. Elle ne fumait pas et ne mangeait jamais de sucreries. Elle était même végétarienne. Je ne pensais pas qu'elle tomberait malade un jour. Je la croyais à l'abri.

J'avais cru la même chose, mais pour d'autres raisons – parce qu'elle était belle et riche. C'était ridicule. La richesse n'empêche pas la maladie de frapper.

— Parlons d'autre chose, dit David. De nous, par exemple.

Pendant le reste du repas, nous discutons de nos goûts musicaux et de nos livres préférés. Nous nous moquons de l'obsession des habitants pour le concours du village. Nos assiettes se vident. Nous partageons une mousse au chocolat. J'ai trop bu. La pièce tangue, le visage de David devient flou. Aux toilettes, je me regarde dans le miroir, les mains posées sur le rebord doré du lavabo. La lumière est impitoyable. Mon mascara a coulé. Je tente de réparer les dégâts.

David a déjà payé l'addition. Il m'attend à l'entrée, mon manteau à la main. Dans la voiture, il met de la musique. Un morceau de piano.

— C'est beau. Qu'est-ce que c'est ?

— La *Fantaisie* de Schumann. Le troisième mouvement. Ce passage est sublime.

Il monte le volume, tourne la tête vers moi.

— Un jour, je t'emmènerai à un concert.

Je regarde le paysage défiler derrière la vitre. Les haies, les arbres, le ciel noir. La musique emplit le véhicule. La qualité du son est extraordinaire, pas comme l'antique lecteur CD de notre vieille Renault, où les disques sautaient à la moindre secousse. Qu'écoutait William le soir de l'accident ? Son album préféré de Bob Dylan ? Leonard Cohen ? Je ferme les yeux, absorbée par la mélodie, les montées et descentes des notes de piano.

Il fait trop chaud, mais je ne veux pas me plaindre. David a fait beaucoup d'efforts pour rendre cette soirée agréable.

— Est-ce qu'Adam compte travailler sur la ferme pour de bon ?

David hoche la tête.

— J'ai beaucoup de chance. Rachel et Adam ont tous les deux décidé de rester. Adam est brillant, il a un vrai sens du business. C'est un réel atout pour l'entreprise.

David ne parle pas du fait qu'Adam a été adopté. Il traite ses enfants comme s'ils étaient les siens. Une vraie preuve d'amour. Je m'en veux de m'être laissé aveugler par les apparences et les préjugés, d'avoir ignoré qui il était vraiment.

David se gare devant chez moi. Il me semble naturel de l'inviter à boire un verre. Je n'ai pas encore terminé la bouteille qu'il m'a offerte il y a plus d'un an. Je le lui dis, et mon aveu le fait sourire.

— Avec plaisir, répond-il.

Nous revoilà assis autour de ma table, à boire du cognac. Je ne le fais pas remarquer à voix haute. Je ne veux pas lui rappeler les dernières semaines de la vie d'Henrietta. Nous avons beaucoup de points communs, David et moi. Nous avons tous les deux perdu notre conjoint. J'ai donné mon fils. Il a adopté le sien. C'est quelqu'un de bien. Meilleur que moi. Ce soir, tout me paraît possible. Je tends la main par-dessus la table. Il l'attrape aussitôt. Il a la peau tiède.

Nous restons assis en silence. Puis il se lève, ses doigts entremêlés aux miens. Il m'entraîne vers le couloir. Je le suis dans l'escalier. Il est rassurant d'être guidée, de ne pas avoir à réfléchir. David s'arrête sur le palier. Il ne sait pas où se trouve ma chambre.

Je n'allume pas la lumière. C'est mieux ainsi. Nous nous déplaçons à la lueur de la lune. Sous l'effet de l'alcool, tout me semble irréel. J'ai l'impression de flotter. David me serre contre lui. Je sens le poids de son corps contre le mien, solide et humain. Son parfum me saisit. Il pose une main sur ma nuque, approche sa bouche de la mienne. Sa langue caresse mes lèvres. Mon corps s'éveille de désir, mais la peur de l'inconnu me terrasse. David n'est pas William. Que suis-je en train de faire ?

Je recule d'un pas. Il retient son souffle tandis que je recouvre mon visage avec mes mains.

— Je... Je ne peux pas.

David reste proche de moi, mais ne me touche pas. Des larmes dévalent mon nez et mes joues.

— C'est ma faute, s'excuse-t-il. Je me suis emporté.

— Non, tu n'y es pour rien.

J'essaie de me calmer en respirant profondément. Il pose une main sur mon bras.

— Je reviens, dis-je en me dirigeant vers la salle de bains.

J'ai le nez qui coule, la peau mouillée de morve et de salive. Je ferme la porte derrière moi. Je m'assois sur l'abattant des toilettes et me mouche avec du papier. Je m'en veux de m'être laissé faire. David est d'un tempérament autoritaire. Il a l'habitude de diriger. J'ai senti sa puissance en le suivant dans l'escalier. Impossible de résister. J'ai été trop faible.

Je m'asperge le visage au-dessus du lavabo. J'ose à peine affronter mon reflet dans le miroir. J'ai les yeux rouges, la peau gonflée. J'essuie une tache de fard à paupières sur ma joue, je passe un doigt sur mes sourcils. Je repense à ce fameux soir de fête avec Ed, à ce même instant de doute dans les toilettes, après avoir dansé avec lui.

Je retourne dans ma chambre. La lampe est allumée, mais David a disparu. Je balaie la pièce du regard : l'armoire encore ouverte, la commode recouverte de bijoux et de maquillage, mes vêtements sur le lit. Tout est intact. Est-il parti ? Je sens la panique monter en moi. Je n'ai pas entendu sa voiture démarrer, ni la porte se fermer.

Inquiète, je sors dans le couloir. Une lumière s'échappe du bureau de William. David est planté devant les tas de papiers, les montagnes de livres et l'ordinateur abandonné. Il plonge son regard dans le mien.

— Tu n'as pas réussi à ranger ses affaires ? demande-t-il à voix basse.

Je secoue la tête.

— Moi non plus. Celles d'Henrietta sont partout dans la maison, ses vêtements encore dans l'armoire. C'est un peu morbide.

— C'est difficile de... couper les derniers liens.

J'ai la voix qui tremble. Il resserre sa cravate.

— Est-ce que tu m'offres une seconde chance, Ellie ? Ou ai-je tout gâché ?

— Non. Tu n'as rien gâché.

— Merci. Ma femme me manque, mais sache que je ne t'ai pas embrassée parce que... parce que je me sens seul. Tu es belle, Ellie. Je pense que tu n'en as pas conscience.

Il traverse la pièce, s'arrête à côté de moi.

— Bonne nuit.

Je l'entends descendre les marches, s'arrêter sur le pas de la porte. Le grattement de ses semelles sur la moquette.

— Faire son deuil prend du temps, Ellie. Appelle-moi quand tu es prête.

Je pose un doigt sur mes lèvres, où s'attarde le goût de son baiser. C'est la première fois que j'embrasse un autre homme en l'espace de vingt ans. Je jette un œil par-dessus mon épaule. J'ai cru entendre le souffle de William, un bruit de page qui se tourne. Il est partout autour de moi. Son bureau est comme il l'avait laissé. La dernière fois que j'y suis entrée, c'était le jour où j'ai vérifié nos relevés bancaires et son ordinateur.

Un tiroir est ouvert, débordant de papiers, de carnets, de crayons cassés, d'emballages de chocolat, de souches de chéquiers et de pages arrachées. Un bonbon à la menthe recouvert de poussière traîne sur le bureau. Mon mari était négligent. Nous nous en amusions souvent.

Je jette le bonbon à la poubelle. Un détail attire mon attention : un morceau de papier froissé au fond de la corbeille. Je ne l'avais pas remarqué lors de mon dernier passage. Curieuse, je l'attrape et le déplie. Je reconnais l'écriture de Will. Je lis mon nom.

Mon cœur s'emballe. C'est une lettre à mon intention. Je l'approche de la lampe, les mains tremblantes.

Ma chérie,

J'ai eu beaucoup de chance. J'étais au bon endroit, au bon moment quand je t'ai rencontrée. Mais je n'ai pas été capable de t'aimer convenablement. J'ai fait de mon mieux, Eleanor. Pourtant, j'ai toujours eu la sensation que tu me cachais quelque chose. Si j'étais quelqu'un d'autre, peut-être te serais-tu confiée à moi.

Cela n'excuse en rien mon comportement. Rien de tout cela n'est ta faute. J'ai eu beaucoup de mal à te cacher la vérité. La culpabilité est le pire des fardeaux. J'espère que tu comprendras, et que tu me pardonneras. Je ne pensais pas un jour me comporter comme un chevalier servant. Nous aimerions tous que quelqu'un ait besoin de nous, n'est-ce pas ? C'est la nature humaine. J'espère que tu ne m'en voudras pas, mais quand elle...

Il manque la page suivante. Je retourne le tiroir, déverse le contenu par terre. J'inspecte les étagères, les meubles, les piles de cartons, les montagnes de documents et de livres sur le bureau.

Je me frotte les yeux. Je sors de la chambre, chancelante. Je m'assois au bord du lit, la lettre en boule dans ma main. Les mots défilent dans ma tête. *Nous aimerions tous que quelqu'un ait besoin de nous, n'est-ce pas ? C'est la nature humaine. J'espère que tu ne m'en voudras pas.*

Mon ventre se noue. J'avais raison. Il voulait quelqu'un de plus féminin, qui l'aide à se sentir plus fort. Ils étaient sûrement ensemble le soir de sa mort. La dernière personne qu'il ait vue dans ce monde, c'était elle. Elle a bu à ses côtés, et elle l'a regardé monter dans sa voiture, malgré son état.

Je suis en colère contre elle, contre sa stupidité. Contre ma propre ignorance. Et surtout, je suis en colère contre William. J'aimerais que David soit là pour me serrer dans ses bras. Je regrette de ne pas lui avoir rendu son baiser.

12

1990

Je me bouche les oreilles pour étouffer le brouhaha de la fête qui déborde sur la terrasse. Mme Oaks a passé l'après-midi à préparer des sandwichs au concombre, à enfiler des morceaux d'ananas et de cheddar sur des cure-dents, à étaler du caviar sur des tartines. La fille d'Impington, employée par mes parents pour l'occasion, sert les amuse-bouches sur un plateau. Le ronron des conversations me fatigue. Les éclats de rire me font sursauter.

Ma chambre est une prison. Je déboutonne le haut de ma chemise. Je manque d'air. J'ai la peau moite. J'ouvre la fenêtre, admirant le ciel violet. Pas un brin de vent. La chaleur du mois d'août sourd de la pelouse grillée, du goudron de l'allée. Un homme s'exclame. Je reconnais le rire forcé de ma mère. Je rentre aussitôt la tête pour ne pas être repérée, me cognant contre l'encadrement.

Je fais les cent pas. Gauche, droite. Je balaie mon bureau du revers du bras. Les livres glissent, s'écrasent par terre.

Hier, j'ai reçu les résultats de mes examens. Mes parents m'ont convoquée dans le salon dès mon arrivée. Je me suis assise sur le canapé, tête baissée. Mon père est resté debout.

— Je suis déçu, Eleanor. Profondément déçu. Tu n'as rien à dire pour ta défense ?

La gorge nouée, j'ai fixé le tapis, l'entrelacs de fils bruns, rouges et orange, les motifs délicats tressés à la main par un enfant indien.

— Est-ce que ça va ? s'est inquiétée ma mère en s'éventant d'une main, jambes croisées. Veux-tu un verre d'eau ?

Une goutte de sueur a dévalé mon cou. J'ai secoué la tête. Je garderais le silence. Ils finiraient bien par me libérer.

Mon père a serré les poings, les a enfouis dans les poches de sa veste. Sa colère se lisait sur son corps : dos raide, visage fermé, veine protubérante sur la tempe.

Depuis l'annonce des résultats, il est froid et distant avec moi. Ma mère est nerveuse et marche sur des œufs. Elle a noyé son mécontentement en se concentrant sur l'organisation de la fête. D'ordinaire, mon rôle est de parader dans la maison comme un trophée : l'étudiante modèle, la fille parfaite. Je doute qu'ils m'invitent à les rejoindre ce soir. Si c'est le cas, je refuserai.

Je retourne à la fenêtre, cachée derrière le rideau. Les invités affluent sur la terrasse, cigarette et verre à la main, riant et bavardant. Je sens la fumée jusqu'ici. Un homme est planté sous le chêne, tapi dans l'ombre. Je devine les cendres rouges de sa cigarette. Il l'écrase par terre et se dirige vers la maison. Les Ashton. Sa silhouette est facilement reconnaissable.

Il lève la tête vers la fenêtre de ma chambre. Je recule d'un pas et m'assois sur le lit, tête baissée. Mes cheveux gras s'écrasent sur mes paupières. Je me demande ce que font mes amis en ce moment. Ed, Mark et Julia sont sûrement en train de fêter leurs résultats. Ed a une nouvelle copine. Une jolie fille avec des taches de rousseur sur le nez et une poitrine généreuse. Quand le téléphone a sonné un peu plus tôt, j'ai prié pour que ce soit lui. Ma mère a décroché. J'ai tendu l'oreille depuis l'étage.

— Félicitations, Julia. C'est une excellente nouvelle. Bien sûr, je vais la chercher.

J'ai refusé de descendre. Je ne voulais pas entendre la voix de mon amie, l'écouter parler de ses projets, de la normalité de sa vie.

Je pose les mains sur la chair tendue de mon ventre arrondi. Quand je m'assois, il appuie sur mes cuisses. Je porte des vêtements amples, je ferme mes ceintures avec des épingles à nourrice. Pour l'instant, personne ne l'a remarqué. Bientôt, je ne pourrai plus le cacher. Un fœtus est recroquevillé en moi, une créature aveugle qui me suce le sang. Ses ongles se forment, son cœur se développe comme un petit bourgeon.

Je respire profondément, soulève une main et donne un coup de poing dans mon ventre. La douleur me remonte jusque dans le dos. J'imagine sa surprise, son petit crâne écrasé, ses doigts écartés comme une étoile de mer.

Je serre le poing et frappe plus fort encore.

13

2015

Depuis que je l'ai perdu, j'ai imaginé mon fils en train de grandir, changer, grossir, perdre ses premières dents de lait, devenir un petit garçon, puis un adolescent maladroit à la voix qui mue. Aujourd'hui, il a passé l'âge de l'acné et des appareils dentaires. C'est un jeune homme. Un jeune homme de vingt-quatre ans.

Mes parents ont choisi l'adoption fermée. Pendant dix-huit ans, il m'a été impossible de le contacter. Dès l'instant où il a atteint sa majorité, j'ai envoyé une lettre à l'agence, expliquant mes raisons et indiquant mes coordonnées. Chaque fois que le téléphone sonnait, qu'on frappait à la porte, que j'ouvrais un mail ou qu'une lettre tombait sur mon paillasson, je retenais mon souffle, espérant qu'il s'agisse de sa réponse. Mais les années ont passé, et je n'ai toujours pas de nouvelles.

Je n'ai jamais parlé de mon fils à William. D'abord, parce que c'était trop douloureux. Puis, avec le temps, il m'a paru cruel d'avouer à mon mari que je lui avais caché quelque chose d'aussi important. J'avais eu un enfant. Je l'avais abandonné. J'ai failli lui en parler le jour où j'ai écrit la lettre, mais aucun moment ne m'a semblé opportun. Je me suis juré de lui dire la vérité dès l'instant où mon fils me contacterait, mais cela n'est jamais arrivé. Désormais, je sais que William sentait que je lui cachais quelque chose. C'est ce qui l'a poussé dans les bras d'une autre, une femme qui lui a tout donné, tout dit.

William, pourquoi ne m'as-tu pas posé la question ?

Je traverse la cuisine pieds nus. Je me sers une tasse de thé et mange une tartine sans prendre le temps de m'asseoir. J'ai du travail. Il n'y a quasiment plus de soupe dans le congélateur du salon de thé. J'allume la radio pour me tenir compagnie. « Le temps guérira ta douleur », m'avait dit ma mère. Elle avait tort.

Je n'ai pas la tête à cuisiner. J'éteins la radio, je monte dans ma chambre et j'enfile des chaussettes propres. Dans l'entrée, je mets mes bottes et jette un œil par la fenêtre. C'est une journée claire et venteuse. Luca est en train de débroussailler le verger. Il porte un casque et des lunettes de sécurité, concentré sur la lame qui tranche les branchages.

Je me dirige vers lui. Il éteint la débroussailleuse, remonte les lunettes sur son front. Ses bottes et ses genoux sont couverts d'herbe coupée. L'odeur est âcre et fraîche. Il m'offre son traditionnel sourire en coin.

— Vous voulez m'aider ?

Il a une trace de boue sur la joue. Le caoutchouc des lunettes a creusé deux sillons autour de ses yeux.

Le soleil réchauffe mes épaules. Je n'ai pas envie de retourner à l'intérieur. Il me tend un râteau et se remet au travail. Le rugissement de la machine empêche toute discussion. Je me sens bien à ses côtés. Sa présence me réconforte. Je ratisse en silence, concentrée sur ma tâche.

La disparition des broussailles a révélé une grande mare boueuse et stagnante, l'habitat parfait pour les moustiques. Nous décidons ensemble qu'il serait préférable de la combler. Luca se sert de la terre retournée à l'autre bout du champ. Il l'apporte dans une brouette. Nous travaillons pendant deux heures. J'ai oublié ma montre, mais mon ventre m'indique qu'il est midi.

Je pose le râteau par terre.

— Vous voulez un sandwich ?

Il hoche la tête en s'emparant des poignées de la brouette.

Je retourne à la maison. La cuisine me reproche mon absence. Le four est froid. Peu importe. Je travaillerai plus tard, toute la nuit s'il le faut. J'apprécie la fatigue liée au travail physique, la pellicule de sueur qui recouvre ma peau. Je sens l'effet des endorphines sur mon cerveau. Je fredonne une chanson de *La Mélodie du bonheur* en découpant des tranches de fromage et de pain frais, en les tartinant de beurre. Je grignote un morceau de croûte. J'ai retrouvé un semblant d'appétit.

Je sors de la maison avec les sandwichs au fromage et aux cornichons, et deux tasses de café. Luca se dirige vers moi en souriant, les mains remplies de verdure.

— Regardez ce que j'ai trouvé sous les ronces. De la menthe, du romarin et de la sauge. Sentez.

Je me penche vers le bouquet d'aromates.

— Fermez les yeux.

J'obéis. Je reconnais la douceur de la menthe, le piquant du romarin, le musqué de la sauge. Leur parfum est aussi intense que la présence de Luca à mes côtés. Je l'entends respirer, déglutir.

J'ouvre les yeux.

— Bloquer un sens aide à développer les autres. Si vous voulez, je peux planter des boutures devant votre cuisine.

Nous nous installons contre la barrière, au soleil. Je m'assois sur ma veste. Luca est en tailleur, à son aise dans l'herbe humide.

— Vous m'avez dit qu'un accident avait coupé court à votre carrière. Qu'est-ce qui vous est arrivé ?

Il déguste son sandwich, mâche lentement, prenant le temps d'avaler avant de me répondre.

— J'ai raté le trapèze. Une erreur de *timing*. On travaillait sans filet.

— Vous auriez pu vous briser le dos !

— J'ai eu de la chance.

— Vous aimiez votre métier ?

Il boit une gorgée de café, le regard rieur.

— *Aimer* est un mot faible. J'étais passionné. La sensation de voler… c'est incroyable. Magique. Les trapézistes sont différents des autres artistes. Il faut être un peu fou. Un peu… extrême.

C'est la première fois que je l'entends parler autant.

— Avez-vous appris d'autres numéros ?

— Le lancer de couteau, répond-il d'une voix grave.

Mon regard s'attarde sur le canif accroché à sa ceinture.

— C'est vrai ?

— Non ! répond-il en riant. C'était une blague. Mais je sais jongler.

— J'ai toujours admiré les jongleurs. Moi, je manque de coordination. Je n'arrive même pas à attraper une balle.

— Je vous apprendrai un jour.

Je deviens toute rouge. Je fixe mes mains, gênée.

— Vous aviez l'air passionné par les lions, pas seulement par le trapèze.

Il cligne des yeux. Son sourire s'envole.

— On ne peut pas être passionné par un animal en cage. On ne peut qu'être triste.

— Vous avez raison.

Nous restons silencieux pendant quelques minutes. Il tourne la tête vers moi en plissant les yeux.

— Vous avez quelque chose... ici.

Il touche sa propre joue. Je porte une main à mon visage. Il secoue la tête, se penche vers moi, effleure ma peau. Ses doigts sentent la menthe.

— C'était de la terre.

— Merci.

Seulement quelques centimètres séparent nos visages. Des éclats verts parsèment ses yeux noirs.

J'avale ma salive et m'écarte de lui, rassemblant les assiettes et les tasses sur le plateau.

— Pourquoi avez-vous choisi cet endroit ? me demande-t-il. Cette maison exige beaucoup d'entretien pour une seule personne.

J'hésite à répondre. Il fronce les sourcils.

— Ma question vous dérange. Pardonnez-moi.

— Pas du tout. J'ai acheté cette maison avec mon mari. On rêvait de posséder un grand terrain mais il… il est mort.

Je me frotte les yeux, humiliée par les larmes qui surgissent. Luca fronce les sourcils et s'apprête à dire quelque chose, quand une voix nous interrompt.

David traverse la pelouse jusqu'au verger. Il me fait signe de la main. Cette vision familière, sa veste verte et ses cheveux grisonnants me soulagent. Je me sens mieux.

— J'allais t'inviter à déjeuner, mais je vois qu'il est trop tard, dit-il en approchant.

Son regard se pose sur le plateau, les assiettes vides. Je me sens comme prise sur le fait.

— David, je te présente Luca. Luca, voici David Mallory.

David avance d'un pas. Je m'attends à ce qu'ils se serrent la main, mais Luca enfouit les siennes dans ses poches. L'atmosphère est tendue. David étudie son visage, les traces de boue séchée sur ses joues, ses bras nus et musclés, son jean usé et ses vieilles bottes. Luca, lui, ne bronche pas, ne trahissant pas ses émotions.

— Je ne vous retiens pas plus longtemps, dit David.

Sans un mot, Luca lui tourne le dos et se dirige vers les buissons restants. Il met la débroussailleuse en marche.

David m'enlève le plateau des mains.

— J'ai dit quelque chose qu'il ne fallait pas ?

— Luca n'est pas très bavard, mais il travaille dur.

Il me raccompagne jusqu'à chez moi. Je récupère le plateau devant la porte.

— Je voulais savoir si tu allais bien… depuis l'autre soir.

Je rougis en repensant à notre baiser, à ses lèvres contre les miennes.

— Oui. Je suis désolée, David.

Il m'interrompt en levant une main.

— Viens déjeuner à la maison ce week-end. Rachel, son mari et Pip seront là. Adam aussi. Un vrai repas de famille.

— Tu es sûr ?

Il hoche la tête.

— Dimanche. Treize heures.

Le brouillard s'accroche à la vallée ; il est si épais que je ne vois pas le bout du champ. Gilbert et Muscade évoluent dans la brume. Des gouttes d'eau perlent sur les cils de l'ânesse. Au fil des heures, les nappes se dissipent, mais pas suffisamment pour me permettre de me rendre chez David à vélo. Je décide de partir à pied et de couper à travers champs, en passant par la forêt de Martha.

Je ne sais pas où est Luca. Je lui laisse un mot sur la porte du garage. Il a peut-être pris son dimanche.

C'est tout ce que je lui souhaite. Notre accord manque de précision.

Le sentier qui mène à la forêt est pentu et boueux. Les rochers de craie percent la terre tels de vieux ossements. Des moutons paissent dans un champ. J'ai chaud, et je suis à bout de souffle.

La forêt de Martha est composée de hêtres et de frênes. Leurs troncs maigres grimpent jusqu'au ciel, courbés et biscornus, attirés par la lumière. Le brouillard s'accroche autour des branchages. Des gouttes tombent des feuilles. J'ai d'abord cru qu'il pleuvait. Je me blottis dans ma veste, remonte le col jusqu'au menton. Je me sens comme le Petit Chaperon rouge.

Tout à coup, une créature surgit de nulle part et me bloque le passage. Un chien aux oreilles pointues, la queue dressée et les poils hérissés. Sa babine supérieure frémit, dévoilant ses dents et ses gencives roses.

William avait peur des chiens. Il a été mordu quand il était petit. Il m'a montré les cicatrices à son poignet. Il m'a visiblement transmis sa terreur : j'ai la bouche sèche et le cœur battant.

— Bon chien, dis-je en tendant la main.

J'ai les doigts qui tremblent. L'animal grogne. Inutile de courir. J'ai conscience des muscles sous sa peau, de ses longues pattes puissantes. Ce chien a été dressé pour protéger son territoire, chasser les intrus et les voleurs.

Un sifflement retentit au loin. La créature l'entend, gémit. Un autre sifflement, plus fort, plus précis. Le chien penche la tête sur le côté, hésitant.

Va-t'en. Retourne auprès de ton maître.

Mon souhait se réalise. Le chien fait volte-face et part en courant. Je pousse un soupir de soulagement, pose une main sur mon cœur. J'attends un instant, m'assurant que la voie est libre. Une fois remise de mes émotions, je reprends ma route en trébuchant sur les racines. Quelques mètres plus loin, j'aperçois une silhouette dans le brouillard. Je ne comprends pas de quoi il s'agit. Plus j'avance, plus les formes se dessinent, comme un puzzle en passe d'être résolu. Deux chiens. L'un est assis, l'autre est couché sur le flanc. Un homme est accroupi, le genou appuyé sur l'épaule de l'animal.

Adam. Il tourne la tête vers moi, l'air méfiant, puis un sourire illumine son visage. Il caresse le chien, se lève et claque des doigts. L'animal se redresse.

— Il s'était enfui, m'explique-t-il.

— Pourquoi lui écrasais-tu l'épaule ?

— Je lui rappelais qui est le maître. Je ne lui faisais pas mal.

Il pose une main sur la tête du chien.

— Les gens sont trop sentimentaux avec les animaux. Si on laisse croire à un chien qu'il dirige, on le rend malheureux. Il se sent responsable. Il est stressé. Avec moi, ils savent qu'ils peuvent se détendre.

J'approche avec prudence. Les chiens ont les yeux rivés sur leur maître.

— Quelle race ?

— Ce sont des dobermans. Ils gardent la ferme.

Adam attache des laisses à leurs colliers.

— Mon père m'a dit qu'il vous avait invitée à déjeuner.

Je hoche la tête. Il enroule les laisses autour de son poignet et sort un paquet de cigarettes. Il m'en offre une. Je refuse poliment.

— Suivez-moi, dit-il en rejoignant le sentier. Je rentre à la maison, moi aussi.

Nous marchons côte à côte. Les chiens trottinent à ses pieds, calmes et dociles. J'ai du mal à croire qu'il s'agit du même animal que tout à l'heure, prêt à me sauter à la gorge.

— Ils s'appellent comment ?
— Max et Moro.
— Ils sont très beaux... quand ils sont calmes.
— Je suis désolé que Max vous ait fait peur.
— J'avoue que ce n'était pas très rassurant.
— Il ne vous aurait pas attaquée.

Adam glisse sa cigarette au coin de sa bouche, regarde son chien avec tendresse.

— Papa m'a offert Max pour mes seize ans. Il a huit ans aujourd'hui. C'est vieux pour cette race.
— Tu... Tu as vingt-quatre ans ?
— Oui.

J'ai la voix qui tremble. Adam m'examine à travers le nuage de fumée, troublé par mon émotion.

— Est-ce que ça va ?
— Oui. Tout va bien.
— Vous alliez me dire quelque chose.
— Mon... Mon fils aurait vingt-quatre ans, lui aussi.

J'avale ma salive. En parler à voix haute me fait un bien fou.

— Je ne savais pas que vous aviez un fils.

Il jette sa cigarette par terre et l'écrase avec son pied.

— Est-ce qu'il est... mort ?
— Non. Il a été adopté à la naissance.

Adam hoche la tête, accélère le pas. Il a l'air en colère, sourcils froncés, bouche pincée. J'ai du mal à le suivre.

— J'espère qu'il est aussi heureux que toi, dis-je en courant presque. J'espère que ses parents l'aiment, où qu'il soit.

Nos pieds battent le sentier. J'aimerais dire à Adam qu'il est la première personne à qui je parle de mon fils, mais il se mure dans le silence. Je l'ai mis mal à l'aise.

— Je sais que tu as été adopté, Adam. Je n'en parlerai à personne. Je te le promets.

— Merci. Je préfère garder le secret. Les gens ont tendance à juger sans réfléchir.

Il a l'air timide, tout à coup. Toute son audace s'est évanouie.

— Est-ce que votre fils vous manque ?
— Tous les jours.
— Dans ce cas, pourquoi l'avoir abandonné ?

Sa question est aussi cinglante qu'une gifle. Adam a raison. Je suis comme lui : je me tais par peur du jugement des autres.

— J'étais jeune. J'avais dix-huit ans. Mes parents

étaient furieux. Ils ont refusé de m'aider. J'étais seule, terrifiée.

— Vous le regrettez.

Ses mots sont cruels, mais je sais que ce n'est pas volontaire. Adam est juste curieux.

— Oui. Je n'ai pas eu d'autres enfants. Et même si j'en avais eu, je le regretterais toujours autant.

Il me regarde droit dans les yeux, l'air grave.

— Je suis sûr que votre fils va bien. Regardez-moi. Je me débrouille bien, pas vrai ?

Je souris. Il donne un coup de pied dans un caillou.

— Je n'ai jamais pu discuter ouvertement de mon adoption. Quand j'étais à l'internat, des élèves l'ont appris et m'ont harcelé. Après, j'ai décidé de garder le silence. Je ne veux pas que mon père pense que je ne lui suis pas reconnaissant, que je suis malheureux. J'aime ma famille. Je suis à ma place. Pourtant, je ne peux pas m'empêcher de sentir comme… un vide en moi. Parfois, je me demande à quoi aurait ressemblé ma vie si elle m'avait gardé.

Il rougit, honteux.

— Je comprends. Je suis là si tu as besoin d'en parler, d'accord ?

Il hoche la tête, détourne le regard.

— Qui sera là à midi ? Est-ce que je connais du monde ?

Il répond avec entrain, soulagé du changement de sujet.

Langshott Hall ressemble à une maison de poupée géante, un manoir avec d'immenses fenêtres à guillotine et une entrée soutenue par des colonnes doriques. Le bâtiment est au centre d'un jardin arboré, entouré d'impeccables pelouses. Après avoir franchi les grilles, on remonte une longue allée qui donne sur une cour ronde devant le perron. D'ici, on aperçoit les toits des dépendances, des étables et des granges où les fruits sont triés et emballés. En pleine saison, les camions vont et viennent toute la nuit, évitant le village pour ne pas déranger les habitants.

Adam me laisse devant la porte.

— Il faut que je m'occupe des chiens. À tout à l'heure, Ellie.

Il s'éloigne avec grâce et agilité. Alors qu'il se penche pour parler à ses chiens, les cheveux encore humides, je vois le petit garçon qui sommeille en lui. L'enfant en short et en tee-shirt, batte de cricket à la main.

J'appuie sur la sonnette. David ouvre la porte, le sourire jusqu'aux oreilles, un verre de vin rouge à la main, les joues roses. Il est différent dans sa propre maison, plus détendu. Pip approche en courant et s'agrippe aux jambes de son grand-père. David la prend dans ses bras. Elle éclate de rire.

— Bonjour, Ellie. Tu connais déjà ce monstre, dit-il en riant.

Il souffle sur son ventre avant de la reposer. La petite éclate de rire.

— Entre. Donne-moi ta veste.

Les effluves qui s'échappent de la cuisine me mettent l'eau à la bouche. Dans le salon bleu, une jolie blonde lève la tête et me sourit. Rachel, la fille de David. Un homme moustachu se penche vers Pip et lui chatouille le menton.

— Tu connais déjà Rachel, dit David en passant un bras autour de sa fille.

Elle me fait la bise, aussi polie et calme que sa mère.

— Bonjour, Ellie. Je suis désolée pour William. Je ne vous ai pas vue depuis l'enterrement. Connaissez-vous Paul, mon mari ?

Je serre la main du moustachu. Nous nous sommes rencontrés une fois, lors d'une soirée chez les Mallory. Je ne sais pas s'il se souvient de moi.

— Ils viennent de déménager à Canterbury, soupire David. J'ai de la chance, Rachel continue à régler mes affaires et à travailler pour son vieux père. On a besoin d'elle pour garder les choses en ordre.

Le plafond est très haut. Le mur est parsemé de grandes fenêtres drapées de rideaux fleuris. Les meubles scintillent. Un portrait d'Henrietta trône au-dessus de la cheminée, dans un cadre doré. Une peinture à l'huile. Elle balaie la pièce du regard avec ses beaux yeux gris. Une main repose avec élégance sur le dossier d'une chaise, tandis que l'autre touche les longs cheveux bruns qui cascadent sur son épaule.

— Je l'ai commandé après notre mariage, explique David.

Je prends conscience de mes cheveux hirsutes, de mon jean trempé et de mes chaussures boueuses. David me tend un verre de vin blanc.

— Le déjeuner est servi.

— Tu es venue à pied ? s'étonne-t-il en découpant le rôti.

— On s'est croisés dans la forêt, répond Adam, assis à l'autre bout de la table. Ellie a rencontré Max.

Il me fait un clin d'œil. Rachel se tourne vers moi, les yeux écarquillés.

— C'est vrai ? s'inquiète-t-elle. Je sais que c'est difficile à croire, mais Max fait plus de peur que de mal.

Je secoue la tête, gênée.

— Tout s'est bien passé. Et la marche m'a fait du bien.

David a l'air horrifié. Il empile de fines tranches de viande sur une assiette.

— Tu n'as toujours pas remplacé ta voiture ? Comment fais-tu ? Tu habites loin du village.

— Je ne souhaitais pas en racheter une après… l'accident. Mais je pense être prête aujourd'hui.

— J'ai un ami garagiste. Il aura sûrement quelque chose à te proposer.

— Papa sait s'entourer d'amis utiles, murmure Rachel, l'air amusé. Il a toujours quelqu'un sous la main.

Une fille aux cheveux noirs entre dans la pièce. C'est elle qui m'a ouvert la porte le jour où j'ai apporté les fleurs et le gâteau. Elle pose une saucière sur la nappe et remplit d'eau nos verres.

— Ellie, je te présente Anca, dit David.

La jeune femme lève la tête.

— Elle vient de Roumanie. Elle travaillait sur la ferme, mais c'est une excellente cuisinière. Quand on a découvert ses talents, on a aussitôt fait appel à elle aux fourneaux.

Il lui sourit.

— Goûtez-moi ce rôti.

J'en avale une bouchée.

— C'est délicieux, dis-je à Anca.

Trop tard. Elle a déjà disparu dans la cuisine.

Je pose mes couverts et me tourne vers Rachel.

— Vos photos de famille sont superbes, dis-je en balayant la pièce du regard. J'aime beaucoup celles de vous enfants, et des paysages de la région. Est-ce qu'il y a un photographe dans la famille ?

— C'était maman, répond-elle en souriant. Elle passait son temps à prendre des photos.

— Celle-là aussi ? dis-je en montrant un portrait de David avec deux enfants en fauteuil roulant.

Elle hoche la tête.

— Ce jour-là, papa et maman récoltaient des fonds pour une association. Papa leur a donné un gros chèque. Un vrai héros.

— Rachel ! s'écrie David. Ne l'écoute pas, Ellie. Ma fille n'a pas conscience des défauts de son père. Elle voit la vie en rose depuis qu'elle est bébé.

Nous éclatons de rire. Rachel me donne un coup de coude et murmure à mon oreille.

— Je n'exagère pas. L'année dernière, il a couru un marathon pour soutenir une association.

Mon regard se pose sur le portrait en noir et blanc. David est accroupi entre les deux enfants. Ils se tiennent la main, le sourire jusqu'aux oreilles.

Je n'ai pas envie de quitter cette maison chaleureuse, et encore moins de retrouver la mienne, froide et silencieuse. En l'espace de quelques heures, j'ai échappé à mes idées noires et cessé de penser à William. Je n'ai pourtant pas le choix. Il faut que je parte. Je suis la seule invitée, la seule à ne pas faire partie de la famille.

Quand je demande ma veste, David s'en empare, la pose sur mes épaules, glisse une main sur mon dos et me guide jusqu'à la porte. Je dis au revoir aux autres par-dessus l'épaule, manquant de trébucher.

Tout sourire, il m'ouvre la portière de sa voiture.

— Excuse-moi, Ellie. Je n'ai pas été très discret. Il me tardait de me retrouver seul avec toi. Tu m'as manqué.

Dans la voiture, sa main effleure la mienne. J'ai la gorge sèche. Le trajet se passe en silence. Les haies et les champs défilent à toute vitesse, flous et verts. Nous sommes dans notre bulle, isolés du reste du monde. Les muscles de ses bras se contractent quand il change de vitesse. Je me concentre sur ma respiration.

David se gare devant chez moi et éteint le moteur. Nous nous regardons en silence. C'est moi qui me penche par-dessus le levier de vitesse pour poser ma bouche contre la sienne. Cette fois, je ne me sens pas coupable. Mes doutes se sont envolés.

Il me caresse la joue.

— Jolie Ellie.

Je sors tremblante de la voiture.

— Je t'appelle, dit-il.

La voiture disparaît au bout de l'allée. Je reste immobile, le bras en l'air, le sourire jusqu'aux oreilles. Le bruit du moteur est remplacé par le silence de la campagne. En me retournant, je suis surprise de voir Luca, debout contre la barrière. Il me regarde d'un air grave, un rouleau de barbelés dans les bras.

— J'ai fait du stop jusqu'à Canterbury. J'ai acheté de quoi réparer la clôture.

Je hoche la tête, incapable de parler. En posant une main sur mes lèvres, je découvre que je me suis mordu la langue.

14

Je me réveille avec David à côté de moi, en peignoir, un plateau à la main. La vapeur s'échappe du bec de la théière. Une douce odeur de tartines grillées et de bacon m'ouvre l'appétit.

— Je ne savais pas ce que tu voulais. J'ai apporté un peu de tout.

Il pose le plateau sur la table de chevet. Je me redresse en m'agrippant au drap. La veille, j'ai pleuré de joie en sentant sa peau contre la mienne, ses doigts dans mes cheveux, sa langue sur mon corps. Ce matin, à la lueur du jour, j'ai conscience des différences entre Henrietta et moi. Elle ne mangeait pas de gâteaux. Elle s'épilait à la cire.

David m'embrasse.

— Mange. Fais-toi plaisir.

— J'aime beaucoup cet hôtel, plaisanté-je.

— Tant mieux.

J'attrape une tasse en prenant garde à ne pas dévoiler mon corps. David croque dans sa tartine.

Deux jours après le repas avec sa famille, il m'a à

nouveau invitée à dîner. Cette fois, nous avons terminé la soirée dans sa chambre, arrachant nos vêtements et tombant sur le lit, les jambes emmêlées. Il m'a parlé en couvrant mon corps de baiser. Il m'a posé des questions – *Tu aimes ? Plus fort ? Plus doucement ?* J'ai rougi. Je n'avais jamais fait l'amour de cette manière. La honte m'a rendue muette. À l'aube, je me suis endormie dans ses bras. J'ai très peu pensé à William, comme si son souvenir s'effaçait déjà. J'ai plongé dans un sommeil profond, sans rêves et sans somnifères.

— Il faut que j'y aille, dit-il. J'ai du travail. Ne te presse pas. Tu peux prendre une douche. Il y a des serviettes propres dans la commode.

— Merci, mais je vais me lever. Je dois m'occuper des animaux avant de partir au salon de thé.

— Profite au moins de ton petit déjeuner.

Il traverse la pièce, ramasse ses vêtements et choisit une chemise propre dans l'armoire. David est élancé, musclé. Le corps d'un athlète qui court des marathons, les fesses plus pâles que son dos bronzé. Je n'ai pas l'habitude de contempler un homme nu en dégustant un petit déjeuner servi sur un plateau. Une sensation de bonheur s'empare de moi, suivie de près par une vague d'inquiétude. Je suis restée avec le même homme pendant vingt ans et je me sens comme une débutante. David voudra-t-il à nouveau de moi ?

Il dépose un baiser sur mon front.

— On en parlera plus tard.

Je souris. Il a lu dans mes pensées. Moi qui croyais

que les gens comme lui étaient dépourvus d'émotion, j'avais tort.

Il ferme la porte derrière lui. J'en profite pour m'étirer et admirer la pièce, le bois poli du lit à baldaquin, le papier peint William Morris, ses branches tortueuses et ses oiseaux exotiques. Les rayons de soleil illuminent les kilims et leur tissage, mettant en valeur leurs couleurs somptueuses, rouge doré et bleu nuit. Un vase rempli de roses rouges trône sur la commode. Je me traîne hors du lit. Je me doucherai à la maison. Les pauvres poules attendent d'être libérées. Je ramasse mes affaires éparpillées par terre, seul détail négligé de la pièce.

Maintenant que David est parti, je me rappelle que cette chambre appartenait à Henrietta. Je suppose que c'est elle qui a choisi le papier peint, les draps en coton égyptien et les rideaux de soie. J'enfile mes collants et mon soutien-gorge, que j'ai du mal à attacher. Tout en m'habillant, je cherche des signes de son existence – bijoux, bibelots, photographies. Je ne reconnais rien qui ait pu lui appartenir. Curieuse, j'ouvre l'armoire. Elle déborde de costumes de David, protégés dans des housses. Une rangée de cravates est pendue à la porte, un mélange de motifs et de couleurs. Je les effleure. Je sens son parfum, cette odeur musquée et tannée.

Aucun vêtement féminin. Seulement les chemises de David, ses vestes et ses tenues de sport. Je fronce les sourcils. Il n'y a pas si longtemps, David m'a confié qu'il n'avait pas réussi à se débarrasser des affaires d'Henrietta. Je l'imagine en train de retirer ses robes et ses jupes des cintres, de les plier dans des cartons, d'ensevelir à jamais les dernières traces de sa vie avec sa femme, leurs souvenirs.

Peut-être a-t-il vidé la chambre en sachant que nous passerions la nuit ensemble ? Il a pensé à moi, et cela me réconforte.

En traversant le couloir, je passe devant des pièces dans lesquelles je ne suis jamais entrée. Je jette un œil par les portes entrouvertes, découvrant des tableaux de chasse, des peintures à l'huile, des antiquités, des bouquets de fleurs qui parfument la maison. Je marche sur la pointe des pieds. J'espère ne croiser personne. Que dirais-je à Adam s'il me voyait ? Avouerais-je que j'ai passé la nuit avec son père ?

Je descends dans la salle à manger, une pièce gigantesque avec ce buffet qui recouvre le mur et cette longue table en pin qui pourrait accueillir une armée. Langshott Hall transpire la vieille fortune. Je pose le plateau sur la table. Anca entre sans prévenir, vêtue de son tablier. J'avais oublié qu'elle travaillait en cuisine. Elle avance d'un pas, prend les couverts sales pour aller les mettre dans le lave-vaisselle. Je la remercie. Elle ne croise pas mon regard, mais montre du doigt une enveloppe blanche posée sur la table.

— M. Mallory vous a laissé quelque chose.

Je m'empare de l'enveloppe, déverse le contenu dans ma main. C'est un porte-clés, accompagné d'un petit mot : *Désormais, plus besoin de marcher jusqu'à chez moi.*

Une Fiat rouge m'attend dans la cour. J'appuie sur la clé. Les lumières clignotent. J'attrape mon portable et j'appelle David. Il décroche aussitôt.

— Elle te plaît ?

— Je ne sais pas quoi dire.

— Merci ?

— Bien sûr ! Mais il faut que je te rembourse.

— Aucune urgence. Elle a deux ans, et elle est déjà assurée. C'est une bonne petite voiture. Essaie-la. Si elle te plaît, on discutera du prix.

— Comment l'as-tu trouvée aussi vite ?

— J'ai appelé mon ami dimanche, après t'avoir déposée chez toi.

— Elle est parfaite, David… mais je me sentirais plus à l'aise si on réglait ça maintenant.

— Du calme, Ellie, dit-il en riant. Je n'essaie pas de t'acheter. Je te le promets.

Je n'ai pas conduit depuis l'accident de William. Malgré mon appréhension, je me sens bien au volant. J'appuie sur l'accélérateur et je remonte l'allée. Le trajet me paraît simple et rapide après l'avoir parcouru à pied et à vélo. Je me retrouve bloquée derrière une remorque qui transporte des cueilleurs d'un champ à l'autre. Ils regardent le paysage défiler, les yeux vides. Ces migrants font partie de ceux qui ont eu de la chance. Ils ont un travail et un toit, contrairement à ceux qui sont encore coincés à Calais, sur les plages et dans les gares d'Europe de l'Est. Des gens prêts à risquer leur vie et celle de leurs enfants en traversant la Méditerranée dans de minuscules bateaux, en se cachant dans des camions sans oxygène.

Je me gare devant chez moi. Les poules ont déjà été sorties et nourries. Elles picorent leur maïs, visiblement satisfaites. Luca a laissé huit œufs sur un nid de mousse, comme la dernière fois. Je l'aperçois au loin, au-delà du verger, en train de creuser la terre. J'aimerais le remercier, mais je porte les mêmes vêtements que la veille, j'ai les cheveux en bataille et une odeur de sexe sur la peau. Je l'appelle, lui fais signe. Il ne m'entend pas.

Dès mon arrivée au salon de thé, Kate me dévisage d'un air suspicieux.

— Il s'est passé quelque chose. Tu as l'air différente. Heureuse.

Je rougis en sortant les scones de leur boîte. Elle se penche sur le comptoir.

— Raconte !

— Bon sang, Kate ! Rien ne t'échappe.

— Je suppose que ça a un rapport avec David Mallory ?

— Chut…

Je regarde autour de moi. Le salon de thé est un nid à commérages. Je ne sais pas si David est prêt à ce que notre relation soit dévoilée au grand jour.

— Il faut fêter ça, dit-elle. Ce soir, je t'offre un verre.

J'éclate de rire et montre du doigt la table où est assis John, qui attend patiemment sa boisson.

— Retourne au travail, Kate. Tu sais, le truc pour lequel je te paye ? Les clients. Le thé.

Les heures passent. Le village entier semble savoir que j'héberge Luca.

— Un *forain* ? s'exclame Margaret Briscoe tandis que je lui sers son thé. Un *Gitan* ? Vous auriez dû m'en parler, Ellie ! Alf s'occupe de mon jardin depuis des années. J'aurais pu vous le prêter.

— Ce n'est pas un *Gitan*. Il a sauvé une femme des griffes d'un lion.

Je reste patiente, encore sous le coup de la belle nuit que j'ai passée. Mary commande un muffin au comptoir, la bouche pincée.

— Tout a commencé quand on a construit le tunnel sous la Manche. On a tort de laisser ces étrangers envahir notre pays.

Je la sers en forçant un sourire.

— Des gens venaient s'installer en Angleterre bien avant qu'on construise le tunnel. Et Luca n'*envahit* rien du tout. D'ailleurs, je doute qu'il reste ici encore très longtemps.

En fermant la Laiterie, j'aperçois la Volvo bleue de Mary garée sur la place. Elle est en train d'aspirer l'intérieur de l'unique cabine téléphonique du village, un spray désinfectant à ses pieds. Elle tourne la tête vers moi, le visage rougi par l'effort.

— Il n'y a plus qu'à ajouter un bouquet de fleurs, plaisanté-je.

Elle éteint l'aspirateur.

— Pardon ?

— Je disais qu'il ne manquait plus qu'un bouquet de fleurs.

— Peut-être pas un bouquet, dit-elle en essuyant la sueur au-dessus de ses lèvres. Mais un joli pot de jacinthes, pourquoi pas ?

Mon ironie a dû lui échapper. Elle rallume l'aspirateur, concentrée sur sa tâche. J'ouvre ma portière, le sourire aux lèvres, quand un Land Rover boueux s'arrête devant moi. James Greenwell passe la tête par la vitre ouverte.

— Il faut que je vous parle.

J'avance d'un pas, craignant le pire.

— Il paraît que vous accueillez un forain dans votre garage.

— Pardon ?

— On n'aime pas les étrangers, par ici.

Trois labradors noirs remuent dans le coffre. Ils collent leurs museaux humides contre la vitre. Sur le siège côté passager, un fusil et un tas de lapins morts. Ils ont la fourrure tachée de sang, le ventre immobile et les jambes pendantes.

Je détourne le regard, pousse un soupir.

— Combien de fois devrai-je le répéter ? Luca n'est pas un forain, ni un Gitan, ni un migrant entré illégalement dans le pays. Il travaille pour moi.

James me lance un regard noir.

— Quelqu'un a volé des faisans. Ces animaux coûtent une fortune. Vous venez de la ville. Vous ne pouvez pas comprendre.

J'ouvre la bouche pour me défendre, mais il a déjà démarré, me laissant dans un nuage de fumée.

Je suis sous le choc. J'aurais aimé lui répondre que j'étais fière d'être citadine, si cela signifiait faire confiance à quelqu'un tant qu'on ne peut rien lui reprocher, preuves à l'appui. Ici, tout fonctionne à l'envers. Ces gens ne connaissent-ils pas l'empathie, le respect ?

Je me demande combien de villages ressemblent au nôtre, combien de personnes lisent le journal et regardent les informations, horrifiées non pas par la souffrance des autres, mais par la gêne qu'elle provoque en elles.

15

Je sors de ma voiture, les bras chargés de moules à gâteaux vides, quand mon portable sonne. Je lâche mes affaires et fouille dans mon sac, parmi les morceaux de papier, les stylos et les clés. Je m'accroupis, vide la moitié du contenu par terre et décroche juste à temps.

La voix de David s'échappe du combiné.

— Je suis de trop bonne humeur, s'amuse-t-il. Je me suis même mis à siffler. Adam trouve ça louche. Il se demande ce qui se passe.

— Tu ne lui en as pas encore parlé ?

— Je vais lui annoncer ce soir, avant que tu reviennes passer la nuit.

— Tu penses qu'il nous en voudra ? Je ne veux pas le blesser.

David pousse un soupir.

— Adam était le chouchou d'Henrietta. Ils étaient très proches. Je sais qu'il faut se garder de tout favoritisme quand on est parent, mais on ne peut pas contrôler ses sentiments.

— J'ai peur qu'il ne me reproche de m'immiscer dans vos vies, d'essayer de prendre sa place…

— Ne t'en fais pas. Adam est un garçon généreux, et je sais qu'il t'apprécie.

Je suis soulagée. Depuis notre rencontre en forêt, je craignais qu'il ne regrette de s'être confié à moi.

— Qu'est-ce que tu fais ce soir ?

— Je sors avec Kate.

— Parfait. Amuse-toi bien.

— Merci.

— Au fait, est-ce que la voiture te plaît ?

— Je l'adore. Merci encore. N'oublie pas de me dire combien je te dois.

— Bien sûr. Et Ellie… merci.

— De quoi ?

— D'être toi-même.

Il raccroche. Je fixe mon portable. Je ne comprends pas ce que David voit en moi. Un sourire illumine mon visage. Tout à coup, plus rien ne compte – ni les ragots du village, ni la grossièreté de James.

Tout s'efface.

Je préviens Luca de mon départ. Il est assis sur son lit de camp, en train d'écouter la radio sur un minuscule transistor. Une voix impassible parle des migrants, énumère les noyés. Je ferme la porte derrière moi. Je m'en veux de ne pas avoir envie d'entendre, de préférer sortir avec une amie, boire du vin, parler de frivolités et d'amour.

Kate m'attend au pub, installée dans un coin, son verre de chardonnay déjà entamé.

— Dis-moi tout ! Qu'est-ce qui se passe entre toi et David ?

— Je ne sais pas… J'ai passé la nuit chez lui. Il a envie de me revoir.

Elle pousse un cri de joie.

— Tu as couché avec lui ?

Je hoche la tête, gênée.

— Ne parle pas si fort.

— Ce mec est canon ! Il est comment au lit ?

— Kate !

— Une note sur dix ?

— Je refuse de répondre à cette question !

— Je vais te commander à boire, dit-elle en se levant. Tu seras plus bavarde après quelques verres.

— Je conduis !

Elle m'ignore et se dirige vers le bar, où elle se met à bavarder avec le serveur. Kate connaît tout le monde. Le village est petit, et elle a grandi ici, tout comme ses parents.

Elle revient avec deux verres de vin et deux paquets de chips.

— Maintenant que tu es avec David, tu vas voir Adam plus souvent. Si tu le croises torse nu, dis-moi à quoi il ressemble. Je suis sûre qu'il a des abdos en béton ! Et tiens-moi au courant s'il sort avec quelqu'un. Il me faudra son nom et son adresse. J'ai un ami chasseur de têtes.

— Je pensais que tu étais heureuse avec Pete.

— Je n'ai jamais dit que j'étais *heureuse*. Et puis, on a le droit de rêver. Allez, Ellie. Bois !

Je déguste mon vin à petites gorgées. Dans la chaleur du pub, je me sens plus détendue, plus optimiste. Je regarde autour de moi et prends conscience de la vie des gens normaux – ils sortent après le travail, boivent un verre avec leurs amis, partagent leurs problèmes et leurs joies.

— Je suis contente pour toi, Ellie. Je sais à quel point tu as souffert après la mort de William. Tu es jeune. Tu mérites de retrouver l'amour.

— Will me trompait.

Les mots m'ont échappé. C'est la première fois que j'en parle à voix haute. Kate semble aussi surprise que moi.

— William était infidèle ? *Ton* William ?

Je hoche la tête.

— N'en parle à personne, d'accord ? C'est... humiliant. Je pense qu'il l'a vue le soir de l'accident. Ils ont bu ensemble. J'ai retrouvé son sac et ses vêtements à la maison.

Kate en reste bouche bée.

— Il m'a écrit une lettre où il avoue tout. Il dit qu'il aimait être son « chevalier servant ».

— C'est vrai ? Remarque, il était prof d'histoire. Ils adorent tout ce qui est médiéval, la cotte de mailles et le cuir.

Je ne réagis pas à sa blague.

— Excuse-moi, Ellie. C'était déplacé.

— Non. Tu as raison. C'est tellement ridicule que c'en est presque drôle. Mais c'est ma vie. Mon mari.

Je fixe les taches de vin et de gras qui parsèment la table.

— Il a retiré cinq mille livres de notre compte sans m'en parler. Peut-être prévoyait-il de partir avec elle.

Kate a l'air perplexe.

— Ton mari t'adorait, Ellie. Il n'était pas très... démonstratif, mais je le voyais dans ses yeux. Est-ce que tu la connais ?

— Ce n'est pas quelqu'un du village. Sûrement une collègue de l'université. J'espère que ce n'était pas une de ses élèves, qu'il n'est pas tombé aussi bas.

— Il s'est peut-être inscrit sur un site de rencontres. Si ça se trouve, elle habite à l'autre bout du pays.

— Un site de rencontres ?

Le William que je connaissais n'était pas au courant de ce genre de choses, mais plus le temps passait, plus je découvrais une autre facette de sa personnalité.

— J'ai vérifié son ordinateur. Je n'ai rien trouvé.

— Il en avait un au travail, pas vrai ?

Je termine mon verre en une gorgée.

— Peu importe. Je n'ai pas besoin de savoir. Il faut que je passe à autre chose.

Kate me sourit, l'air complice.

— Tu l'as déjà fait.

Le garage est plongé dans le noir. Luca dort déjà. Je remonte l'allée et ouvre la porte. J'enlève ma veste. Une lueur s'échappe de l'étage. J'ai sûrement oublié d'éteindre la lumière de ma chambre. Je monte les marches une à une. Le plancher grince sous mes pas.

Tout à coup, la lumière s'éteint.

Je me retrouve seule dans l'obscurité, les poils hérissés, les oreilles assourdies par les battements de mon cœur. Je me précipite dans ma chambre et ferme la porte derrière moi, bloquant la poignée avec le dossier d'une chaise.

Il y a quelqu'un dans le bureau de William. Il faut que j'appelle la police. Mon portable est dans mon sac à main, accroché à la rampe en bas de l'escalier. Pas de ligne fixe dans la chambre. J'approche de la fenêtre. Trop haute pour sauter.

Je tends l'oreille. Soit cette personne a arrêté de bouger, soit elle se déplace comme un chat. J'ai la bouche pâteuse. Je ramasse la batte de cricket sous le lit, je déplace la chaise et je tourne la poignée. Le déclic me paraît aussi fort qu'un coup de feu.

Je jette un œil dans le couloir sombre. Une silhouette est plantée en haut de l'escalier. Quelque chose effleure mes jambes. Tilly. Je hurle de terreur.

L'intrus disparaît, dévale les marches. La porte claque. J'attends. Il est parti. Les doigts tremblants, j'allume la lumière du couloir. Un bruit de pas au rez-de-chaussée, sur la moquette de l'escalier. Il revient. Je retourne dans ma chambre, remets la chaise en place. On frappe à la porte. Un coup de poing contre le bois. Je retiens mon souffle, les doigts crispés sur mes lèvres.

— Ellie ? Ça va ?

Je reconnais la voix de Luca. Je lui ouvre, soulagée. Il est à contre-jour. Sa large carrure remplit l'encadrement. Des ombres allongent son nez et forment

141

des creux dans ses joues. Je ne vois pas ses yeux. Il a l'air essoufflé.

— Qu'est-ce qui se passe ? Je vous ai entendue crier.

— Il y avait quelqu'un dans la maison.

Je tremble comme une feuille. Il pose les mains sur mes bras. Ses doigts s'enroulent fermement autour de mes biceps. Un frisson me parcourt le corps.

— Tout va bien. Je vais m'assurer qu'il est parti.

Il disparaît dans l'escalier. Je passe une main là où étaient les siennes. Je ne veux pas être seule. Je le suis. En bas, j'allume la lumière. Luca sort de la cuisine.

— La fenêtre du cellier est cassée. Il a passé la main à travers un carreau pour soulever le loquet. Faites le tour de la maison, vérifiez que rien n'a été volé.

J'ai les dents qui claquent. J'ai peur de me retrouver seule, mais je prends le temps d'inspecter chaque pièce. Mon sac est à sa place, pendu à la rampe. Je jette un œil dans le salon, puis dans le bureau de Will. Tout a l'air normal, intact.

Luca m'attend dans la cuisine. Il me tend une tasse de thé. Je l'accepte volontiers. Il a une longue griffure sur la main, une plaie perlée de sang.

— Vous êtes blessé.

— Une ronce, dit-il en s'essuyant sur son pantalon.

Méfiante, j'essaie de calculer la distance entre la cuisine et la porte, le nombre de pas qui me séparent de la Fiat, le nombre de secondes qu'elle mettra à démarrer. Je me déplace de l'autre côté de la table.

— Est-ce qu'il a pris quelque chose ?

Je secoue la tête.

— Vous voulez que j'appelle la police ? demande-t-il en se dirigeant vers le téléphone. Un ami ?

Je pousse un soupir. Quelle idiote… Luca n'y est pour rien. Dès l'instant où je cesse de le soupçonner, une fatigue intense s'empare de moi. Mes paupières sont lourdes. Je me concentre sur la chaleur de la tasse dans ma main.

— Non. Je m'en occuperai demain.

— J'ai sécurisé la fenêtre. Je remplacerai le carreau demain. Essayez de dormir. Il ne reviendra pas. Je garde un œil ouvert.

Le lendemain matin, la lumière du jour m'apaise. Je suis capable d'appeler David et de lui raconter ce qui s'est passé sans trembler, ni pleurer. Quelques minutes plus tard, il frappe à ma porte.

— Tu aurais dû m'appeler hier soir. Tu devais être terrifiée.

— Luca était là. Je ne voulais pas te déranger.

Il fait les cent pas dans la cuisine, les sourcils froncés. Il a la peau grise, les traits tirés.

— Tu as vu son visage ?

— Non. Il faisait trop sombre.

— On ne t'a rien volé ? Tu en es sûre ?

Je hoche la tête. Il regarde par la fenêtre, en direction du garage.

— Dans ce cas, ce n'était pas un professionnel. Peut-être un adolescent du coin ? Un forain ? Il y en a qui campent devant la forêt de Martha.

Je repense à la silhouette en haut de l'escalier. Ce n'était pas un adolescent, mais un adulte. Il y avait de l'argent dans mon sac, une liasse de billets sur la table de la cuisine, une horloge en argent sur la cheminée, plein de petits objets qu'un voleur aurait emportés avec facilité. Rien n'avait disparu.

Luca passe devant la fenêtre en croquant une pomme. David se penche sur l'évier pour le suivre du regard.

— Il n'est pas encore parti ?

— C'est son dernier jour.

— Je suis ravi qu'il t'ait aidé, Ellie... mais on ne connaît rien de lui.

Il reprend sa marche en se frottant le menton.

— Il faut que tu sécurises ta maison. Un éclairage automatique, de nouveaux verrous. Tu es trop isolée ici.

Je me tais, préférant le laisser parler.

— Si tu veux, je peux en parler à Ian Brooks. Il est inspecteur de police. C'est un ami. Pas besoin de porter plainte. Il s'en occupera discrètement.

— Merci.

Je me sens épuisée. Je suis soulagée de ne pas avoir à passer de coups de fil, à remplir des formulaires et subir un interrogatoire.

David me serre dans ses bras. J'entends son cœur battre sous sa chemise. Il dépose un baiser sur mon front.

— Appelle-moi s'il se passe autre chose. Et si tu as peur, viens chez moi. D'ailleurs, tu peux me suivre maintenant.

— Et Adam ?

— Il est au courant. Il est heureux pour nous.

— Tant mieux, dis-je en m'écartant de lui. Merci pour ton invitation, mais j'ai des gâteaux à préparer. Et puis, c'est comme remonter à cheval après une chute. Je ne veux pas me sentir chassée de ma propre maison.

Il pose un doigt sous mon menton.

— J'ai toujours su que tu étais courageuse, Ellie.

Dès l'instant où la voiture de David disparaît de l'allée, Luca passe la tête par la fenêtre de la cuisine.

— J'ai trouvé du travail dans une ferme, à Little Billing. Est-ce que vous accepteriez de me loger un peu plus longtemps ? Je pourrais me baser ici jusqu'à la fin de la saison, continuer à entretenir le terrain.

J'hésite un instant. Il étudie mon visage.

— Vous avez besoin de temps pour y réfléchir ?

— Non. Restez. Ici, il y a toujours quelque chose à faire.

Je lui tourne le dos pour éviter que mon visage ne trahisse mes émotions. Je me force à mesurer la farine, à la tamiser dans un bol et à couper le beurre en carrés. Lorsque la porte du garage se ferme, je m'enfonce dans un fauteuil, la tête entre les mains. Je suis encore sous le choc de l'intrusion, plus bouleversée que je ne le pensais. Ce n'était pas un cambriolage. Cette personne cherchait quelque chose de précis. Si c'était le cas, reviendrait-elle un jour ? Le fait que Luca est à portée de voix me rassure. Il a bien réagi hier soir. Il a gardé son sang-froid.

Je pose un doigt sur mon menton, à l'endroit où David m'a touchée. C'est agréable d'être admirée par cet homme. Je n'arriverai jamais à la cheville d'Henrietta. Je ne suis pas belle, mais j'aime qu'il me croie courageuse. Je ne veux pas briser cette illusion.

16

1990

Je me réveille en sueur, frissonnante. J'ai mal partout.

— Tu as la grippe, dit ma mère en posant une main sur mon front. Reste au lit. Mme Oaks est là si tu as besoin de quelque chose. J'ai rendez-vous en ville avec Lulu. Je ne peux pas annuler, ma chérie.

Je reste allongée dans ma propre transpiration. Je m'étire et sors mes jambes de sous la couverture. Je ne pensais pas tomber malade en sautant dans la rivière. Je repense à l'eau glacée contre ma peau, aux lèvres noires du fleuve se fermant sur moi.

J'éternue.

Mme Oaks me sert une soupe de tomate et des tartines. Elle tapote mon oreiller. Sa peau sent l'oignon. Je n'ai pas envie de soupe et j'ai mal à la tête dès que je bouge. Je ferme les yeux. Je me demande si je reverrai Ed. Depuis cette sortie en barque, quelque chose a changé entre nous. Une distance s'est installée. Une déception. Je reste allongée sur le dos, les yeux rivés sur le plafond. Je m'ennuie. J'ai envie de lire. Je viens de commencer *Le Magasin de jouets magique*. J'essaie de le reprendre, mais les mots deviennent flous et une migraine me fend le crâne.

J'ai dû m'endormir sans m'en rendre compte. La lumière a changé. Le soleil est de l'autre côté de la maison. La chambre est remplie d'ombres. J'entends les pigeons ramiers sur le toit. Leur roucoulement me rappelle les matins d'été et le parfum d'herbe coupée.

La porte s'ouvre. Je m'attends à voir Mme Oaks avec le dîner.

— Comment va la malade ?

Ce n'est pas Mme Oaks, mais Les Ashton. Surprise, je tire la couverture jusqu'à mon cou. Je peine à me redresser. Il se plante devant moi, les mains sur les hanches, le torse bombé. Sous cet angle, je vois l'intérieur de ses narines. Je me retiens de rire.

Il s'assoit au bord du lit. Le matelas grince sous son poids.

— Je ne fais que passer. J'avais oublié mon briquet. Mme Oaks m'a dit que tu étais malade et seule. Est-ce que tu as besoin de quelque chose ?

— Non, merci.

Un sourire se dessine sur ses lèvres.

— Tu ne veux pas que je t'examine ?

— Ce n'est qu'un rhume, dis-je en en éternuant.

Il attrape la boîte de mouchoirs posée par terre. Je me mouche. Il me tend la panière. Honteuse, je jette le mouchoir sale. La pièce semble tourner autour de moi. Je ne veux pas qu'il me voie faible, avec les yeux rouges et le nez qui coule. C'est étrange d'être seule dans ma chambre avec lui. Il a beau être médecin, ma mère serait choquée.

Il pose une main sur mon front et le pouce sur mon poignet, pour sentir mon pouls.

— Ton cœur bat vite.

Il dessine des cercles sur ma paume, plonge son regard dans le mien. Je retiens mon souffle. Mon corps entier se crispe. J'essaie de récupérer ma main, mais il la retient.

— J'ai toujours rêvé de sentir ta peau. Elle est douce, comme celle d'un bébé.

Il passe un doigt sur ma joue tiède. Mon cœur s'emballe.

— Tu sais à quel point j'ai envie de te toucher, n'est-ce pas ? Je pense que tu le sais depuis longtemps.

Il s'empare de la couverture.

— Laisse-moi examiner ta poitrine.

J'ouvre la bouche pour dire non. Un son inaudible s'en échappe. Il éclate de rire.

— N'aie pas peur. Je suis médecin.

Je reste immobile tandis qu'il déboutonne ma chemise de nuit. Il a les lèvres qui tremblent. Je fixe le mur en face de moi. J'étudie les motifs du papier peint, l'affiche de Klimt. Il place une oreille sur ma poitrine. Sa barbe me gratte, sa pommette saillante creuse ma peau. Je lève le menton pour éloigner ma bouche de ses cheveux gras. Je retiens mon souffle. C'est Les Ashton. L'ami de mon père. Un médecin.

Il se redresse, l'air hagard, stupide, le regard vide. Sa respiration est saccadée.

— Eleanor, murmure-t-il.

Sa bouche est trop proche de la mienne. Je discerne sa langue, sa texture mouillée et gluante, une dent en or. Son haleine me frappe, brune et âcre.

Tout se passe très vite. Ses doigts glissent sous la couverture, sous ma chemise de nuit. Tout est chiffonné, étrange. Son poids m'écrase les côtes. Je suis trop faible pour me débattre. Je me réfugie en moi-même, occultant les détails, oubliant la chambre, l'homme, ses mains. Je me recroqueville sous ma propre peau et je m'y blottis, délaissant mon corps inerte sur le matelas.

17

2015

David pose sur mes genoux une petite boîte bleue fermée avec un ruban. Je l'ouvre et découvre des boucles d'oreilles en or serties de perles, déposées sur un joli coussin en soie. Chaque perle est entourée de trois diamants, positionnés en forme de cœur. Elles ne ressemblent en rien à ce que j'ai l'habitude de porter. Il me suggère de les essayer. « Tiffany & Co. » est gravé sur la boîte.

— Elles te vont à ravir.

— Ce n'est pas mon anniversaire.

Je me tais avant de dire d'autres idioties.

— Je sais. Je pensais qu'elles te remonteraient le moral.

Je repense à William, qui ne me surprenait jamais avec des cadeaux. Ce genre de geste ne faisait pas partie de sa personnalité. En tout cas, pas avec moi. David ne mérite pas ma froideur.

— Merci.

Je le serre dans mes bras avec tellement d'enthousiasme que je manque de le faire tomber. Il éclate de rire.

— Te voir sourire vaut mille mercis.

Après l'amour, nous restons allongés l'un contre l'autre, nos corps tièdes, détendus, la peau salée de son bras sous mes lèvres. Nos rapports s'améliorent avec le temps. Je m'habitue à ses commentaires, qui me paraissent de moins en moins étranges. Ils m'excitent presque, même si je suis incapable d'y répondre. Je me sens plus à l'aise dans sa chambre et dans ses bras, sur son confortable lit à baldaquin.

Les aboiements de Max et Moro me tirent de ma rêverie. Les pas d'Adam sur le palier. Une porte qui se ferme. Une voix de fille. La réponse d'Adam. David s'est endormi. Je me blottis contre son épaule et ferme les yeux.

Le lendemain matin, il me sert le petit déjeuner au lit. Je bois mon thé et déguste un muffin aux noix et aux canneberges, saupoudré de sucre.

— Il est délicieux. C'est Anca qui l'a fait ?

Il hoche la tête en mettant sa chemise.

— Fais attention, dis-je pour le taquiner. Je vais finir par te la voler.

Il s'assoit, attrape une paire de chaussettes. Cet homme est sexy même en s'habillant.

Je me glisse hors du lit et j'enfile sa robe de chambre. Je ne me sens pas suffisamment confiante pour révéler mon corps.

— Je vais prendre une douche.

— Fais comme chez toi, Ellie. Tu ne dois pas nourrir les poules ?

— Non, dis-je en me dirigeant vers la salle de bains. Luca n'est pas encore parti. Il reste quelques semaines de plus. Il s'occupe des animaux quand je ne suis pas là. Il surveille la maison. C'est un vrai soulagement de le savoir sur place.

La pluie fouette les carreaux. Le noir et blanc des maisons élisabéthaines se mélange derrière la vitre. Je sers une carafe d'eau à Irene. Elle verse une cuillerée de sucre dans sa tasse, boit une gorgée et grimace de dégoût.

Elle repousse la tasse, éclaboussant la table.

— Du sel ! grogne-t-elle.

— Pardon ?

— C'est du sel, pas du sucre.

Je goûte quelques grains. Elle a raison.

— Je suis désolée, Irene. Je ne sais pas comment c'est arrivé. Je vous apporte une autre tasse de thé, et un muffin. Cadeau de la maison.

Quelques minutes plus tard, je dépose la théière sur la table. Baxter, son yorkshire terrier, s'est installé sur ses genoux. Elle lui donne des miettes et le laisse lécher le beurre sur sa cuillère.

— Comment va Baxter ?

— Très bien, répond-elle en arrangeant le ruban entre ses oreilles. Vous avez vu les affiches devant la mairie ? Mary organise une collecte pour les réfugiés de Calais. Des couvertures et des manteaux, ce genre de choses. Il y aura aussi une tombola au profit de la Syrie.

— Bonne idée. Je déposerai des affaires dès que j'en aurai le temps.

— Vous avez de la chance. Vous avez le salon de thé pour vous occuper. C'est difficile d'être veuve. J'ai perdu mon Peter il y a dix ans, jour pour jour.

— Je suis désolée.

Elle cligne des yeux.

— Votre mari était gentil. Il me rappelait Peter. Toujours là pour vous tenir la porte ou pour donner un coup de main. Un vrai gentleman.

— C'est vrai, dis-je en m'éloignant.

— Il n'apprécierait pas qu'un étranger vive chez lui.

Le sourire se fige sur mon visage. Je pense d'abord qu'elle parle de David, puis je comprends qu'il s'agit de Luca.

— Je ne vous juge pas, Ellie, mais tout le village en parle. Votre nouveau… locataire n'est pas anglais, n'est-ce pas ?

— Pardonnez-moi, Irene, mais j'ai du travail.

Je disparais dans la cuisine. J'ai les mains qui tremblent. J'imagine sa réaction si je lui avouais la vérité. *Mon mari me trompait, et je couche avec David Mallory.*

Aujourd'hui, je travaille seule. Kate suit une formation à l'université. Elle veut devenir esthéticienne. J'ai l'impression que les jours les plus chargés sont ceux où elle n'est pas là. Je me dirige vers John pour lui servir son thé.

— Il paraît que vous avez déjeuné chez les Mallory.

Parfois, je me demande si des espions se cachent dans le village. Tout le monde est au courant du moindre de mes gestes. Je ne m'y habituerai jamais.

— Henrietta doit leur manquer terriblement. Cette femme était une sainte. Elle était généreuse, irremplaçable. Une mère dévouée, lance-t-il en me dévisageant de son regard vitreux.

J'essaie de ne pas prendre à cœur ses commentaires. Jamais personne ne me traitera de sainte. Même après ma mort.

J'aide Irene à enfiler son imperméable. Une voiture se gare sur la place. Adam est au volant. Une jolie rousse est assise côté passager.

J'ouvre la porte à Irene. Elle protège Baxter sous son imper et ouvre son parapluie. Adam court de la voiture à l'épicerie, puis revient sur ses pas, tête baissée. Il a sûrement acheté le journal, ou des cigarettes. À travers les gouttes, je le vois se tourner vers sa passagère et l'embrasser. Elle a la tête collée contre la vitre embuée.

Je ferme la porte avant qu'il ne m'aperçoive. Heureusement que Kate n'est pas là. Elle serait déçue d'apprendre la nouvelle.

Je retourne au travail. Quelques minutes plus tard, la clochette retentit. David entre en compagnie du docteur Waller. Il a du mal à fermer son parapluie. Je ne sais pas comment me comporter avec lui en public. Je le revois, nu au-dessus de moi, les mains pressées contre l'oreiller.

Ils sont en pleine conversation. Le docteur éclate de rire. David pose une main sur son épaule en se dirigeant vers le comptoir. Je n'arrive pas à le regarder dans les yeux. Le docteur Waller me salue d'une main en s'asseyant, mimant une tasse de thé.

— J'arrive.

Dans un coin de la salle, le brigadier secoue son *Times* humide en se raclant la gorge. David se plante devant moi. Des gouttes de pluie coulent le long de sa veste. Ses cheveux lui collent au front. Je me retiens de passer une main dedans.

— Est-ce que tu es libre mercredi soir ? On est invités à dîner chez des amis.

— Moi aussi ? dis-je à voix basse.

Derrière David, des têtes se tournent. Les clients tendent l'oreille, curieux.

— Seulement moi, mais je les ai appelés et ils veulent te rencontrer, ajoute-t-il en souriant.

Je ne sais pas quoi répondre.

— Le brigadier attend son scone, murmuré-je. Je reviens.

David effleure mon dos au passage. Je frissonne.

— Je passe te chercher à 20 heures, dit-il à voix haute.

Je traverse la salle, les joues en feu. Tout le village va être au courant. Et j'en suis fière.

De retour à la maison, j'enlève mes chaussures et m'étire en grognant. Sans Kate, les journées me semblent interminables. Peut-être devrais-je la remplacer lorsqu'elle est absente. Je pourrais rédiger une annonce. Je l'afficherais dans le journal local, au salon de thé, à l'épicerie et au pub.

J'entre dans le bureau de Will en repensant à la suggestion de Kate. J'allume l'ordinateur. Je tape « sites de rencontres » sur Google. Un nombre infini de liens apparaît à l'écran. Tous m'invitent à m'inscrire et me promettent des évaluations gratuites, des soirées inoubliables, une liste d'hommes compatibles. Kate avait raison : il suffit d'un clic pour se trouver un amant. J'éteins l'ordinateur. Je ne veux pas imaginer William assis dans ce fauteuil, en train d'étudier les profils de centaines de femmes.

Je me prépare un chocolat chaud dans la cuisine quand Luca frappe à la porte.

— Bonsoir, Ellie. Est-ce que je peux vous parler ?

Je lui fais signe d'entrer et me retourne juste à temps pour retirer le lait du feu.

— Deux policiers sont passés ce matin.

— C'est vrai ? À quel sujet ?

— Ils m'ont posé des questions à propos de l'effraction. Ils voulaient vérifier mes papiers, s'assurer que j'étais ici légalement.

— C'est le cas ?

— Oui.

— Je suis désolée, Luca.

— Ils cherchaient une raison pour m'emmener au poste. Ils n'ont rien trouvé.

— Je ne savais pas... Je ne pensais pas que vous subiriez une chose pareille.

— Je me demandais si vous les aviez envoyés. Si vous doutiez de moi.

— Pourquoi aurais-je des doutes ?

— Vous ne me connaissez pas, murmure-t-il. Il serait raisonnable d'en avoir.

Luca a l'habitude qu'on ne lui fasse pas confiance. Je perçois la douleur dans ses yeux. Il reste planté devant la porte, en silence. J'ai envie de le rassurer, comme il l'a fait avec moi ce soir-là. Il m'avait serrée tellement fort qu'il m'avait fait mal, mais c'était ce dont j'avais besoin pour ne pas sombrer dans la panique.

— Je ne suis pas de la région, dis-je. Je suis née dans le Cambridgeshire. Mon mari et moi, on a voyagé de ville en ville au début de sa carrière. Édimbourg. Liverpool. Ici, les villageois vivent dans leur petit monde. La plupart sont retraités. C'est assez étouffant par moments.

Il hoche la tête.

— Hier, j'ai dit bonjour à une dame dans la rue. Elle a fui comme si j'allais lui voler son sac.

J'éclate de rire.

— Je crains que ce ne soit pas la dernière fois.

— C'est normal. Les gens ont peur des étrangers. Je ne reste jamais assez longtemps quelque part pour qu'on s'habitue à moi.

— Margaret Briscoe vous a traité de Gitan, dis-je en souriant.

— Elle n'a pas tort.

— C'est-à-dire ?

Il hausse les épaules.

— Je descends d'une famille de Tsiganes. En Roumanie, ma mère était persécutée. Elle a refusé de fuir. C'était chez elle.

— Vous êtes parti seul.

— Je n'avais pas le choix, répond-il en glissant les mains dans ses poches. Et puis, j'avais besoin de bouger. C'est dans mon sang.

— Vous êtes né dans un cirque ?

— Non.

— Vos parents n'étaient pas forains ?

Il ne répond pas. Son corps se raidit, son visage se ferme. Il recule d'un pas, l'air méfiant. Comme s'il était devenu quelqu'un d'autre. Mon interrogatoire lui a fait peur. Mes questions l'ont blessé.

Il sort de la maison sans un mot. Je le suis du regard tandis qu'il passe devant la fenêtre, observant ses larges épaules, son dos droit et sa jambe qui boite.

Luca ne me croit pas. Il pense que j'ai menti, que c'est moi qui ai contacté la police.

J'appelle David.

— La police est venue interroger Luca. Est-ce que ton ami y est pour quelque chose ?

— Ian ? Oui. Quand tu m'as dit que Luca resterait plus longtemps, je l'ai appelé. Je voulais qu'il vérifie son identité et son casier judiciaire.

— Tu ne m'en as pas parlé.

— Bien sûr que si. On en a discuté ensemble.

— Je ne m'en souviens pas.

— Peu importe. Il faut garder un œil sur lui, Ellie. Son casier est vierge et ses papiers sont en ordre. Il est entré en Angleterre légalement, mais les policiers ont trouvé qu'il avait le regard fuyant.

— C'est normal ! Ils lui ont manqué de respect. Tu agirais de la même manière si on t'accusait injustement.

Je m'agrippe à mon portable. C'est la première fois que je hausse la voix avec David. Nous sommes sur le point de nous disputer.

— Je suis désolé. Je l'ai fait pour ton bien, chérie. Je veux que tu sois en sécurité.

Des frissons me parcourent le corps, comme s'il avait déposé ses lèvres sur ma nuque.

— Excuse-moi, murmuré-je.

Je pose une main sur mon oreille, sur les boucles qu'il m'a offertes, les tournant nerveusement entre mes doigts.

18

Chérie. Il aura suffi de ce simple mot pour apaiser ma colère. Je ne sais pas pourquoi je ressens le besoin de défendre Luca. David a raison. Il est rassurant d'apprendre que Luca n'a jamais été arrêté. Il prend soin de moi, il me protège. J'ai envie de m'excuser auprès de lui, de le rejoindre dans son lit, mais il ne m'a pas invitée. Il est trop tôt dans notre relation pour que je débarque, sans prévenir, sur le pas de sa porte.

Je ne parviens pas à m'endormir. Un tourbillon d'émotions me tient éveillée. Ma maison me semble trop petite. J'ai envie de danser, de courir, de sentir la peau de David contre la mienne. Mais je suis seule. Je décide de faire du tri, une excellente manière de dépenser mon énergie, mais aussi de marquer un tournant dans ma vie. Il est temps de reprendre à zéro, de me débarrasser du fantôme de William, de laisser place à l'avenir et à l'espoir.

Je me réveille dans le désordre le plus complet, au milieu de tas de rideaux poussiéreux et de vêtements de William. Ses vestes et ses manteaux sont pliés dans un coin, prêts à être collectés pour Calais. J'ai bougé les meubles au petit matin, abandonnant l'armoire au milieu de la chambre. Je me rappelle avoir arraché la housse du canapé et trouvé une tache verte sous un des coussins. Sûrement un stylo de William qui a coulé, un accident qu'il a camouflé. Une nouvelle déception parmi tant d'autres.

Je m'étire. J'ai mal au cou et aux épaules. L'armoire est lourde. Je l'ai poussée de toutes mes forces, déterminée à nettoyer la poussière contre le mur. Les premiers rayons de soleil soulignent les fissures au plafond, les vitres crasseuses et les vieux tapis. Je suis horrifiée. La maison a besoin d'être nettoyée et décorée. Je n'ai pas le temps de terminer ce que j'ai commencé. J'ai des gâteaux à préparer. Tandis que j'attrape mes clés de voiture, mon téléphone sonne.

C'est Mary.

— Bonjour, Ellie. Je me demandais si tu avais de quoi contribuer à notre collecte pour les réfugiés de Calais. On a besoin de couvertures, de tentes, de chaussures, de boîtes de conserve, de sacs de riz. On accepte les dépôts vendredi à la salle des fêtes.

— Je sais. J'ai déjà rassemblé des affaires.

— Parfait. J'ai un autre service à te demander : est-ce que tu pourrais t'occuper du buffet de la tombola ?

— Avec plaisir.

Le délai est trop court, mais je ne peux pas refuser.

— Merci, Ellie. Je suis soulagée. Je sais que c'est un peu à la dernière minute, mais je savais que tu accepterais. On n'attend rien de très élaboré. Simplement de quoi picorer.

— Pour combien de personnes ?

— Une cinquantaine.

J'en ai perdu ma voix.

J'aimerais que le désordre ait disparu pendant mon absence, comme par magie, mais il m'attend dès que j'ouvre la porte, en rentrant du salon de thé. Je ne sais pas comment je vais trouver le temps de cuisiner.

Je verse des croquettes dans la gamelle de Tilly et je retrousse mes manches. David doit passer me chercher à 20 heures. D'ici là, il faut que j'aie rangé la maison et que je sois prête, habillée et maquillée. Je jette un œil à ma montre. Impossible. Je sors l'aspirateur, secoue les coussins et pousse les piles de magazines sous les meubles.

Luca frappe à la porte et entre, l'air amusé.

— Qu'est-ce qui s'est passé ? On dirait qu'une tornade a traversé la maison.

Je pose les mains sur mes hanches.

— Bonjour, Luca. Je suis désolée, je suis très occupée. Il faut que je range cette pièce avant de sortir ce soir.

Il attrape quatre oranges dans la panière à fruits et se met à jongler. Les fruits volent et tournent sur eux-mêmes. Je suis à la fois surprise et impressionnée. Je me mords la lèvre, hésitante.

— Vous voulez essayer ?

— Maintenant ?

Je passe une main dans mes cheveux. Il me tend une orange.

— Tenez.

— Je n'ai pas le temps.

— Ça vous fera du bien.

— Ah bon ?

— Vous avez l'air stressée. Quand on jongle, on est obligé de se détendre.

Il a l'air déterminé. Je pousse un soupir.

— D'accord, mais juste cinq minutes.

Il se plante derrière moi.

— Serrez les coudes. Écartez les jambes à la largeur de vos épaules.

Il effleure mes coudes avec ses doigts. Je sens son souffle dans ma nuque, le parfum amer des fruits.

— Commencez avec une orange. Lancez-la d'une main à l'autre.

Je m'exécute.

— Pas trop haut. Maintenez-la à hauteur d'œil.

Je me concentre sur le fruit, sur son poids, calculant le temps qu'il lui faut pour voler d'une main à l'autre.

— On a tendance à penser que les jongleurs travaillent vite, mais leurs gestes sont lents. Serrez les coudes. Détendez-vous.

Il se plante devant moi, les mains sur les hanches.

— Contrôlez votre énergie. Très bien. Maintenant, essayez avec deux fruits.

Il me lance une autre orange. J'arrive à les maintenir en l'air quelques secondes, mais elles s'écrasent par terre et roulent sous un fauteuil.

Nous éclatons de rire. Luca s'agenouille pour les ramasser.

— J'espère qu'elles ne sont pas abîmées, dit-il en se levant.

Je jette un œil vers l'horloge de la cuisine.

— Il faut que j'aille me préparer. David passe me chercher dans une heure.

C'est comme si une lumière avait été éteinte. Luca remet les oranges à leur place, visage fermé, regard distant. Il se dirige vers la porte, me salue d'une main et disparaît dans le garage.

Je n'ai pas le temps de ranger la maison, trop préoccupée par le choix de ma tenue. Je repense au portrait d'Henrietta au-dessus de la cheminée, à ses vêtements élégants, à sa beauté naturelle. Je sais que les apparences sont trompeuses. Il y avait des failles dans le mariage des Mallory, comme chez tout le monde. Un jour, je les ai surpris en train de se disputer. J'ai été choquée par les émotions sur leurs visages, leurs poings serrés. Dès mon arrivée, ils se sont ressaisis, cultivant leur image de couple uni. Elle a souri. Il a posé une main dans le creux de son dos.

David m'embrasse avant de découvrir l'état de la maison. Il siffle de surprise.

— Qu'est-ce qui s'est passé ici ?

— Ménage de printemps, dis-je en haussant les épaules. Je viens d'apprendre que je dois m'occuper du repas pour la tombola de ce week-end. Tu es au courant ? Mary a délaissé son concours adoré au profit des réfugiés de Calais.

Je passe une main sur mon front, étudiant le désastre qui s'étend devant moi.

— Kate n'est pas là. Je ne vais jamais m'en sortir.

Je tourne la tête vers David, une idée germant dans mon esprit.

— Est-ce que je peux t'emprunter Anca quelques jours ? Elle pourrait m'aider au salon de thé. Je me chargerai de la payer.

David se frotte le menton.

— Si tu veux. Et ne t'inquiète pas pour son salaire, elle touche déjà le mien. Tu as raison. Elle pourrait te donner un coup de main en cuisine et ici.

— Ce serait formidable. Merci.

Je repense à Langshott Hall, où tout est à sa place, où chaque objet est une œuvre d'art. Je me tapote les lèvres. Mes doigts sentent encore l'orange.

— J'aurais besoin d'elle à la Laiterie vendredi, mais seulement si elle est d'accord.

— Entendu. Je demanderai à quelqu'un de la déposer chez toi demain matin, puis elle fera une journée au salon de thé, et un dernier jour ici pour terminer le ménage.

Il étudie ma tenue : un pantalon en velours et un chemisier blanc. Je pose une main sur ma hanche, gênée.

— Tu n'aimes pas ?

— Si, mais tout le monde sera bien habillé, et je veux que tu te sentes à l'aise. Les femmes seront en tenue de soirée. Tu as le temps de te changer. C'est toi qui vois.

— Très bien. Je vais chercher quelque chose de plus... approprié. Je reviens.

Il m'offre un sourire d'encouragement.

Dans ma chambre, j'enfile la robe bleu foncé que j'ai portée aux enterrements de William et d'Henrietta. Elle est en laine, avec des détails en dentelle. Je l'ai achetée sur le coup du deuil, sans réfléchir. Elle convient à David. Il avance d'un pas, glisse une mèche de cheveux derrière mon oreille.

— Tu ne mets pas de rouge à lèvres ?

Je pose un doigt sur ma bouche.

— Je n'en porte jamais.

Je fouille dans mon sac et trouve un vieux tube Clinique. Je l'applique avec soin, en me regardant dans un miroir de poche. Ma bouche a l'air plus large, plus pulpeuse.

Dès l'instant où notre hôte ouvre la porte et nous invite à entrer, je suis soulagée de m'être changée. David avait raison. Les femmes portent de jolies robes noires, des colliers de perles, des bagues et des boucles d'oreilles en diamant. Les hommes sont en costume-cravate, comme David.

Il me présente à tout le monde. L'enchaînement de poignées de main et de regards curieux me donne le vertige. Je suis catapultée dans le passé, aux fêtes de mes parents. Quelqu'un place une coupe de champagne dans ma main. Je reconnais un couple rencontré lors d'un dîner chez David et Henrietta. La femme me sourit. J'ai oublié son prénom. James Greenwell est aussi présent. Je ne veux pas lui parler. Il me dévisage tel un objet laid, gênant. Je descends mon verre en quelques gorgées. Les bulles me piquent le nez. David est dans son élément, saluant les invités, tapotant le dos de l'un, racontant une blague à l'autre. Je lui emboîte le pas en silence.

— On dirait que tu as fait ça toute ta vie, murmuré-je à son oreille.

Je regrette de ne pas avoir lu le journal récemment, de ne pas avoir un sujet de conversation intelligent à proposer, comme l'aurait fait Henrietta. Je suis restée enfermée dans ma bulle trop longtemps. J'ai envie de rentrer chez moi, dans ma cuisine, d'apprendre à jongler avec deux oranges avec Luca qui rit derrière moi. Un serveur passe avec un plateau. Je m'empare d'une seconde coupe de champagne. Mon rouge à lèvres laisse une trace sur le verre.

Il y a dix invités à table. Les flammes des bougies vacillent, les couverts en argent scintillent. Je m'attends presque à entendre la voix de ma mère, présenter le consommé de bœuf et la salade de crevettes. Je suis soulagée : James est assis à l'autre bout de la table, David est à ma droite et le docteur Waller à ma gauche. Je commence à me détendre, à me sentir à l'aise. David discute politique avec son voisin de table. Le docteur Waller se penche vers moi.

— David est un vieil ami. Il m'a raconté votre histoire. Je suis heureux pour vous. Vous êtes des gens bien.

Gagnée par un élan de joie et d'optimisme, je me lève et vais aux toilettes. À mon retour, David me lance un regard complice. Je reprends place à ses côtés et termine mon verre de vin.

Une femme se penche par-dessus la chaise vide en face de moi. Je ne la connais pas. Elle passe une main dans ses cheveux blond cendré.

— Vous êtes la nouvelle amie de David ?

Elle n'attend pas ma réponse.

— Il nous tardait de savoir qui remporterait le gros lot. Beaucoup de femmes rêveraient d'être à votre place, vous vous en doutez. À notre âge, il est difficile de rencontrer de nouvelles personnes.

Elle m'offre un grand sourire hypocrite, tout en étudiant ma robe et mes cheveux.

— David a toujours su cacher son jeu. Personne ne remplacera Henrietta. Je trouve charmant qu'il ait choisi quelqu'un d'aussi… différent d'elle.

Je plie ma serviette, une fois, deux fois. Je me retiens de la poser sur la table, de me lever et de partir.

— Ils t'ont adorée, m'assure David sur le trajet du retour.

Il a encore mis de la musique classique. Je n'ai pas envie de parler. J'ai la tête qui tourne. Il me tarde d'aller me coucher.

Ce soir, j'ai échoué à l'examen. La seule personne avec qui je me suis sentie à l'aise était le docteur Waller, qui est connu pour être gentil avec tout le monde. Je n'ai pas réussi à paraître enjouée, sophistiquée, et je n'ai pas été moi-même. Tout le monde a dû parler de moi après notre départ. *Qu'est-ce qu'il fabrique avec cette femme ?*

David se gare devant chez moi. Les cliquetis du moteur qui refroidit brisent le silence. La nuit se presse contre les vitres. J'ai trop chaud. Je pose une main sur ma gorge. David serre mes doigts dans les siens.

— Qu'est-ce qui ne va pas, Ellie ?

Je fixe la nuit noire à travers le pare-brise.

— Tu pourrais sortir avec n'importe quelle femme de la région. Je ne sais pas ce que tu fais avec moi. Je n'ai pas ma place dans ton monde. Je ne suis pas comme les autres.

— Tant mieux, dit-il en déposant un baiser sur mon poignet. Je ne veux pas que tu leur ressembles. Je n'éprouve aucun respect pour les gens qui sont nés avec une cuillère d'argent dans la bouche. Toi, tu es forte, naturelle et indépendante. Je ne veux pas que tu changes.

Je repense à cette femme aux cheveux blonds, à ses paroles. *Personne ne remplacera Henrietta.*

Je tente de la balayer de mon esprit. Je *ne veux pas* remplacer Henrietta.

Je cligne des yeux, serre la main de David.

— Tu veux entrer ?

Revoir David chez moi, de nuit, me rappelle notre premier baiser, et la honte que j'ai ressentie ce soir-là. Cette fois, tout est différent. Avec du recul, je ne comprends pas pourquoi j'ai douté.

David est trop grand pour cette maison. Il baisse la

tête pour éviter de se cogner au plafond. Il éclate de rire en contournant l'armoire abandonnée au milieu de la chambre, enjambant les tas de vêtements et de journaux pour atteindre la salle de bains.

— C'est un parcours d'obstacles.

Quand il revient, il sent le dentifrice. Il prend mon visage dans ses mains.

— Est-ce que tu as commencé à ranger le bureau ?

— Pas encore. Je le garde pour la fin. J'ai l'intention d'en faire une belle pièce, digne d'un magazine de décoration.

— On devrait passer plus de temps ici. C'est ta maison. J'aimerais apprendre à la connaître.

Après l'amour, je m'endors contre lui. Sa voix résonne au-dessus de ma tête, me tirant de mon sommeil.

— Il faut que je t'avoue quelque chose, Ellie.

— Mmm ?

— Par rapport à ce que tu m'as dit ce soir.

Je me tourne vers lui, inquiète.

— Je ne veux pas que tu te sentes inférieure aux autres.

Il s'éclaircit la voix. Je pose une main sur son torse.

— Ellie, je... je ne suis pas celui que tu crois.

Surprise, je me redresse sur les coudes. J'aimerais qu'il fasse moins noir, pour discerner son visage.

— Je ne comprends pas.

— Tu dois penser que j'ai grandi dans une famille bourgeoise, que j'ai étudié dans un lycée privé et que j'ai toujours vécu dans des maisons comme Langshott.

— Oui.

— En vérité, je suis originaire de Merton. J'étais inscrit à l'école publique. Mon père travaillait dans le traitement des eaux. On vivait dans une petite maison le long d'une nationale. Je suis parti à l'armée et je suis devenu officier. J'ai servi en Afghanistan. À mon retour, j'ai travaillé à Londres, à la City. J'ai découvert un autre monde, j'ai rencontré des gens riches et puissants.

Je retiens mon souffle.

— Je n'avais pas honte de mon passé, mais j'avais l'impression qu'il ne m'appartenait pas. Comme s'il y avait eu une erreur. À la maison, je me suis toujours senti comme un poisson hors de l'eau, différent de mes parents et de mon frère. Quand j'ai rencontré Henrietta lors d'une soirée, elle représentait tout ce dont je rêvais : l'éducation, la richesse, l'élégance, l'intelligence. Je suis tombé amoureux. À ma grande surprise, elle aussi.

Il marque une pause. J'entends sa langue claquer contre son palais.

— Je m'étais déjà réinventé. J'avais étudié mes contemporains, lu les bons livres, appris à reconnaître un bon vin, quels couverts utiliser selon l'occasion. J'ai même pris des cours d'élocution. Elle était loin de deviner que je ne faisais pas partie de son monde. Assez vite, je lui ai raconté mon enfance. J'étais étonné qu'elle veuille encore de moi. Ses parents n'étaient pas aussi compréhensifs. Notre relation n'enchantait pas son père. J'étais trop *ordinaire* pour sa fille. Mais Henrietta n'a pas baissé les bras.

Je m'écarte de lui, le temps de digérer l'information.

— Je ne savais pas.

— Est-ce que mon passé te dérange ?

J'éclate de rire en me blottissant contre lui.

— Bien sûr que non ! Je ne suis pas comme ça. Tu le sais.

Il me serre fort contre lui.

— Oui. C'est ce que j'aime chez toi.

— Et au village ? Les gens sont au courant ?

— Je n'ai jamais menti à personne. Quand on me demande où j'ai étudié, si je suis de la même famille qu'untel, on comprend vite que je ne fais pas partie de la haute société.

— Personne ne devrait être jugé sur ses origines.

— Je suis d'accord, mais certains ne peuvent pas s'en empêcher. Comme le père d'Henrietta, ou le brigadier. Bagley vit dans le passé. Il ne voulait pas que j'épouse Henrietta. Après la mort de mon beau-père, il m'a reproché de reprendre son entreprise. Il refusait que la ferme Aiken-Brown devienne la ferme Mallory. Il pensait que je ne saurais pas cultiver les fruits. Je lui ai prouvé le contraire, et pas seulement à lui. Je pense qu'il me respecte davantage, même s'il est très rancunier.

— Je suis contente que tu m'en aies parlé.

Il m'allonge sur le dos et me regarde droit dans les yeux. Les siens brillent. Il dépose un baiser sur mes lèvres. Nous restons allongés en silence, blottis l'un contre l'autre. Je caresse son torse en m'endormant.

Je comprends pourquoi David a voulu se réinventer. On a tous le droit de rêver. Ce qui compte, c'est qu'il ait été honnête. Son corps se détend, sa respiration se calme. Je me sens plus sereine. Je ne suis pas à l'affût de bruits de pas sur le palier, de bris de carreaux au rez-de-chaussée. La présence de Luca est rassurante, mais pas autant que celle de David dans mon lit.

C'est la sonnerie de son portable qui me réveille en pleine nuit. J'écrase l'oreiller sur ma tête. David décroche, répond à voix basse. Il a l'air agacé. Il se penche vers moi.

— Il faut que j'y aille. On a besoin de moi à la ferme.

— Tout va bien ? dis-je en me frottant les yeux. Il est tard.

Il dépose un baiser sur mon épaule.

— Rien de grave. Rendors-toi, Ellie.

Au réveil, je suis à nouveau seule dans mon lit. Je m'étire, note l'empreinte de David sur l'oreiller à côté de moi. Son parfum. J'ai dormi avec un autre homme, couché avec lui dans les draps que je partageais avec William. Je le perçois comme une sorte de rituel, un sort pour briser le passé, bien plus puissant qu'un simple ménage de printemps.

Mon portable s'allume. Je plisse les yeux pour lire le message. *Bonjour, ma belle. Tu me manques.*

Je souris. Je pense qu'il me manque aussi.

C'est une belle journée qui commence. Je suis contente d'avoir dormi une demi-heure de plus. Luca aura nourri les animaux, et Anca arrive ce matin. Je suis soulagée qu'elle m'aide à ranger la maison et à préparer le buffet.

Je revois David, évoluant de pièce en pièce comme le Bossu de Notre-Dame. Il a davantage sa place dans sa maison géorgienne, avec ses immenses portes, ses hauts plafonds, construite à l'échelle de ses anciens habitants. Je n'aurais jamais deviné ses origines s'il ne m'en avait pas parlé. Je suis heureuse qu'il l'ait fait, touchée par la confiance qu'il m'a accordée.

Je descends dans la cuisine pour nourrir la chatte et préparer le petit déjeuner. J'ouvre la porte du fond, laissant entrer le soleil qui peine à percer à travers les carreaux sales.

La lueur du jour m'éblouit. Quelque chose cogne contre le bois. J'avance d'un pas, troublée. Il y a un sac pendu à la porte de la cuisine. Non. Ce n'est pas un sac. C'est une poule. Morte. Le corps inerte, la tête qui pend, les ailes déployées, comme pour prendre le soleil. Quelqu'un a cloué ses pattes au battant.

Tout se passe au ralenti, comme dans un film. Une mouche bleue se pose sur son œil voilé. Une goutte de sang s'écrase, sombre et rougeâtre, sur la marche de la cuisine.

19

Un cri strident brise le silence. J'ai du mal à croire qu'il s'agisse du mien.

Luca est là. Il m'attrape par les épaules et me secoue jusqu'à ce que je me calme. Je suis incapable de parler. Je montre la porte du doigt. Du coin de l'œil, je le regarde enlever les clous, attraper l'animal par le cou. Il pose la poule par terre, un tas de plumes sans vie. Je la reconnais aussitôt.

— Trèfle ! hurlé-je en m'agenouillant à ses côtés. Oh ! Trèfle…

Je caresse sa petite tête, ses pattes ensanglantées et recroquevillées. Son œil aveugle me fixe. Mes larmes s'écrasent sur ses plumes brunes.

— Il est trop tard, murmure Luca. On ne peut pas la sauver.

Il m'aide à me relever, me guide dans la cuisine et m'assoit sur une chaise. Il fait bouillir de l'eau, choisit un sachet de thé et verse du sucre dans une tasse. Je baisse la tête, tremblante.

— On lui a brisé le cou, dit-il. Je pense qu'elle n'a pas souffert.

— Pourquoi ? Pourquoi faire une chose pareille ?

— C'est un avertissement, répond-il en versant l'eau chaude dans la tasse. Une menace.

J'ai la poitrine serrée. Je ne comprends pas ce qui m'arrive.

— Est-ce que quelqu'un vous en veut ?

Il pose une feuille sur la table. On dirait qu'elle a été arrachée d'un cahier. Du papier ligné, format A5. On a écrit en lettres majuscules : « PERSONNE NE VEUT DE VOUS ICI ».

— C'était accroché sur la porte.

Je repousse la feuille d'une main. Il y a une goutte de sang sur le papier. Luca pose la tasse devant moi.

— Buvez.

J'ai la tête qui tourne. *Une menace ?* Je repense aussitôt à la blonde d'hier soir, frustrée à l'idée que je lui aie volé David. Elle a beau m'en vouloir, j'ai du mal à l'imaginer en train de briser le cou d'une poule et de clouer le cadavre sur ma porte. Ensuite, je me rappelle les commentaires des villageois, leur avis sur les migrants, John et Sally-Ann, les remarques concernant Luca, les préjugés et les sous-entendus. Ces gens sont mes voisins, mes amis. Je les connais depuis des années. J'ai l'impression de tomber dans un trou sans fond, comme dans *Alice au pays des merveilles*. Plus rien n'a de sens.

— Vous étiez dans le garage quand c'est arrivé, dis-je en m'agrippant à ma tasse. Vous n'avez rien entendu ?

— Je n'étais pas là hier soir.

Pour la première fois depuis son arrivée, je le regarde vraiment. Il a l'œil droit enflé et injecté de sang, la peau tendue et violette comme une prune. Une griffure traverse sa joue de part en part.

— Vous êtes blessé !
— Ce n'est rien. Une branche dans le noir.
— Il faut vous soigner...
— Je vous assure que je vais bien, insiste-t-il.

Il a l'air agacé.

— Je vais appeler la police. Et David. Il faut les tenir au courant.
— Non.

Luca s'accroupit devant moi, enroule les doigts autour de mes poignets. Il me serre trop fort. Il me fait mal. Je m'écarte de lui et il me relâche, pose ses grandes mains sur les miennes. On dirait des pattes d'ours.

— Il faut que j'en parle à quelqu'un...
— Vous m'en avez parlé à moi. Réfléchissez un instant. La police ne peut pas vous protéger. Moi, je vis dans votre garage. Tant que je suis là, personne ne vous fera de mal. Il n'y aura plus d'incidents. Je vous le promets.

Il a raison. David appellerait son ami et la police accuserait Luca.

Je me mords la lèvre.

— Vous pensez que je suis en danger ?

Il secoue la tête.

— Non. Le coupable est un lâche.
— Je... Je ne sais pas quoi faire.

— Si vous en parlez autour de vous, je serai obligé de partir. Ils m'accuseront à tort. Je ne veux pas vous laisser seule. Pas après ça.

Nous tournons la tête vers la porte, vers le cadavre de ma pauvre Trèfle.

— Je vais l'enterrer, dit-il. Je vous montrerai sa tombe. À moins que vous ne vouliez...

— La manger ? dis-je en frissonnant. Hors de question.

Je me frotte le visage, hébétée.

— Quelle heure est-il ? J'attends quelqu'un. Une jeune femme m'aide à ranger la maison ce matin.

Une voiture remonte l'allée. Luca se redresse et traverse la cuisine. J'ai le ventre noué, le souffle coupé. Je me lève, passe une main dans mes cheveux.

— La voilà, dis-je. J'espère qu'elle est venue sans David. Elle s'appelle... Anca. Mince ! Je suis en pyjama.

Je me retourne pour demander à Luca de lui ouvrir la porte, mais il a déjà disparu.

La sonnette retentit.

Anca m'attend sur le pas de la porte. Elle balaie ma tenue du regard, de mes pieds nus à mon pyjama froissé, avant de se concentrer sur ses propres chaussures, des baskets blanches. Elle est plus ronde que dans mes souvenirs. Elle porte une blouse d'intérieur ample sous sa veste, comme pour cacher ses formes. Ses cheveux noirs tombent sur sa peau pâle.

Elle enlève sa veste en entrant et enfile des gants jaunes en caoutchouc, tel un chirurgien devant un patient.

— C'est David qui vous a déposée ?

— Non. Bill, de la ferme.

Je suis soulagée. David aurait vu mes larmes. Il aurait senti qu'il se passait quelque chose, et j'aurais été incapable de lui mentir.

Je lui explique ce que j'attends d'elle, en espérant que ma voix ne trahisse pas mon état. Je lui montre le désordre dans le salon : les tapis à moitié enroulés, les bibelots empilés par terre. Des particules de poussière flottent dans la lueur du matin. Anca ne bronche pas. Est-ce que je lui en demande trop ?

— Je crains que ce ne soit la même chose dans chaque pièce. J'aimerais que vous fassiez le tour de la maison, sauf le bureau à l'étage. Je m'en occuperai moi-même.

Je lui montre la cuisine du doigt.

— Les produits ménagers sont sous l'évier et dans le cellier. Vous avez des questions ?

Elle secoue la tête.

— Si vous avez le temps, pourrez-vous nettoyer les vitres ?

Silence. Je pense d'abord qu'elle ne m'a pas comprise, mais elle finit par hocher la tête.

— Quel produit pour les carreaux ?

Elle n'a clairement pas envie de papoter, ni de perdre son temps. Comme Luca. Je me rappelle qu'il vient de Roumanie, lui aussi.

Je n'arrive pas à effacer l'image de Trèfle, son bec ouvert et sa petite langue grise. Les taches de sang sur le pas de la porte. Son cou délicat, brisé, alors qu'elle goûtait enfin à la liberté. Qu'ai-je fait pour mériter un acte aussi cruel ? Et si tout cela n'avait rien à voir avec moi ? Je repense aux cinq mille livres qui ont disparu. William était peut-être victime de chantage, et son maître chanteur est de retour et s'en prend à moi. Je fronce les sourcils. Le message était clair. *Personne ne veut de vous ici.*

J'entre dans le bureau, espérant y trouver une réponse. Un indice. Je balaie du regard les étagères remplies de livres, les piles de magazines et de manuscrits. Comment trouver quoi que ce soit dans ce désordre ? Je ne sais même pas ce que je cherche. J'attrape des livres sur la première étagère et je les feuillette au hasard. J'ai les mains qui tremblent. Luca a raison. Il est le seul à pouvoir m'aider. La police me poserait des questions et s'en irait, impuissante. Je ne pense pas qu'une poule morte soit sa priorité. Quant à David, il a sa ferme à gérer. Il ne peut pas vivre ici en permanence. Je ne veux pas être seule. Je ne veux pas que Luca s'en aille.

Je refuse de laisser cet incident me détruire. Il faut que je continue à vivre normalement. Aujourd'hui, il s'agit de ranger ce bureau. J'ai besoin de cartons pour les livres. Il y en a dans le grenier, qui datent de notre emménagement. Le crochet qui ouvre la trappe est dans ma chambre.

En le cherchant, j'entends des voix à l'extérieur. Je jette un œil par la fenêtre. Anca et Luca discutent devant la cuisine. Anca a retroussé ses manches. Elle a un torchon à la main et un seau rempli d'eau savonneuse est posé à ses pieds. Luca lui parle avec insistance. Je ne comprends pas leur langue. Anca secoue la tête. Il pose une main sur son bras avant de s'éloigner, l'air déçu, puis il revient sur ses pas. Cette fois, elle le repousse, furieuse. Je m'éloigne de la fenêtre. Je suis surprise par sa réaction. Si je vivais dans un pays étranger, je serais ravie de rencontrer quelqu'un qui parle ma langue.

Je descends dans le salon. Anca est en train de nettoyer les vitres à l'extérieur. Son visage est impassible. Aucune trace de sa conversation avec Luca. Je l'observe un instant à travers l'eau et la mousse. Son torchon caresse le verre. Je décide de ne rien lui dire. Je ne veux pas la mettre mal à l'aise.

Je jette un œil à ma montre. Il est temps d'ouvrir le salon de thé. Je laisse mon numéro de portable à Anca, au cas où elle aurait besoin de moi. En entrant dans la Fiat, je repense à la partie manquante de la lettre de William. Il faut absolument que je la retrouve. Elle dévoilera peut-être l'identité de son amante, ou un indice lié à la menace reçue ce matin.

Je me plante devant la Laiterie pour écrire sur le tableau noir, les mains couvertes de craie. « Cream tea, fraises locales ». Adam passe en voiture, la même fille que la dernière fois est à ses côtés. Elle regarde par la vitre. Elle me rappelle quelqu'un, sans que je sache qui ni pourquoi.

Il faudra que je prévienne Kate qu'Adam a une petite amie, mais je ne suis pas pressée de lui annoncer la nouvelle. En ce moment, elle a la tête ailleurs. Le mélange de sel et de sucre n'est pas la seule étourderie à laquelle j'aie eu droit. L'autre jour, elle a oublié de ranger les briques de lait au frigo. Elles ont tourné dans la nuit. Il a fallu que j'offre le thé à tous nos clients pour me faire pardonner. Kate a aussi éteint le congélateur par erreur. J'ai perdu une semaine de nourriture.

Je ne l'ai jamais connue aussi distraite.

À la maison, plus aucune trace de Trèfle. Pas même une plume devant la porte. Je me demande où Luca l'a enterrée. Je frappe à la porte du garage. Silence. Il doit être au travail. Anca m'avait prévenue qu'elle partirait à 17 heures. Elle a travaillé dur. Les surfaces brillent. Les vitres scintillent. La maison sent la cire d'abeille et les produits ménagers.

Je disparais dans le bureau de William, pressée de reprendre mes recherches. Je me demande ce que voulait l'intrus. Will n'était pas un scientifique, ni un espion. C'était un historien.

Je n'ai jamais vu autant de livres et de documents dans un si petit espace. On dirait même qu'il y en a plus que ce matin. Les piles me paraissent plus hautes. Je commence par le bureau. Je jette des affaires, j'en classe d'autres. Pas de lettre à l'horizon, mais je tombe sur des volumes appartenant à l'université. Il faudra que je les renvoie.

Depuis l'intrusion, je vérifie chaque fenêtre et chaque porte avant de me coucher. En fermant les rideaux de la cuisine, j'aperçois une silhouette contre le mur du garage. Luca. Il a les yeux rivés sur la maison, la cendre rouge de sa cigarette crépite entre ses doigts.

Je le salue d'une main. Il ne me répond pas.

Le lendemain matin, Anca me rejoint au salon de thé. Je l'envoie en cuisine pour préparer des gâteaux. Elle a attaché ses cheveux en chignon et porte un tablier par-dessus ses vêtements. Elle a même enfilé des gants. David m'a dit de ne pas me soucier de son salaire, mais je m'en veux de ne pas la rémunérer moi-même. À la fin de la journée, je glisse un billet de vingt livres dans sa main. Elle écarquille les yeux et regarde le billet comme s'il s'agissait d'un objet volé. Elle hésite un instant, puis le glisse dans la poche de son tablier, une expression étrange et distante plaquée sur le visage.

20

Armée d'une paire de vieilles baskets et d'une tenue de sport dénichées dans l'armoire, je décide d'aller courir. J'ai du mal à trouver du temps pour moi en ce moment, mais j'y parviens en me levant une heure plus tôt ou en sortant le soir, après ma journée de travail. David a un corps de sportif. Je me sens complexée à côté de lui. Quand je vivais avec William, mon surpoids ne me posait aucun problème.

J'emprunte le sentier qui longe le jardin. Le sol est dur et froid, strié de boue sèche et parsemé de touffes d'herbe. Je cours en regardant mes pieds, par peur de me fouler une cheville. Je fatigue vite. J'ai mal aux mollets. Depuis quand suis-je en si mauvaise condition physique ? Je ralentis, les mains sur les hanches. J'ai un point de côté.

Je pose les mains sur mes genoux pour reprendre mon souffle. Autour de moi, les champs déserts s'étendent jusqu'à la forêt. N'importe qui pourrait m'espionner depuis ces arbres, ou derrière les haies qui cisaillent les champs. Des corneilles s'envolent au loin, effrayées par un bruit. Inquiète, je reprends ma course et reviens sur mes pas.

Je m'arrête devant l'enclos. Il faut que je me calme. Je ne dois pas céder à la peur. Qui que soit le coupable, il ne m'a pas menacée *directement*. Muscade et Gilbert viennent me dire bonjour et me regardent faire mes exercices. Je joins les mains au-dessus de ma tête, je me penche à gauche, puis à droite. Je tire un pied après l'autre dans mon dos pour étirer mes quadriceps.

Quelqu'un sort de l'étable. Je pousse un cri de surprise. Ce n'est que Luca. Il approche de Muscade et la caresse en m'observant. J'ai conscience de mon apparence : je suis toute rouge, en vieux jogging et tee-shirt taché. Je tire sur ma queue de cheval pour resserrer l'élastique.

— J'ai trouvé quelque chose dans votre cabane de jardin.

— Quoi donc ?

— Un petit visiteur. Venez voir.

Je suis Luca jusqu'à la cabane. Il ouvre la porte discrètement et montre du doigt le tas de sacs derrière la tondeuse et les pots de fleurs. Un bruit étrange s'en échappe, comme un ronflement. Luca se penche et soulève un morceau de bâche. Un hérisson est endormi dessous, blotti dans un nid de paille.

— Comment est-il entré ici ? dis-je en m'accroupissant.

Luca m'imite. Nos genoux se frôlent.

— La porte était entrouverte. Il ne faut pas la refermer, pour qu'il puisse sortir.

— Est-ce qu'on doit le nourrir ?
— Non. Je vais lui laisser de l'eau. C'est un animal sauvage. Il trouvera à manger lui-même.

L'image de cette petite créature recroquevillée sur elle-même me calme et me rassure. La vie continue. La nature reprend ses droits.

Je jette un œil à ma montre. Il est tard, et je dois prendre une douche avant de partir.

— Il faut que j'y aille. J'ai des affaires à déposer à la salle des fêtes.

Luca se redresse, me tend la main et m'aide à me relever. Sa paume est tiède et rêche contre la mienne. Nous restons face à face un instant. La cabane sent la terre, le bois et l'engrais.

— Ne vous inquiétez pas, Ellie. Personne ne vous fera de mal. Pas tant que je suis là.

La salle fourmille d'activité. Des rangées de tréteaux vides attendent d'être recouvertes. Des panneaux sur les murs indiquent où déposer chaque type d'objet et de vêtement. Le sol est jonché de manteaux et de couvertures. Une odeur de vieux tissu, de naphtaline et de grenier poussiéreux. Mary et Barbara font les cent pas avec leur carnet et leur stylo, l'air sérieux. John entre, à bout de souffle, avec un vieux sac de tente dans les bras. Des sardines s'échappent d'un trou, clinquant derrière lui. Je me penche pour les ramasser. Troublé, il me les arrache des mains.

James et sa femme déposent des boîtes de conserve sur une table. Il me jette un regard froid, menaçant. Le docteur Waller me salue d'une main. J'essaie de me détendre. Je tourne à nouveau la tête vers James, qui est en train de rire avec sa femme. Elle me sourit et lui donne un coup de coude. James me sourit à son tour. Ai-je imaginé sa première réaction ? La salle est pleine à craquer, bruyante. J'ai du mal à me concentrer sur une seule personne.

J'ai apporté les vêtements de William. Anca les a pliés et rangés dans des cartons. Ses chaussures sont dans un sac poubelle. Je donne le tout à Barbara, et lui décris le contenu des cartons avant de disparaître. Je ne veux pas de sa pitié quand elle découvrira qu'il s'agit de la garde-robe de mon mari.

Je me dirige vers la sortie. D'autres personnes me disent bonjour. Ces visages familiers se mêlent les uns aux autres. J'ai la tête qui tourne. Est-ce que quelqu'un dans cette salle me déteste au point de s'immiscer chez moi et de tuer Trèfle ? Quelqu'un qui me reprocherait mon opinion sur les migrants, d'avoir offert un travail à Luca ? Cela me semble absurde. En voyant tous ces gens autour de moi, leurs sourires, leurs mains entrelacées et les piles de dons, je me rappelle ce que répétait souvent William : les actes valent plus que les paroles. Cet élan de générosité efface les pensées négatives que ces gens ont pu avoir à l'égard des réfugiés. La personne qui m'en veut n'est peut-être pas du village. Il s'agit de quelqu'un d'autre. Un inconnu. Un étranger.

Après avoir quitté la salle des fêtes, je me rends directement chez David. Adam m'ouvre la porte, un trousseau de clés à la main. Il a l'air préoccupé, fatigué.

— Bonsoir, Ellie.
— Bonsoir, Adam. Tu vas quelque part ?
— Au travail. On est très occupés en ce moment. Je supervise la réfrigération et l'emballage. Ça peut durer toute la nuit.

Il pose une main sur sa bouche, se retient de bâiller.

— Heureusement que mon père paye les heures supplémentaires.
— J'espère que tu as mangé. Tu ne tiendras jamais toute la nuit avec l'estomac vide. J'ai apporté des flapjacks. Tu en veux ?

Il plonge une main dans mon Tupperware.

— Je peux en prendre deux ?
— Bien sûr.

Il en déguste une bouchée, hoche la tête en guise d'appréciation. Il se dirige vers la Defender, ouvre la portière, met le moteur en marche. Adam est vraiment un beau jeune homme. Je suis heureuse qu'il me traite comme un membre de sa famille. Je sais à quel point Henrietta était fière de lui.

— J'ai acheté des pizzas, dit David en m'accueillant dans la cuisine. Anca ne travaille pas ce soir.
— C'est vrai ? Je suis désolée. J'aurais pu préparer quelque chose.

Il dépose un baiser sur ma joue.

— Tu as travaillé dur toute la journée. Et puis, j'adore la pizza.

Il me sert un verre de chablis. Je m'assois à table et

le regarde sortir les fourchettes et les couteaux, attraper le parmesan dans le frigo.

— On pourrait passer la nuit chez toi, suggère-t-il. J'adore ta petite maison.

Je secoue la tête.

— Ce ne serait pas raisonnable, avec tout le travail qui t'attend ici. Et Luca s'occupe des animaux. Je n'ai pas besoin d'être présente.

Je bois une gorgée de vin.

— Est-ce qu'Anca habite ici ? Je ne sais même pas combien de chambres il y a dans cette maison.

— Huit, dit-il en sortant deux pizzas du four. Anca ne dort pas sur place. Elle occupe une des caravanes dans le champ. J'en ai installé quinze pour héberger les cueilleurs. C'est comme un petit village. On a construit des douches sur place. Il y a aussi une salle à manger commune. Je te ferai visiter. Je pense qu'Anca est plus heureuse là-bas. Ça sépare le travail de sa vie personnelle, c'est plus clair pour tout le monde.

David pose une assiette devant moi. L'odeur du fromage fondu me met l'eau à la bouche. J'ai oublié de manger à midi. Le salon de thé était plein à craquer. Anca s'est chargée de cuisiner pour la tombola pendant que je servais les clients. Je lui ai demandé de passer le dernier jour à la maison, pour terminer le ménage.

Nous dégustons notre pizza et notre vin. Après le repas, David se lève pour remplir le lave-vaisselle.

— Tu sais de quoi j'ai envie ? dit-il par-dessus son épaule. Passer la soirée au lit, devant un bon film.

Je pousse un soupir de soulagement. Ce soir, j'ai plus envie de me blottir contre lui que de faire l'amour.

Il s'essuie les mains sur un torchon.

— C'est la période la plus intense de l'année, ajoute-t-il en bâillant. Ce que j'adore, c'est qu'avec toi, j'arrive à me reposer.

Je le rejoins et me niche dans ses bras. Qu'il veuille regarder un film avec moi et qu'il ait envie d'intimité et de confort plutôt que de sexe me réjouit.

Il pose le menton sur ma tête.

— Mon chéri, murmuré-je contre son torse, assez bas pour qu'il ne m'entende pas.

Nous sommes allongés sur son lit à baldaquin. L'écran de la télévision dessine des ombres sur nos visages. David attrape quelque chose sur sa table de nuit. Il le pose sur mes genoux.

— Un autre cadeau ?

— C'était plus fort que moi.

Je suis à la fois gênée et heureuse. J'ouvre le papier argenté et découvre une longue boîte fine. Je soulève le couvercle. Deux morceaux de tissu noir trônent au milieu d'un nid de papier de soie blanc. Deux strings délicats, bordés de dentelle. Je ne sais pas comment réagir. Je ne porte jamais ce genre de sous-vêtements. Je me sentirais ridicule.

David sourit.

— Je n'arrête pas de t'imaginer en string, nue sous ton tablier.

— Tu m'attires du côté obscur, plaisanté-je.

— Peut-être.

Il dépose un baiser sur ma main.

— Je me fais du souci pour toi, Ellie.

— Pourquoi ?

— Tu travailles dur. Tu n'as pas de temps pour toi. Tu passes tes journées entourée de gâteaux. Tu devrais peut-être te mettre au sport... aller courir, ou nager.

Je deviens toute rouge.

— Tu veux que je perde du poids ?

— Pas pour moi ! J'adore tes formes. C'est pour ton bien. Pour ta santé.

— Je suis allée courir ce soir.

— Parfait. Je sais que c'est difficile. Le secret, c'est la discipline. Va courir tous les jours, quoi qu'il arrive. Fais-en ta priorité.

— J'ai détesté ça... mais je pourrais essayer la natation.

Il appuie sur la télécommande. Le générique de *La Mort aux trousses* retentit.

— J'adore les vieux films. Rien de tel qu'un bon Hitchcock, pas vrai ?

Je m'allonge contre lui, raide comme une planche. David me trouve-t-il trop grosse ? J'ai honte. Depuis qu'il m'a parlé de son passé, notre relation a changé. Elle est devenue plus intime, plus profonde. Je ne veux pas qu'un tel détail vienne tout gâcher.

Le film touche à sa fin. Eva Marie Saint et Cary Grant escaladent le mont Rushmore, s'agrippant au nez d'un président. Je me blottis contre David. Il pose une main sur mon épaule. Le générique défile. Je me demande si nous n'allons pas faire l'amour malgré tout, mais David se lève et enfile son jean.

— J'ai du travail. Adam a beau être doué, il a encore beaucoup à apprendre. Dors, Ellie. Je reviens dans quelques heures. J'essaierai de ne pas te réveiller.

Il boutonne sa chemise, m'embrasse sur le front. La porte claque derrière lui. Ses pas résonnent dans l'allée. Je n'ai pas sommeil. Je reste allongée, seule dans ce lit immense, à l'affût du moindre bruit. Huit chambres. Toutes vides. Sans somnifères, je ne dormirai que d'un œil.

Je finis par me lever. Je m'approche de la fenêtre. Le jardin est plongé dans la pénombre. J'aperçois les toits de la ferme au-delà des arbres. Des projecteurs sont allumés, teintant le ciel d'une couleur jaunâtre. J'hésite à m'habiller et à rejoindre David, mais je ne veux pas le déranger. J'enfile sa robe de chambre et décide de profiter de ce moment de solitude pour explorer la maison. David ne m'en voudra pas.

Je remonte le couloir sur la pointe des pieds, comme une voleuse. Je pousse les portes des différentes pièces, allumant et éteignant les lumières. Chaque chambre est propre et rangée, digne d'un hôtel. Aucune ne semble occupée. J'ai peur de tomber sur celle d'Adam. Il est peut-être rentré plus tôt.

Je frappe avant de tourner les poignées. La porte suivante donne sur une jolie chambre rose et dorée, avec un lit immense, une vieille armoire, un flacon de parfum et une boîte à bijoux sur une commode. Un manteau en daim vert pend devant un long miroir. Le manteau que portait Henrietta la dernière fois qu'elle est passée au salon de thé. Je traverse la chambre et pose une main sur la manche, appréciant sa douceur.

J'ouvre l'armoire. Elle est remplie de vêtements féminins. Certains sont protégés par des housses. Des sacs à main et des écharpes sont accrochés aux cintres, au milieu de robes et de vestes. J'ai eu tort. David ne s'est pas débarrassé des affaires de sa femme. Il les a seulement déplacées dans une autre chambre. Moi qui pensais qu'il avait fait son deuil… Cette pièce raconte une tout autre histoire.

Un parfum s'échappe des tissus. J'en aspire une bouffée. Cette odeur m'est familière. Rosée, ambrée. Je fronce les sourcils, repensant au sac de vêtements dans le tiroir de William. Ils correspondaient au style d'Henrietta : classique, élégant. Les cheveux accrochés à la brosse étaient longs et bruns, comme les siens. Je m'empare du flacon sur la commode. J'en vaporise devant moi. C'est comme si Henrietta était entrée dans la pièce.

Je m'assois sur le lit, sous le choc.

Henrietta. William. Leurs noms défilent en boucle dans ma tête. Mon mari et son costume ringard, ses lunettes au bout du nez. Henrietta, réservée et distante dans sa chemise immaculée.

Impossible.

Le plancher grince dans le couloir, comme si on transférait son poids d'une planche à l'autre.

— Il y a quelqu'un ?

Silence. Je me précipite vers la porte.

— Anca ? Adam ?

Le couloir est vide. Max et Moro aboient dans leurs niches. Ils ont dû voir un renard, sentir un blaireau. Je retourne dans la chambre de David, le cœur battant, mes pieds nus parcourant en silence le long tapis du couloir.

21

David entre discrètement dans la chambre. Je fais semblant de dormir. Le matelas s'enfonce sous son poids, sa main se pose sur ma hanche. Il sent l'herbe et la terre. Son souffle ralentit, ses doigts se détendent. Je lui tourne le dos. Je ne ferme pas l'œil de la nuit, témoin du lever du soleil qui éclaircit peu à peu les rideaux. Les pigeons roucoulent sur le toit. Bientôt, le réveil sonnera et David se réveillera.

Je ne lui dirai pas que j'ai fouiné dans les chambres, que j'ai découvert son sanctuaire, que sa femme le trompait avec mon mari. Je lui ai déjà caché la mort de Trèfle. J'ai l'impression que notre relation est ternie, gâchée avant même d'avoir commencé. Comment construire une histoire sur un mensonge ? J'aurais dû parler de mon enfant à William. Mon secret a pesé sur notre couple jusqu'à sa mort.

Le portable de David s'allume. Un bruit de vagues s'écrasant sur la côte, doux et hypnotique. Il s'étire et bâille à mes côtés. Je fais semblant de me réveiller, tourne la tête sur l'oreiller, les yeux fermés. Il allume la radio. Une voix masculine comble le silence. *L'ancienne république yougoslave de Macédoine a déclaré l'état d'urgence et fermé sa frontière. Deux mille réfugiés pénètrent quotidiennement dans le pays.* Puis la voix d'une femme. Elle est en colère. Elle dit que l'Angleterre devrait apprendre à faire la différence entre les réfugiés fuyant les conflits et les migrants économiques. David change de station, s'arrête sur une musique classique. *Les Quatre Saisons* de Vivaldi. Il se lève, ouvre les rideaux, se dirige vers la salle de bains. Je garde les yeux clos. La météo locale. *Il fera très chaud aujourd'hui, jusqu'à 30 degrés.* Dès l'instant où il actionne la douche, je me lève et m'habille, manquant de trébucher en enfilant mes sandales. Je me plante devant la porte. Je lui dis qu'il faut que j'y aille, que je le verrai plus tard.

— Un baiser avant de partir ? demande-t-il.

Le bruit de la douche couvre sa voix, comme une averse dans la jungle. J'approche de la cabine. David éteint l'eau, ouvre la porte en verre. Il se penche vers moi, nu et trempé. Je pose ma bouche sur la sienne.

— Va-t'en, sinon, je vais être tenté.

La trace humide qu'a laissée sa main sèche sur mon épaule tandis que je dévale l'escalier. Une odeur de bacon grillé. Adam est sûrement dans la cuisine. Aujourd'hui, Anca travaille chez moi. C'est son dernier jour de ménage. Je pourrais l'emmener moi-même, mais je ne sais pas où se trouvent les caravanes et je ne veux pas déranger les travailleurs qui cueillent et emballent les fruits.

J'ouvre la porte d'entrée. Adam sort de la cuisine,

un sandwich à la main. Il s'arrête, hésitant, comme s'il voulait m'éviter. Il me salue d'une main et disparaît dans l'escalier, en silence.

J'appuie sur ma clé. Les lumières de la Fiat clignotent. En m'installant au volant, je ravale ma fierté et j'essaie de me rassurer. Adam est fatigué.

Je n'ai rien fait de mal.

Kate est de bonne humeur en arrivant, avec ses cinq teintes de bleu sur les paupières. Je suis tellement soulagée de la voir que je la serre dans mes bras. Elle éclate de rire.

— Je t'ai manqué ? dit-elle en posant une main sur mon épaule. Hé ! Tu as l'air tendue. J'ai appris le drainage lymphatique. Je pourrais m'exercer sur toi.

— Avec plaisir, mais ce n'est pas le moment.

Je montre du doigt la horde de touristes japonais qui descendent de leur bus climatisé, garé sur la place du village. Appareils photo autour du cou, lunettes de soleil sur le nez, casquettes à l'effigie du drapeau britannique, portables enregistrant leurs moindres faits et gestes. Certains sont déjà en route vers la Laiterie.

J'essaie d'effacer de mon esprit l'image de William et Henrietta tandis que je prépare les cappuccinos, remplis les théières, tape les additions, encaisse les billets et nettoie les tables. Impossible. J'imagine mon mari en train de lui toucher les cheveux, de lui caresser la joue... Il paraît que les opposés s'attirent.

Je m'isole un instant dans la cuisine. Je me mords la lèvre pour me retenir de hurler. *Comment ont-ils osé ?* Sans compter qu'ils ont pris des risques. Ici, les rumeurs circulent vite. Le village entier en parle-t-il dans mon dos ? Suis-je la seule à ne pas être au courant ? Je rougis de honte.

Kate siffle en travaillant au milieu des touristes et des retraités, avec ses lèvres fuchsia et ses créoles argentées.

— Au fait, j'ai quitté Pete, me confie-t-elle en cuisine. Fini les samedis soir passés devant la télé ! Ma vie est beaucoup plus excitante.

Je ne lui parle pas d'Adam et de sa copine. Kate l'a déjà oublié. Je lui demande si elle a rencontré quelqu'un. Elle éclate de rire.

— Je suis célibataire. Libre comme l'air !

Tandis que nous retournons dans la salle, une touriste assise avec ses deux enfants pousse un cri strident. Elle se lève, furieuse. Je me précipite vers sa table.

— Il y a un problème ?

— Oui ! Regardez ! dit-elle en tendant une main vers moi. C'était dans la confiture. Ils auraient pu l'avaler !

J'inspecte l'objet en question. Un morceau de verre, recouvert de confiture de fraises.

— Je suis confuse. Je ne sais pas comment…

— C'est une honte ! Vous mériteriez d'être dénoncés !

Elle tire ses enfants par la main et balance son sac sur son épaule.

— C'est inadmissible. Je laisserai une critique sur TripAdvisor !

La porte claque derrière elle. Je montre le morceau de verre à Kate. Elle a les larmes aux yeux.

— Je suis désolée.

Je pousse un soupir.

— Tu brûles la chandelle par les deux bouts, Kate. C'est normal que tu fasses des erreurs, mais ça ne doit plus se reproduire. On aurait pu blesser quelqu'un.

Elle hoche la tête, détourne le regard.

— Je pensais employer une serveuse supplémentaire pour la fin de l'été…

— Oh ! Non, Ellie. Je sais que tu n'en as pas les moyens. La saison est bientôt terminée. Je serai plus attentive. Promis.

Le brigadier est le dernier client de la journée. Comme à son habitude, il feuillette le *Times*, sa tasse vide près du coude. Je jette un œil à ma montre.

— Voulez-vous autre chose ? On ferme dans cinq minutes.

Il se lève lentement, comme s'il avait mal au dos. Il plie le journal et le glisse sous son bras. Il porte une veste en tweed, une chemise bleue et une cravate, des chaussures fraîchement cirées. Élégant en toutes circonstances.

— À votre place, je resterais sur mes gardes, dit-il en ramassant son chapeau.

Je fronce les sourcils, perplexe.

— À quel propos ?
— David Mallory.
— David ?

— Cet homme est un escroc. Il n'est pas celui que vous croyez.

— Je connais bien David, merci. Peut-être devriez-vous le laisser tranquille.

— Faites comme bon vous semble, conclut-il en ouvrant la porte. Je vous aurai prévenue.

Je m'agrippe au volant. J'ai la gorge nouée et les yeux qui piquent. J'ai passé la journée à contenir mes émotions. J'éclate en sanglots. Des larmes dévalent mes joues. Je donne un coup de poing dans le volant. Le klaxon brise le silence de la petite route de campagne. J'en veux au monde entier. David avait beau m'avoir parlé du brigadier et de ses reproches, ses paroles m'ont prise de court. Je suis fatiguée des jugements des autres, des rumeurs qui circulent à mon sujet. J'ai envie de fuir, de quitter cet endroit.

Je ralentis derrière un tracteur qui transporte des ouvriers. Des hommes et des femmes sont serrés les uns contre les autres dans la remorque. L'un d'eux croise mon regard, un homme aux cheveux bruns et bouclés. Il remarque mon visage strié de larmes. Il ne bronche pas. Je passe une manche sur mes joues. Le tracteur tourne dans un champ. La remorque est secouée dans tous les sens. J'accélère, soulagée de rentrer chez moi.

Anca a quasiment terminé les plats de la tombola, mais je dois encore m'occuper des gâteaux et des sandwichs pour le salon de thé. Les coups de cymbales résonnent à nouveau dans ma tête. *William et*

Henrietta. William et Henrietta. Il m'est impossible de les étouffer. Je monte dans ma chambre, j'enfile un tee-shirt et un short, je m'attache les cheveux. En traversant les pièces, j'admire le travail d'Anca. Les rideaux sont propres. Le tapis est doux sous mes pieds nus. La maison sent bon le citron. Je jette un œil dans le bureau. Je ne suis pas prête à affronter ce désordre. J'ai l'impression qu'il pousse comme des mauvaises herbes. Pas le temps, pas aujourd'hui.

De retour dans la cuisine, je travaille en musique, choisissant des morceaux débordant d'optimisme. Al Green, Aretha Franklin, Marvin Gaye, Gloria Gaynor. *I Will Survive.* Je refuse de me laisser abattre. Je ne suis plus une victime.

Je verse le sucre dans un saladier, fouette les œufs, râpe la muscade, brise le chocolat. Le ventilateur que j'ai descendu du grenier fait onduler mon tee-shirt humide, soulève les mèches de cheveux qui me collent à la nuque. Je passe un coup de spatule sur les bords du saladier. Le visage du brigadier apparaît devant moi, avec ses mots cruels et son regard froid.

La cuisine sent le beurre fondu. L'égouttoir est rempli de moules à gâteaux et de récipients propres. J'essuie mon front du revers de la main. Je ne vais pas réussir à m'endormir. J'ai trop de choses en tête, une migraine écrasante. J'éteins la musique, j'enlève mon tablier et je sors dans le jardin.

Des odeurs fraîches et sauvages s'enroulent autour de mes chevilles – lavande, romarin, terre brûlée, herbe sèche. La nuit a son propre parfum, sombre et insaisissable. Elle m'invite à traverser la pelouse, à m'éloigner des lumières de la maison et à rejoindre l'ombre. La lune, les étoiles et le murmure de la rivière me guident. Je ne me suis pas promenée sur la berge depuis mon dernier été avec William. Will nous avait préparé un pique-nique. Il s'était mis à pleuvoir et nous avons terminé agglutinés sous un parapluie, dans la boue, à déguster des sandwichs mous et un thermos de thé tiède. Henrietta n'aurait pas apprécié une telle aventure. Elle aurait sali son manteau vert. Alors, que faisaient-ils ensemble ? Où allaient-ils ? Avaient-ils fait l'amour dans notre lit ?

J'évolue sur le terrain accidenté, suivant les stries creusées dans le champ de David, enjambant la clôture en fil barbelé et atterrissant dans un fossé. Trop tard, je sens les orties me piquer la peau. Je grogne en me frottant les mollets.

La rivière noire coule et ondule sous les arbres immobiles. J'enlève mes chaussures, mon short et mon tee-shirt. Je me demande si j'ai pied. Un frisson d'excitation me parcourt le corps. La boue s'immisce entre mes orteils. L'eau est de plus en plus froide, de plus en plus profonde. Elle s'enroule autour de ma taille. Des algues invisibles me caressent les jambes. Je m'allonge à la surface, légère comme l'air dans ce liquide velouté. Au-dessus de moi, au-delà des branches et des feuillages, un œil argenté m'observe et éclaire ma peau blanche, orteils, genoux et poitrine.

Je repense à mon saut dans la rivière Cam. Ce soir-là, je m'étais sentie courageuse, euphorique, pleine d'espoir. Après que mon fils a été adopté, mon avenir m'a échappé. Mes résultats ne m'ont pas permis de réaliser mon rêve : devenir médecin. La dépression m'a avalée toute crue. Je survivais grâce aux antidépresseurs. Je n'ai pas passé le rattrapage. Ma vie était terminée avant même d'avoir commencé. C'est William qui m'a sauvée.

David, lui, m'a montré que j'étais désirable. Ces dernières semaines à ses côtés sont synonymes d'un renouveau. Je ne veux pas que notre histoire se termine. J'aimerais faire partie de sa famille, apprendre à connaître Adam, peut-être même représenter une nouvelle figure maternelle dans sa vie. Dois-je avouer à David qu'Henrietta et Will étaient amants ? Comment réagira-t-il ? Serons-nous capables de vivre pleinement notre histoire, tout en sachant que nos partenaires nous ont trahis ?

J'ai les dents qui claquent. Je retourne sur la berge. J'ai du mal à enfiler mes vêtements sur ma peau trempée. La fermeture éclair de mon short se coince. J'ai mal à un orteil. Je me penche pour l'inspecter. J'ai la peau arrachée, collante.

Un oiseau se pose sur une branche. Il secoue les ailes et s'envole. D'autres sons s'échappent des sousbois : bruissements d'animaux, craquements de brindilles, frottements de pattes. Je traverse la forêt en évitant les branchages qui me barrent la route. Des ombres se déplacent autour de moi. Par-dessus les battements de mon cœur, je crois entendre un souffle humain. Je me mets à courir. J'aperçois, au loin, les lumières de la maison.

Une branche craque. Quelqu'un s'exclame. Pas un animal. Je me mords la lèvre pour me retenir de crier.

Vite. Je n'aurais jamais dû sortir toute seule, dans le noir. Je repense à Trèfle, pendue à la porte, les clous transperçant ses pattes fines. Un sanglot m'échappe. Tandis que je sors de la pénombre, une main s'enroule autour de mon bras. Je hurle. Je me débats. Une silhouette me surplombe.

— Ellie ?

Luca me relâche. Mes jambes manquent de se dérober sous mon poids.

— Vous m'avez fait peur, dis-je d'une voix tremblante. Que faites-vous ici ?

Il sort une cigarette de sa poche et l'allume devant moi. La flamme dessine des ombres sous ses yeux, accentue sa bouche. Il hausse les épaules.

— J'aime le silence de la nuit.

À quelques minutes près, il m'aurait vue nue. Je tremble de froid. Il enlève sa veste en cuir et la pose sur mes épaules. Il clopine à mes côtés, soulève le fil de fer barbelé pour me laisser passer. Sur le pas de la porte, je lui rends sa veste.

— Bonne nuit, Ellie.

Je passe une main dans mes cheveux humides.

— Laissez-moi vous offrir un verre.

Je sens son hésitation, sa résistance.

— J'ai besoin de compagnie, ajouté-je.

Il hoche la tête.

Je monte l'escalier à toute vitesse. Je lui dis de sortir le vin, de faire comme chez lui. J'attrape une serviette et un pull et je dévale les marches. Je suis de retour dans la cuisine avant même qu'il ait trouvé la bouteille dans le placard.

— Vous sortez souvent la nuit ? dis-je en souriant.

J'aimerais retrouver l'autre Luca, celui qui voulait m'apprendre à jongler, celui qui m'a montré le hérisson.

— J'ai besoin d'air, répond-il en se grattant la tête. J'ai l'habitude de dormir à la belle étoile. J'étouffe quand je suis enfermé trop longtemps.

— On est très différents. J'aime vivre à la campagne, mais je me sens mieux à l'intérieur, à la maison, entourée de briques et pierres. J'ai besoin de sécurité.

— Une maison, ce n'est pas seulement les briques et les pierres. Ce sont les gens.

Son regard me transperce. J'avale ma salive, pose une main sur ma gorge serrée.

— Je sais, murmuré-je. Quand je vois ce que ces réfugiés endurent, chassés de leur maison, de leur pays... J'espère que cette crise sera bientôt résolue.

— Elle n'est pas près de se terminer. Désormais, c'est notre réalité.

— C'est-à-dire ?

— Les personnes déplacées font partie de notre avenir.

— Ils retourneront dans leur pays dès qu'ils le pourront, n'est-ce pas ?

— Le monde change. Peu de gens auront cette opportunité.

Je reste sans voix. Luca a raison. Que ressentirais-je si je devais quitter ma maison pour toujours ? Serais-je capable de recommencer à zéro dans un pays étranger ? Je me demande ce qu'a vécu Anca, pourquoi elle a quitté son pays et sa famille. Je ne lui ai pas posé la question. La prochaine fois, je le lui demanderai.

— Avez-vous croisé Anca ? Elle est partie avant que je rentre. J'aurais aimé la remercier.

Il hausse les épaules.

— J'étais occupé.

Je tremble comme une feuille. J'éternue. Je n'arrive pas à me réchauffer. Luca fronce les sourcils.

— Vous avez attrapé un rhume.

— Non. Je vais bien.

Il se lève et fouille parmi mes placards.

— Qu'est-ce que vous faites ?

— Vous avez des carottes, des oignons, du paprika ?

— Oui…

— Je vais vous préparer une soupe. Vous en avez besoin.

Je me lève et le regarde trancher un oignon. Il a la peau plus bronzée que la mienne, plus rêche, plus usée. Il a les mains musclées, fortes, et le poing éraflé.

— Asseyez-vous, m'ordonne-t-il.

J'obéis. Il pose sa veste sur mes épaules, me frotte les bras par-dessus le cuir. Il sent la terre et la sueur. J'ai envie de toucher sa peau sous son tee-shirt. Je me sens gênée, perdue. Il fredonne en épluchant les légumes. Je ne comprends pas les paroles. Ce doit être du roumain.

— C'est une recette de ma mère, dit-il par-dessus son épaule. Comme l'ail, l'oignon et le paprika sont censés chasser le diable et guérir les maux.

Il attrape un citron dans la panière à fruits, le coupe en deux et le presse dans la casserole. Il ajoute du poivre. La soupe bout. Les arômes m'ouvrent l'appétit. Luca est à l'aise dans ma cuisine. Sa veste appuie sur mes épaules, lourde et chaude, tel un animal vivant enroulé autour de mon cou.

22

Malgré les fenêtres grandes ouvertes, il fait trop chaud dans la chambre. La chaleur de la journée est piégée dans le plafond. Je remue dans les draps, luttant contre les images de William et Henrietta. Je ne sais plus où j'en suis. Je suis troublée par ce que j'ai ressenti envers Luca ce soir.

Mon envie de le toucher était puissante, incontrôlable. En lui disant au revoir, je me suis retenue de le prendre par la main, de lui demander de rester. C'est ce que doivent ressentir les toxicomanes quand ils sont en manque. Un besoin aveugle, douloureux, qui l'emporte sur la raison. Je suis en proie au délire.

Le lendemain matin, je me lève avec entrain, déterminée à garder mes distances avec Luca et à confier ma découverte à David. C'est mon devoir.

Un tas de courrier m'attend sur le paillasson. Je m'accroupis pour le ramasser. Des factures et un colis à mon nom. Sans timbre. L'expéditeur l'a déposé lui-même. Le paquet est lourd et épais, de la taille d'un gros livre. J'arrache l'emballage. Des billets de vingt et cinquante livres jaillissent entre mes mains. Je m'assois sur la première marche de l'escalier et j'en sors des liasses entières, rassemblées avec des élastiques. Je commence à compter l'argent, mais je sais déjà qu'il s'agit de cinq mille livres.

J'ouvre la porte d'entrée, jette un œil dans l'allée. Un oiseau s'envole. La personne s'est enfuie. Je me gratte la tête en inspectant le paquet. Je décide de le cacher dans le meuble à tiroirs de William, celui qui se ferme à clé.

Le sol du bureau est jonché de livres. Les tiroirs sont béants, les documents ouverts et leur contenu arraché. Je fronce les sourcils. Ai-je vraiment laissé la pièce dans cet état ? Je remarque un éclat jaune sous une pile de papiers. Je m'accroupis. On dirait du caoutchouc.

Le gant d'Anca.

Je lui ai pourtant demandé de ne pas entrer dans cette pièce. Elle n'y est pas venue pour nettoyer, ni ranger. Elle a fouillé, mélangé les papiers, inspecté les classeurs, comme une voleuse. Peut-être était-elle en colère.

Je dépose l'argent dans un tiroir et j'emporte le gant avec moi. Ce soir, j'en parlerai à David.

Je quitte le salon de thé un peu plus tôt que prévu pour déposer les plats à la salle des fêtes. Mary et Barbara ont décoré les lieux avec des fleurs et des affiches multicolores illustrant les lots à gagner. Je mets en place les mini-sandwichs, les tranches de gâteau au citron, les profiteroles et les croquants au fromage qu'Anca a préparés. Ma mère aurait été fière de moi. Pour elle, les amuse-bouches étaient le symbole de la sophistication. J'aurais préféré quelque chose de plus simple – du gâteau à la banane, du houmous avec du pain, une salade fraîche –, mais Mary a la même conception de la nourriture que ma mère.

— Merci, Ellie, dit-elle en inspectant la table. Il faut prendre ton travail en photo avant que les gens se jettent dessus.

Elle fait signe à un photographe, lui montre la table du doigt.

— On a décidé de documenter la soirée. Il y aura un article dans le journal. Les photos seront accrochées sur le panneau d'affichage. Je rédigerai moi-même les légendes. L'exposition sur la Syrie restera à l'intérieur, pour rappeler aux gens le but de la collecte.

J'approche des photos qui recouvrent le mur : des bâtiments en ruine, un enfant en larmes, des femmes voilées qui pleurent derrière des barbelés. Je regarde en face la pauvreté, la peur et la désolation.

La salle des fêtes se remplit peu à peu. Une table fait office de bar. James se charge de servir les gens, qui s'agrippent à leurs gobelets remplis de vin ou de bière, jonglant avec les assiettes en carton qui débordent de nourriture.

— C'est délicieux ! s'exclame Irene en gobant un croquant au fromage.

J'éternue. J'ai le front brûlant. Luca avait raison. J'ai attrapé un rhume en me baignant. Je repense aux billets cachés dans le bureau. Quelle que soit l'identité de celui qui m'a persécutée, ce geste est de bon augure, un signe que cette histoire est terminée.

John, l'hôte de la soirée, s'avance avec un micro. Il présente une chorale. Un groupe d'adolescents monte sur scène. Ils chantent *Hallelujah*. Leurs voix sont pures, cristallines. Je verse une larme.

Mary projette un diaporama qui explique les raisons de la crise à l'aide de graphiques et de statistiques. Elle annonce ce que nos dons apporteront aux réfugiés. Un murmure enthousiaste traverse la foule. Tout le monde applaudit.

J'aperçois David au fond de la salle. Il serre les mains de chaque personne qu'il croise. Il n'était pas sûr d'être présent ce soir. Je suis contente de le voir. Il a offert l'un des plus gros lots : une nuit dans un hôtel cinq étoiles à Canterbury. John demande à la chorale de tenir le seau rempli de boules. Il plonge une main à l'intérieur et appelle les numéros gagnants.

Je me fraye un chemin jusqu'à David. Il passe un bras sur mes épaules.

— Mary Sanders est fière comme un coq, murmure-t-il à mon oreille.

Je la cherche du regard. Elle est assise sur scène, derrière John. Elle porte une robe bleue. Ses cheveux blancs, fraîchement sortis des mains du coiffeur, resplendissent sous les projecteurs. Elle sourit à chaque gagnant.

— La compétition l'a rendue un brin hystérique, dis-je, mais j'admire ses efforts. Elle me redonne foi en l'humanité.

David éclate de rire, passe une main dans mes cheveux.

— Tu es belle avec tes joues roses. Tu viens chez moi ce soir ?

Je touche mon visage fiévreux. Je ferais mieux de rentrer à la maison, prendre une aspirine et aller au lit.

— Il faut que je parle à Anca.
— À quel sujet ?
— Elle a oublié quelque chose chez moi.
— Ça risque d'être difficile.
— Pourquoi ?
— Je t'expliquerai plus tard.

David part en Range Rover. Je le suis dans ma Fiat. Il conduit vite. La lueur de ses feux stop m'éblouit dans les virages. Autour de nous, ses champs s'étendent à perte de vue. Dans le crépuscule, les polytunnels ressemblent à des colonnes vertébrales. Je me concentre sur les feux de position de sa voiture, sur le passage des vitesses, respectant la distance de sécurité entre nos véhicules. Nous passons devant une touraille, avec ses trois cheminées, puis nous atteignons le mur qui longe sa propriété. Les grilles s'ouvrent devant lui.

Dans la cuisine, il me sert un verre de vin.

— Félicitations, Ellie. Le repas était délicieux. Mary Sanders te doit une fière chandelle.

— C'est Anca qui a cuisiné. C'est elle qu'il faut remercier.

— Anca est partie.
— Comment ça ?

— Elle a fait sa valise et elle a disparu.
— Vraiment ? C'est très... soudain.
David hausse les épaules.
— Elle n'a dit à personne où elle allait. Je sais juste qu'elle était enceinte.
Voilà qui expliquait ses rondeurs, sa tenue ample. Je me sens coupable. J'étais plus intéressée par ses services que par son état.
— Je me faisais du souci pour elle, ajoute-t-il. Il a fallu que je lui pose la question pour qu'elle m'avoue la vérité.
— Qui est le père ?
— Aucune idée. Je sais qu'il est roumain. Je pense qu'il l'a forcée. Elle n'a pas parlé de viol, mais... je crains le pire.
— Pauvre Anca.
— Je pense qu'il est revenu dans sa vie récemment. Elle m'a dit qu'elle avait peur de quelqu'un, qu'elle ne pouvait pas rester plus longtemps.
Je fronce les sourcils.
— Tu ne sais pas du tout où elle est allée ?
Il secoue la tête, pince les lèvres.
— Je m'en veux énormément. Je lui avais promis de la protéger. Je ne pensais pas qu'elle s'enfuirait. Je suppose qu'elle est rentrée chez elle, en Roumanie.
— Sa grossesse n'est pas trop avancée pour qu'elle prenne l'avion ?
— J'espère que non. Tu m'as dit qu'elle avait oublié quelque chose chez toi. De quoi s'agit-il ?
— Rien. Ce n'est pas important.
Dès que David a le dos tourné, j'attrape le gant

dans mon sac et je le jette à la poubelle. Le fait qu'Anca a peut-être été violée me rend malade. J'ai le ventre noué. J'aurais aimé qu'elle m'en parle. J'espère qu'elle va bien et qu'elle est en sécurité, où qu'elle soit.

David est allongé à mes côtés. Il ronfle doucement. Je n'arrive pas à dormir. J'ai mal à la gorge. La chambre d'Henrietta est à seulement quelques mètres d'ici. J'ai l'impression de l'avoir rêvée, d'avoir été victime d'hallucinations. Cette femme m'a toujours paru insondable, une véritable reine des glaces. Quand nous discutions dans la rue, quand je la servais au salon de thé… pendant tout ce temps, elle avait une liaison avec mon mari. Tout ce qu'elle m'a dit n'est que mensonge.

Qui était-elle vraiment ?

Je sors du lit et je remonte le couloir en comptant les portes à ma droite. Je m'arrête devant la quatrième et tourne la poignée. Elle est fermée à clé. Je pose une oreille contre la porte en bois. Je n'entends rien, à part le tic-tac de l'horloge dans le couloir. Le plancher grince sous mes pieds. Je retourne dans la chambre de David, la lune éclairant mon chemin.

Je retiens mon souffle. Il enroule un bras autour de ma taille. Je pose une main sur sa peau tiède. Combien de fois entre-t-il dans cette chambre pour se plonger dans ses affaires, ses odeurs, ses souvenirs ? Est-ce un pèlerinage quotidien ? Je l'imagine en train d'enfouir son visage dans ses vêtements, aspirant les derniers fragments de sa femme. C'est un endroit privé. Voilà pourquoi il a fermé la porte à clé. Je suis jalouse et je me sens coupable. Je n'ai pas le droit d'envier une morte.

Je presse une main contre mon front fiévreux. Si je lui confiais qu'Henrietta le trompait avec William, son admiration pour elle s'estomperait. Ses sentiments évolueraient. Mais quelles preuves lui fournir ? Une lettre sans nom. Un sac jeté à la poubelle. Ses affaires ont été emportées par les éboueurs il y a des semaines.

Je ne veux pas lui faire de mal. Il ne le mérite pas.

Connaître la vérité est un supplice.

Je ne lui dirai rien.

23

Mary Sanders discute avec deux personnes sur la place du village. Ils sont habillés comme des touristes. L'une d'elle porte un appareil photo autour du cou. J'entends le rire perçant de Mary depuis le salon de thé. Le soleil se reflète dans les fenêtres des maisons élisabéthaines, mettant en valeur les géraniums rouges et roses qui débordent des abreuvoirs et les nouveaux lampadaires qui bordent la rue.

Kate les observe depuis la fenêtre.

— Cette femme reconnaîtrait un juge les yeux fermés. Elle fait semblant de ne pas s'en apercevoir. Tu as vu le type déguisé en électricien la semaine dernière ? Ils sont censés être anonymes. Quelle blague !

Elle tord le torchon entre ses mains.

— Je parie qu'elle va les inviter à boire un thé. Il me tarde de l'entendre se vanter de la soirée d'hier, de la somme qu'ils ont collectée. Cette femme est tout sauf modeste.

— Je te trouve bien cynique, Kate.

— Ah bon ?

Elle a l'air épuisée. Ses racines noires ont repoussé sous sa couleur.

Ce matin, Irene est notre seule cliente. Elle déguste un scone en silence, offrant les miettes à son chien, rallongeant son thé tous les quarts d'heure. Dehors, Mary montre la Laiterie du doigt. Comme dans une scène de film chorégraphiée au millimètre près, les trois personnages traversent la place et se dirigent vers nous.

Baxter se met à sautiller et à tirer sur sa laisse en glapissant. Irene se penche pour le faire taire, mais le chien ne veut pas se calmer. Quelque chose attire son attention dans un coin de la pièce. Perplexe, je suis son regard.

— Kate. Ferme la porte. Vite !
— Pourquoi ?

Je montre le sol du doigt. Elle ouvre la bouche, horrifiée, se jetant sur la porte juste avant que Mary ne l'atteigne. Elle affiche le panneau « Fermé ». Mary lui lance un regard noir. Elle se tourne vers les juges en souriant, les guidant vers la salle des fêtes.

Il y a un cadavre dans mon salon de thé. Une longue queue, un corps noir. Irene est de dos. Elle ne s'aperçoit de rien, trop occupée à calmer Baxter. J'approche de la créature. Une odeur de décomposition m'attaque les narines. Ce rat est mort depuis longtemps. Je croise le regard de Kate. Elle a l'air paniquée.

— C'est toi qui as fermé hier soir.

— Il n'était pas là quand je suis partie, Ellie. Je te le promets.

— Tu es sûre d'avoir fermé à clé ? d'avoir enclenché l'alarme ?

Elle hoche la tête.

Je sais qu'elle dit la vérité. J'étais la première à entrer ce matin. Je n'ai pas remarqué le rat parce qu'il était au fond, caché dans le coin.

— Si quelqu'un l'avait vu...

— ... le salon de thé serait fermé. Pour toujours.

— Puis-je avoir l'addition ? demande Irene. Baxter est un mauvais garçon.

Le chien remue dans ses bras, le museau en l'air.

— Comment ce truc a-t-il atterri ici ? murmure Kate.

Elle a les lèvres qui tremblent, prête à éclater en sanglots.

— Je ne sais pas. L'autre jour, un client m'a dit qu'il était surpris de la qualité de la nourriture, que les critiques étaient trop sévères. Je suis allée faire un tour sur TripAdvisor. Il y a des commentaires négatifs. Les gens se plaignent.

Ma poitrine se serre.

— Apporte l'addition à Irene et occupe-la quelques minutes, le temps que je m'en débarrasse.

Je glisse le rat dans un sac en plastique et je le jette dans la benne à ordures à l'arrière du bâtiment. Écœurée, je m'essuie les mains sur mon tablier. Je repense au sel dans le sucre. Au lait tourné. Au verre dans la confiture. Aux critiques.

J'ai eu tort. Cette histoire est loin d'être terminée. Quelqu'un se venge sur moi. Quelqu'un veut que je m'en aille, que je quitte ma maison, mon entreprise, et David.

24

La photo a fait le tour du monde. Le petit garçon semble endormi. Il est allongé sur le sable mouillé, la tête tournée sur le côté, avec ses petites jambes potelées et immobiles. Il a trois ans. Il s'est noyé en essayant de traverser la Méditerranée avec sa famille. Son grand frère est mort, lui aussi.

Une larme s'écrase sur le journal. Je pleure pour lui et pour tous les autres, ces milliers d'anonymes qui n'ont pas leur photo dans le journal, à la télévision, sur Twitter et Facebook. Je pleure pour mon petit garçon, qui a eu son âge, dont je n'ai jamais pu embrasser les petites mains. Je pleure pour les enfants que je n'ai pas eus avec William. Tous ces mois où mes règles sont arrivées contre mon gré. Le tourbillon sanglant. Les crampes.

Je pose la tête sur la table. Le monde ne tourne pas rond. Ce petit garçon, tous ces gens qui meurent, toute cette détresse. La corruption et la stupidité. La mort de William. Sa liaison avec Henrietta. Le fait que quelqu'un, quelque part, me déteste au point de me persécuter.

Je m'essuie les yeux du revers de la main, épuisée et résignée.

Ce soir-là, alors que je servais une pinte à William dans le pub de Cambridge où je travaillais, j'ai reconnu son visage. Ce même visage que j'avais aperçu, derrière un carreau, avant de sauter dans la rivière Cam. Ses cheveux roux éclairés par sa lampe de bureau.

J'avais entamé une formation de sage-femme. Ce n'était pas la carrière de mes rêves, mais je savais que j'en serais fière. J'ai échoué. Je n'ai pas supporté d'être entourée de femmes enceintes et de nouveau-nés. Je suis devenue serveuse. Puis William est arrivé. Il a passé des mois à me courtiser, à l'ancienne, avant de me demander en mariage. Je suis devenue cette femme qui se contentait de soutenir son mari pendant son doctorat. La fille naïve et insouciante qui avait sauté dans l'eau glacée n'existait plus. Ses convictions et ses rêves étaient perdus à jamais.

Quand Will a obtenu son premier poste, nous avons décidé d'avoir notre premier enfant. Sans succès. Les années ont passé. Un jour, je lui ai proposé de rendre visite à un médecin, de passer des tests, de tenter une fécondation *in vitro*. William a secoué la tête, penaud. Il a enlevé ses lunettes et m'a prise par la main.

— C'est peut-être égoïste de ma part, mais je préfère t'avoir pour moi tout seul. On est heureux ensemble, pas vrai ? Il est peut-être temps d'accepter notre destin.

Rongée par la culpabilité, j'ai préféré me taire. Aujourd'hui, je reconnais que je lui en ai voulu.

Je détourne le regard de la photo. J'étouffe. Je me lève et sors dans le jardin. La lueur du soleil m'éblouit. Des oiseaux volent dans le ciel bleu. Je m'arrête devant la haie, contemplant les polytunnels et la forêt qui s'étend au loin. C'est ici que Will et moi nous sommes tenus le soir de notre arrivée, nos verres de vin à la main, célébrant notre amour, notre nouvelle maison, notre nouvelle vie.

— Ellie ?

Je sursaute, surprise par la voix de Luca. Il a traversé le pré, tête baissée. Je me concentre sur la vue, ignorant sa présence. Il est derrière moi. Tous mes sens sont en éveil, aux aguets. Je sens sa force. J'entends son silence.

— Je vais travailler dans le verger. Certaines pommes sont mûres. Un coup de main me serait utile.

Pas besoin de me retourner pour savoir qu'il est parti. Je le sais. Sans lui, l'air est plus froid, plus vide. Je lui emboîte le pas. Il tire sur une branche et inspecte un fruit. Je passe la main autour d'une pomme. Elle se détache dans un craquement. J'ai envie de hurler, mais je contiens mes émotions.

Nous travaillons en silence. La cueillette me calme. Je tourne les queues de pommes, je m'étire pour atteindre les branches les plus hautes et me penche pour poser les fruits, m'arrêtant de temps en temps pour me frotter le bas du dos. Luca a retroussé ses manches. La peau de ses bras est épaisse et hâlée, ses poignets sont forts et ses doigts agiles. J'ai envie de poser une main sur son épaule, de sentir ses muscles se détendre. J'ai besoin de chaleur humaine.

Nous travaillons sous le même arbre et partageons le même récipient. Je m'essuie le front, balaie le paysage du regard pour me recentrer. Luca m'observe d'un air grave. Son expression me noue la gorge.

— Est-ce que j'ai fait quelque chose de mal ?

— Je ne sais pas, répond-il. À vous de me le dire.

Il avance d'un pas, effleure ma joue avec son doigt rugueux.

— Pourquoi pleurez-vous ?

Je ne m'en étais même pas aperçue. Mon cœur s'emballe. Je baisse la tête, abattue.

— C'est compliqué.

Il s'écarte de moi.

— Je suis votre voisin depuis plusieurs semaines, Ellie. Vous m'avez offert un travail, vous m'avez invité chez vous sans que je vous le demande. Pourtant, on ne se connaît toujours pas.

Il croise les bras. Vexée par ses reproches, je lève le menton.

— Vous avez été distant dès le premier jour, dis-je. Comme si vous gardiez un secret.

— On a tous des secrets, Ellie. C'est la nature humaine.

Il soulève la bassine remplie de pommes avec autant d'aisance que s'il s'agissait de plumes.

L'odeur des fruits s'accroche à ma peau. Elle me rappelle les matins humides, la terre labourée, les jours d'été qui raccourcissent et les nuits qui tombent trop tôt.

25

Je décide de m'attaquer au désordre laissé par Anca dans le bureau. Il fait chaud. Je travaille lentement, inspectant chaque page, chaque livre, chaque document. Aucune trace du reste de la lettre. La seule chose qui ait de la valeur dans cette pièce, ce sont les liasses de billets dans le tiroir. Je me demande si Anca cherchait de l'argent.

Je n'ai pas envie de me coucher seule. Je ne vais pas fermer l'œil de la nuit. Les paroles de Luca tournent en boucle dans ma tête. Il est dehors, quelque part. Assez proche pour que je le rejoigne. Cette folie doit cesser. Je ferme la porte pour ne pas céder à la tentation. Je m'installe dans le fauteuil de Will, j'allume l'ordinateur, j'ouvre Google et je tape « chevalier servant ».

Homme idéalisé ou chevaleresque qui sauve une femme d'une situation difficile.

Mes doigts se promènent sur le clavier. « Rancune. »

Sentiment d'animosité que quelqu'un porte à quelqu'un

d'autre dont il estime avoir eu à se plaindre, souvent accompagné du désir de se venger.

Je tape « Tsigane » et tombe sur un article du *Telegraph* datant de février 2013. Il parle d'un groupe de Tsiganes expulsés de leur ville et forcés de vivre sur une décharge. L'oppression dont ils sont victimes dans leur propre pays effraie nos politiques, qui craignent une immigration de masse au Royaume-Uni. En lisant l'article, je ressens comme une pointe d'amertume dans la bouche.

La nuit est en train de tomber. La pièce est baignée d'ombres. L'écran est ma seule source de lumière. J'éteins l'ordinateur. Je n'ai pas envie de rester plus longtemps à la place de William, à l'endroit même où il a écrit sa lettre. Avait-il l'intention de me la donner ? Me confiait-il, dans la seconde page, son désir de me quitter ?

Il fait trop chaud. Je manque d'air. Dehors, une chouette hulule. J'ouvre la fenêtre. Il n'y a pas de lumière dans le garage, mais Luca est peut-être réveillé. Je me sens angoissée. Je ne parviens pas à faire la différence entre ce qui est vrai et ce que j'invente. Il faut que je lui fasse part de mes sentiments, que je sache s'il ressent la même chose.

Je traverse la maison à toute vitesse, allumant la lumière dans chaque pièce, clignant des yeux, éblouie. Le bruit de mes pieds nus est étouffé par la moquette de l'escalier. Dehors, le chemin qui mène au garage est encore tiède. Le béton a conservé la chaleur de cette longue journée d'été.

J'hésite avant de frapper, mais j'ai besoin de le

voir. Un besoin qui me consume de la tête aux pieds. Pas de réponse. Je pousse la porte et passe la tête dans l'entrebâillement.

— Luca ?

Il n'est pas là. Le garage est vide.

Le lendemain matin, je pars sans prendre mon petit déjeuner. Tilly miaule pour que je lui donne le sien. Je verse des croquettes dans sa gamelle. Elles débordent sur le carrelage. Je m'accroupis pour les ramasser. Je passe devant la fenêtre de la cuisine tel un fantôme, n'osant pas regarder à travers au cas où Luca serait dehors. Hier soir, son absence m'a soulagée. Mon aveu nous aurait humiliés, lui comme moi. Luca sait que je suis avec David. Mon comportement l'aurait écœuré.

Je ne veux pas devenir comme William.

Mon portable sonne dans ma poche. Un message de David.

Tu passes à la maison ce soir ?

Je tape ma réponse.

Oui.

J'appuie sur Envoyer.

Je me présente à l'interphone. Les grilles s'ouvrent. Je me gare entre la Range Rover et la Defender couverte de boue. J'ai besoin de me rassurer, d'effacer mes sentiments pour Luca, de revoir David.

Une jolie rousse m'ouvre la porte.

— Bonjour, dis-je en tendant la main. Je suis Ellie. Vous devez être la petite amie d'Adam.

Elle fixe mes doigts d'un air étonné, puis elle pose sa main contre la mienne, sans la serrer.

— Constanta.

Elle a un accent d'Europe de l'Est.

— Est-ce que David est là ?

— Il est dans le salon.

Elle détourne le regard, glisse une mèche de cheveux derrière son oreille. Même sans sourire, elle est très belle. Elle me tourne le dos et disparaît dans la cuisine.

La porte du salon est fermée, mais j'entends des voix de l'autre côté. David et Adam sont en train de se disputer. J'attends, gênée, dans le couloir.

— Pourquoi insistes-tu ? s'agace David.

— Parce que c'est ce que je veux ! répond Adam. Et puis, c'est toi qui as commencé. Tu as accepté cet accord. Tu ne peux plus revenir en arrière.

— Les accords existent pour être brisés. Comme les règles.

Un bruit sourd, comme si quelque chose était tombé sur le tapis.

— Arrête de dire des choses pareilles !

— Pense à la ferme, Adam. À ton avenir. Elle va te ralentir, te mettre des bâtons dans les roues.

— Je la revois demain. Tu ne peux pas m'en empêcher.

— Tu la vois trop souvent. Quelqu'un va finir par s'en apercevoir. Quelle heure est-il ?

Un moment de silence, comme si David jetait un œil à sa montre.

— Ellie va bientôt arriver.

J'entends comme un bruissement, quelque chose qu'on range, des bruits de pas, Adam qui marmonne. Je recule vers la porte d'entrée. David sort du salon au moment même où je touche le paillasson. Je reste plantée devant lui, les mains dans le dos.

— Tu es là ! s'exclame-t-il en ouvrant les bras. Quelqu'un t'a laissée entrer ?

Son sourire est déroutant. Son changement d'humeur est trop soudain. Il m'embrasse. Je cligne des yeux en cherchant mes mots.

— Constanta.
— Vous avez discuté ?
— Non. Elle était occupée.
— Je suis content que tu sois là.
— Constanta a l'air gentille. D'où vient-elle ?
— Elle est roumaine.

Il passe un bras sur mon épaule.

— Tu as mangé ? Il y a de la salade de poulet.
— Non, merci. J'ai déjà dîné.

Leur conversation m'a coupé l'appétit. Leur dispute, leur colère et mon voycurisme m'ont mis mal à l'aise. Je me sens vide, sale.

Je m'assois dans la cuisine pendant que David mange. Je détourne le regard tandis qu'il engloutit des feuilles de roquette et des quartiers de tomate. Des bribes de leur échange me reviennent. Je ne peux pas l'ignorer, faire comme s'il n'avait pas eu lieu.

— Je vous ai entendus, toi et Adam. Vous vous… disputiez.

Il fronce les sourcils, boit une gorgée de vin.

— Adam est aussi têtu que moi, dit-il en souriant.

On finit toujours par tomber d'accord. Ce genre de débat est nécessaire. Je déteste les tensions.

— Adam va bien ?

— Très bien. Quelques cris n'ont jamais fait de mal à personne.

— Will et moi... on ne criait jamais.

— Je n'en doute pas. Il avait l'air gentil. Dans ce pays, on déteste la confrontation. Moi, je pense que les Italiens ont raison. Pas la peine de ruminer dans son coin, hausser la voix n'est pas un péché.

En l'écoutant, j'ai l'impression d'être transportée ailleurs, de flotter hors de mon corps, de sortir de la pièce, de la maison. Je n'ai pas envie de coucher avec David. Pas ce soir. La panique me serre la gorge.

— Qu'est-ce qui se passe, Ellie ? Tu es toute blanche.

— Excuse-moi. Je ne me sens pas bien. Je vais rentrer chez moi.

Il pose une main sur mon front.

— Tu as de la fièvre. Tu veux que je te ramène ?

— Non, merci.

— J'ai quelque chose à dire à Adam avant qu'il s'en aille. Je reviens.

Il sort de la cuisine et appelle son fils. Sur le plan de travail, l'iPhone de David s'allume. Curieuse, je me lève et jette un œil dans le couloir. David est devant l'entrée, en train de discuter avec Constanta. Elle a la tête baissée, les épaules voûtées. Adam dévale l'escalier. Il s'interpose entre son père et Constanta, lève les bras, furieux. Constanta s'en va, et les deux hommes disparaissent dans le salon. Je les entends crier. Leur problème n'est visiblement pas réglé.

Je jette un œil vers l'écran de son portable. *Demain matin, 11 h. Laisse-le venir.* Des bruits de pas, de plus en plus proches. Je me rassois. Je n'ai pas eu le temps de lire le nom de l'expéditeur.

— Tu es sûre que tu es en état de conduire ? me demande David.

Je hoche la tête.

Il m'attire contre lui. Je me raidis dans ses bras. Comment un geste qui me semblait si agréable hier peut-il me paraître aussi étrange aujourd'hui ? Je respire lentement, j'essaie de me détendre, de relativiser. Je lui tapote le dos. Il plaque les mains sur mes bras et plonge son regard dans le mien. J'ai du mal à le regarder dans les yeux. Ils sont bleus, avec un cercle jaune autour de la pupille. Ils m'hypnotisent, comme lors de sa visite le jour de l'enterrement de William. Cette fois, j'y perçois autre chose. Quelque chose de tranchant.

— J'espère que tu ne couves pas une grippe.

— Non. C'est juste la fin de mon rhume.

Il m'accompagne jusqu'à la voiture, m'ouvre la portière et la claque derrière moi.

— Attache ta ceinture, Ellie.

Il me regarde mettre le moteur en marche, tourner le volant, manœuvrer. Il tapote ma vitre.

— Appelle-moi plus tard.

Je le salue d'une main en remontant l'allée. Mes pneus crépitent sur les graviers. Je le vois dans le rétroviseur, droit et raide, englouti par la nuit. Je me sens coupable de l'abandonner, mais dès l'instant où les grilles s'ouvrent, je suis soulagée de rentrer à la maison.

26

L'horloge de la Laiterie affiche 10 heures. Pas un client en vue. Kate feuillette un magazine, son café noir fumant devant elle. C'est le moment ou jamais d'agir. Je suis garée à l'autre bout de la place. Je serai chez David en moins de dix minutes.

J'attrape mon sac et mes clés de voiture.

— Je reviens. Je n'en ai pas pour longtemps. Appelle-moi s'il y a du monde.

— Pas de problème.

Aujourd'hui, Kate a les cheveux bruns. Pas de pointes bleues ni de mèches blondes. C'est la première fois que je la vois avec sa couleur naturelle. Ces derniers temps, elle porte des jeans et des hauts amples, comme si elle ne se souciait plus de son apparence. Je lui ai demandé plusieurs fois si tout allait bien. Elle se contente de hocher la tête, le regard distant. J'espère qu'elle se confiera un jour à moi.

J'ai les mains qui tremblent en approchant de Langshott Hall. Je sais que c'est risqué, mais la conversation entre David et Adam ne me quitte plus. J'ai besoin de comprendre.

Je ralentis. Est-il raisonnable de jouer au détective, de découvrir avec qui Adam a rendez-vous ? Après tout, cela ne me regarde pas. Pourtant, me voilà à quelques mètres de l'entrée.

Je me gare sur le bas-côté, tapotant le levier de vitesse du bout des doigts. *La curiosité est un vilain défaut.* Je ne sais pas combien de temps mettra Adam à se rendre à ce mystérieux rendez-vous. Il est peut-être déjà parti.

Non. Les grilles s'ouvrent et la Defender sort de l'allée. Je démarre, j'attends quelques secondes et je le suis. Filer un véhicule est plus difficile qu'il n'y paraît. Je garde mes distances, au risque de le perdre. Très vite, je comprends qu'il se rend à Canterbury. En ville, la circulation me permet de me fondre dans le flot de véhicules, mais il y a des feux rouges et des passages piétons à négocier. À plusieurs reprises, un bus ou un camion me bloquent la vue. Une femme surgit devant moi avec une poussette. Je suis obligée de freiner. Le feu passe au rouge après Adam. Des piétons traversent la route. Sa voiture disparaît derrière un camion. C'est sans espoir. Je ferais mieux de me mêler de mes affaires, de retourner au salon de thé.

Le feu passe au vert. Je traverse l'intersection. Coup de chance : j'aperçois le pare-chocs de la Defender au bout de la rue. Adam est coincé dans un bouchon. Je me dépêche de le rattraper, dépassant la vitesse autorisée, risquant l'amende. Il se dirige vers le quartier étudiant, où les rues sont moins encombrées. Il s'arrête sous un arbre et sort de la voiture. Je me gare à quelques places de lui. Il jette un œil par-dessus son épaule en se dirigeant vers un petit café. Je me cache derrière le volant.

Je n'ose pas le suivre dans le café, et la partie basse des fenêtres est drapée d'un tissu indien. Impossible de voir ce qui se passe à l'intérieur. Déçue, je reste dans la Fiat. J'attends quarante-cinq minutes, aux aguets. Adam finit par sortir. Seul. Il monte dans sa voiture, claque la portière et disparaît dans un nuage de fumée.

Quelques secondes plus tard, une femme sort du café. Une boîte aux lettres me bloque la vue. Deux adolescents passent devant elle, leurs skateboards sous le bras. Elle a les cheveux blonds. Des lunettes de soleil. Elle est maigre et porte un jean noir. Elle me tourne le dos, cachée par les skateurs. Je sors de la voiture. Une portière claque. Une Mini beige remonte la rue. Trop tard.

Ces deux-là ne voulaient pas être vus ensemble. Mon instinct me dit que c'est avec elle qu'il avait rendez-vous. Je mémorise le nom du café en passant devant. « Le Jeu de tarot » est peint à la main sur la façade, en lettres violettes.

Je retourne au salon de thé, où plusieurs clients sont en train de déjeuner. Kate est derrière le comptoir, préparant un sandwich. Elle lève la tête, soulagée de me voir. Barbara et Mary occupent leur table habituelle, en proie à un fou rire. Mary s'essuie les yeux en me saluant.

— Vous avez l'air de bonne humeur, dis-je en m'arrêtant à leur table.

— On attend une bonne nouvelle, explique Mary.

— La remise des prix a lieu demain, ajoute Barbara.

Son regard se pose sur mes oreilles. Je mets un instant avant de comprendre ce qui a attiré son attention. Les perles ! J'avais oublié que je les portais.

— Jolies boucles.

— Merci.

— Tiffany ?

— Oui. Comment le sais-tu ?

— Henrietta avait les mêmes. Elle me les a montrées. Elle connaissait ma passion pour les bijoux. David lui offrait toujours de beaux cadeaux.

— Tu es sûre que ce sont les mêmes ?

Elle inspecte mes oreilles, hoche la tête.

— Certaine. Je m'en souviens comme si c'était hier. C'est toi qui les as achetées ? Il n'y a pas de honte à ça. Un jour, je me suis fait plaisir en m'offrant une bague en émeraude. Je la porte à la main droite, bien sûr !

Je disparais dans la cuisine. Kate me fait signe de l'autre côté de la porte. Quelqu'un veut un café. Il attendra. Je m'agrippe à l'évier, appréciant sa fraîcheur contre mes mains. Je ferme les yeux et, lentement, j'enlève mes boucles d'oreilles.

Je me souviens du jour où David a posé le paquet bleu sur mes genoux. Le ruban blanc. La petite boîte. C'était la première fois qu'on m'offrait un cadeau aussi délicat, aussi extravagant. Je me ronge un ongle en repensant à la chambre rose et dorée, aux affaires d'Henrietta. J'imagine David en train d'ouvrir sa boîte à bijoux, choisir les boucles, les remettre dans leur écrin d'origine. Henrietta conservait ses affaires dans leur emballage. Son armoire était remplie de boîtes à chaussures, et l'étagère du dessus était recouverte de boîtes à chapeaux.

Cette tige en or avait percé sa chair, ces perles avaient reposé contre sa peau. J'avais couché avec David en les portant. Sa bouche sur mon cou, ses lèvres qui murmuraient ces mots – ceux qui me faisaient rougir – tandis qu'il explorait mon oreille avec sa langue.

27

Cinq appels manqués. Quatre messages vocaux de David. Je les écoute un à un, le cœur battant. *Appelle-moi. Je me fais du souci.* Je ne sais pas quoi dire. Je lui en veux de m'avoir offert les boucles d'Henrietta. J'ai l'impression d'être sa remplaçante, un substitut pour parer à sa solitude. Je ne sais pas pourquoi il m'a choisie, et pas une de ces femmes en robe noire, au regard séducteur et au brushing impeccable. Peut-être pensait-il que se mettre avec moi, l'opposé d'Henrietta, serait moins douloureux ? Ce qui est certain, c'est que je ne veux plus le voir, ni partager son lit, ni faire semblant. Tout a changé. Rien ne sera plus jamais comme avant.

Je frôle le clavier de mon portable. J'ai envie de lui envoyer un message. Trop lâche. Je dois le lui dire en face. J'irai chez lui après le travail.

Excuse-moi. Je ne voulais pas t'inquiéter. Il faut qu'on parle. Je passe chez toi à 18 h.

Je lève la tête vers les fenêtres à l'étage. Rien ne bouge. J'appuie sur la sonnette. Personne ne répond. Je suis en avance. J'ai fermé plus tôt, faute de clients. La saison estivale touche à sa fin et les critiques nous desservent.

Je me demande si David est à la ferme. Je longe la maison et passe devant les étables vides, où Henrietta gardait ses chevaux. Une odeur de fumier persiste. Un chat roux est posté devant la grange. Il se lèche les pattes avec conviction. Il ne me prête pas attention. Je suis invisible.

Une voiture de sport de collection est garée à l'intérieur, à moitié camouflée sous une bâche. Derrière, dans l'obscurité, des ballots de foin sont empilés. Tout est propre et organisé.

Mes pas résonnent sur le sol. Des hirondelles jaillissent des corniches. L'une d'elles plonge tellement bas que je sens son souffle sur ma tête. Bientôt, elles s'envoleront vers des contrées plus chaudes, au-delà des océans et des villes.

Je remonte un chemin creusé d'ornières. Au loin, je discerne les bâtiments en briques et les travailleurs en salopette qui portent des caisses de fruits. Deux hommes en veste noire discutent en fumant une cigarette. Les caravanes sont à ma droite, cachées derrière les buissons et un long grillage. Un aboiement attire mon attention. Je me retourne. Deux dobermans foncent vers moi, la gueule grande ouverte. Ils s'arrêtent à quelques mètres en grognant, l'air menaçant.

— Max ? dis-je d'une voix tremblante. Bon chien, Max. Bon chien.

Adam apparaît au coin de la grange. Il claque des doigts. Les chiens se dirigent vers lui en remuant la queue, la langue pendante, comme des personnages de dessin animé.

— Bonjour, Ellie. Vous cherchez mon père ?

— Oui. Je suis en avance. J'ai sonné, mais personne n'a répondu.

— Il doit être au téléphone. Il était en pleine conversation quand je suis sorti. On a un problème avec un supermarché.

Adam ramasse un bâton par terre et le jette au loin. Les deux chiens courent après.

— Comment allez-vous, Ellie ? Tout se passe bien au salon de thé ?

Je suis soulagée. Adam est détendu avec moi, comme avant. Il a même l'air content de me voir.

— Oui, merci, même si c'est un peu calme en ce moment.

Il me dévisage, l'air inquiet. Il a des poches sous les yeux.

— Rien de grave, ajouté-je en souriant. Ce n'est que temporaire.

Il enfouit les mains dans ses poches en faisant demi-tour vers la maison.

— Tout va bien avec mon père ?

Je le suis en silence, éludant la question. Je me sens coupable. Quand j'aurai quitté David, Adam ne fera plus partie de ma vie. Du moins, pas de la même manière. Nous commencions pourtant à bâtir une vraie relation.

Il s'arrête brusquement au bout du sentier. Je

manque de lui rentrer dedans. Il jette un œil derrière nous, comme pour s'assurer que nous sommes seuls.

— Ellie, je voulais vous dire quelque chose…
— Bonsoir !

Une voix enjouée l'interrompt. C'est Rachel. Elle se dirige vers nous en talons hauts, main dans la main avec Pip.

— Ravie de vous revoir, Ellie. Dis bonjour, ma puce.

Pip porte un justaucorps rose, un tutu et des bottes en caoutchouc. Elle me regarde à travers sa frange, l'air timide. Je m'accroupis devant elle.

— Quelle jolie princesse ! Tu vas danser ?

Elle hoche la tête en riant.

— Tu ne devrais pas emmener Pip à la ferme, reproche Adam à sa sœur. Les machines sont dangereuses. Ce n'est pas un endroit pour les enfants.

Rachel lève les yeux au ciel.

— Ne t'inquiète pas, Adam. Je la surveille. Et puis, on ne faisait que passer. Il fallait que je vérifie des papiers avec papa.

Elle glisse une mèche de cheveux derrière son oreille.

— Pip a son cours de danse à Canterbury. Tu viens nous dire au revoir ?

Mère et fille se dirigent vers la cour. Adam pousse un soupir.

— Venez, Ellie.

Nous attendons devant la maison pendant que Rachel installe Pip à l'arrière de la voiture. Adam lui fait signe de la main.

— Ma sœur est incorrigible, mais j'adore ma nièce.
Il se penche pour caresser un chien.

— Qu'allais-tu me dire tout à l'heure ? demandé-je, curieuse.

— Je ne m'en souviens pas, répond-il en détournant le regard.

Je suis Adam jusque dans la cuisine, où David est au téléphone. Il raccroche aussitôt. Son visage se détend. Il approche en souriant et se penche pour m'embrasser. Je tourne la tête. Nos nez s'entrechoquent.

— Toujours là ? dit-il à Adam. Tu n'as rien de mieux à faire ?

Son fils lui lance un regard noir.

— Je m'en vais. Au revoir, Ellie.

Il disparaît dans le couloir. Surprise par la froideur de leur échange, je me tourne vers David.

— Vous ne vous êtes pas réconciliés ?

Il pousse un soupir.

— On dit que les choses sont plus simples une fois que les enfants ont grandi. C'est un mensonge.

Il ouvre le frigo et me sert un verre de chablis. J'en bois une gorgée. Trop vite. Je m'étouffe. David me tapote le dos.

— Prends ton temps, Ellie. J'en ai une cave pleine. De quoi voulais-tu me parler ?

Je m'écarte de lui et pose le verre sur le bar.

— On est allés trop vite, David. Mes sentiments ont... changé. J'ai des doutes sur notre relation.

— Des doutes ?

— Je suis désolée.

— Tu voudrais qu'on aille plus lentement ?
— Je ne sais pas.

Je bois une autre gorgée de vin pour me donner du courage.

— Je pense que c'est fini, David.

Il s'assoit sur une chaise, choqué.

— C'est très soudain.
— Je sais. Je suis désolée.

Il se lève et avance d'un pas vers moi, le visage fermé.

— Arrête de t'excuser, Ellie.

Il passe une main sur ma joue.

— J'aimerais juste comprendre pourquoi tu as changé d'avis. Est-ce que j'ai fait quelque chose de mal ?

— Non.

David fait les cent pas devant l'évier.

— Je suis trop exigeant, pas assez patient. C'est plus fort que moi. J'ai du mal à me libérer de mon passé, de mes origines.

— Ce n'est pas le problème.
— Alors, pourquoi ?

Il plaque les mains sur mes bras. Ses doigts me pincent la peau. Il n'a pas conscience de sa force.

— Tu me fais mal, David.

Il a les lèvres qui tremblent. Je repense à cette chambre remplie d'affaires d'Henrietta, aux boucles d'oreilles que j'ai portées en croyant qu'elles m'appartenaient. Le fantôme de sa femme a toujours été là, tapi dans l'ombre. J'imagine William et Henrietta en train de faire l'amour, de se murmurer des secrets à l'oreille. J'ai envie de vomir. Désormais, coucher avec David me paraît presque incestueux.

Je recule d'un pas et me frotte les bras. J'ai envie de fuir. Cette maison m'étouffe. Je suis oppressée par le poids des meubles, des tableaux, des histoires de famille. La famille d'Henrietta. Un passé qui ne me concerne pas. J'en ai le souffle coupé.

— Tu as peut-être besoin de temps pour réfléchir.

Je secoue la tête. Cette situation doit être difficile pour David. Cet homme n'a pas l'habitude qu'on lui dise non.

— Tu vas me quitter comme ça ?
— Excuse-moi. J'espère qu'on restera amis.

Je sors les boucles d'oreilles de ma poche et les pose sur la table.

— Garde-les, Ellie. Elles t'appartiennent.
— Non. Elles ne m'ont jamais appartenu.

Il plonge son regard dans le mien. Un éclat de compréhension.

— Je ne veux pas de ses affaires, David. Je ne suis pas Henrietta.

28

David m'a appelée dès l'instant où je suis sortie de chez lui. Je n'ai pas décroché. Depuis, j'ignore ses messages. Je n'ai plus rien à lui dire.

Je prépare un gâteau au citron et à la cardamome. Une nouvelle recette. Si le résultat est concluant, je le ferai goûter aux clients. J'écrase les gousses odorantes au mortier et au pilon. Leur parfum exotique me fait voyager dans des pays que je n'ai jamais visités. En Inde. Dans les collines de Cardamome. Pour moi, cuisiner est une forme de thérapie.

Tilly miaule de faim. Luca frappe à la porte et entre derrière elle. Je reste concentrée sur ma recette, ajoutant les épices moulues à la pâte. Je ne peux pas le regarder dans les yeux. Il devinerait ce que je ressens.

— La saison se termine, dit-il. Je pars bientôt.

Une vague de déception s'empare de moi. Je verse la pâte dans le moule et je le mets au four.

— Quand ?
— Dans une semaine.

— Vous retournez en Roumanie ? De quelle région venez-vous ?

— Des Maramureş, dans les Carpates. C'est une région montagneuse, très verte.

Je jette un œil par la fenêtre. Mon jardin et les champs de fraises doivent lui paraître ternes et fades.

— Vous avez des frères et sœurs ?

— Une sœur. Marisca.

— Vous devez lui manquer.

— On s'écrit de temps en temps.

Il s'appuie contre la table de la cuisine, sort son paquet de cigarettes.

— Vous ne m'avez jamais parlé de votre famille.

Il penche la tête sur le côté.

— Vous non plus.

— Je suis fille unique, avoué-je en rougissant. Je ne suis plus en contact avec mes parents. Je me suis mariée jeune. Ma seule famille, c'était William.

— Dans ce cas, vous me comprendrez, dit-il en roulant la cigarette entre ses doigts. J'ai quitté ma famille, moi aussi. J'ai laissé mon passé derrière moi. Ma mère était une femme formidable, mais mon père était cruel et alcoolique.

— Je suis désolée.

Il ouvre la porte et allume sa cigarette dehors, soufflant la fumée devant lui, le regard distant.

— Il y avait beaucoup d'animaux dans la forêt. Des ours et des loups. Un jour, mon père en a attrapé un. Une louve. Il l'a enfermée dans une cage, dans le jardin. La pauvre créature mourait à petit feu. Elle attendait qu'on la libère. Je lui glissais des restes de nourriture, des pierres et des branches de pin pour lui rappeler sa tanière. J'ai supplié mon père d'ouvrir la cage. Il a refusé. Il aimait avoir du pouvoir sur un animal sauvage.

Je ne sais pas pourquoi il me raconte cette histoire, mais je retiens mon souffle depuis le début, imaginant le petit Luca en train d'observer la louve derrière les barreaux.

— Vous avez prévenu votre famille de votre retour ?

Il attrape Tilly et la serre contre lui, la cigarette entre les lèvres. Elle grimpe sur son épaule et s'étire autour de son cou, comme une écharpe.

— Ma mère est morte et ma sœur est mariée. Je n'ai plus de famille à qui rendre visite. Je vais voyager, chercher du travail. Peut-être en Allemagne.

Il caresse Tilly sous le menton.

— Avez-vous vu Anca récemment ?
— Non, dis-je. Pourquoi ?

Il crache un nuage de fumée.

— Pour rien.
— Elle est partie. David pense qu'elle est rentrée chez elle, en Roumanie. Elle est enceinte.

Luca n'a pas l'air surpris par la nouvelle, mais son visage s'assombrit. Il pose la chatte par terre. Tilly se dirige vers le jardin et Luca vers le garage, sans un mot.

Je repense à Anca, avec son seau d'eau, en train de discuter avec lui, à la façon dont elle l'a évité quand il a posé sa main sur son bras. Comme s'il l'avait brûlée.

Le doute me donne des frissons.

Je me réveille en panique, allongée de travers dans mon lit défait, essoufflée, transpirante. Un hurlement m'a tirée de mon cauchemar. Un cri lointain.

Je revois Les Ashton étendu sur moi, sa main moite plaquée sur ma bouche. Anca a-t-elle été violée, elle aussi ? Je me lève et jette un œil par la fenêtre. Mon reflet me regarde dans la vitre. Je me reconnais à peine – les yeux vides, l'air hagard, la bouche béante. Je retiens mon souffle, tends l'oreille. Ce cri était le mien.

Mon cœur bat à tout rompre. Je me sens observée, comme si des loups étaient entrés dans ma chambre, rôdant dans la pénombre, prêts à bondir et à me dévorer.

Je frappe à la porte du garage. Pas de réponse. Luca est encore absent. Où se rend-il la nuit ? Il m'a pourtant promis de me protéger. Je pousse la porte. Il fait froid à l'intérieur. Je me frotte les bras, cligne des yeux.

— Luca ?

Le garage sent la pomme. Il a empilé les caisses de fruits contre un mur. J'approche du lit de camp, soigneusement bordé. Son sac est là, ainsi que deux livres et une tasse vide posée par terre. Un jean est plié au bout du lit. Je passe une main sur le tissu rêche. Je la retire aussitôt, comme s'il s'agissait de sa peau sous mes doigts. J'allume mon portable pour m'éclairer. J'attrape un des livres et le feuillette, m'arrêtant sur une page au hasard.

Un poème de Rainer Maria Rilke. Je l'ai déjà lu quelque part. Il parle d'une panthère. Je tourne les pages usées. Je ne m'attendais pas à ce que Luca soit amateur de poésie. Mes préjugés le concernant sont à nouveau ébranlés. L'autre livre est un roman, écrit en allemand. Je lis le titre sans le comprendre.

J'avance d'un pas et plonge une main dans son sac à dos. Des vêtements, une tasse en métal, un fourreau en cuir. Je teste la lame du couteau contre mon doigt. Elle est longue, aiguisée et propre. J'en sors un autre livre. Un carnet aux pages noircies. Les mots sont écrits dans une autre langue, sûrement la sienne. Il a dessiné une carte à l'arrière. Je reconnais le cottage, les champs qui le séparent du village, la maison et la ferme de David, avec la rivière qui coule à côté.

Je crois entendre un bruit. Je remets ses affaires à leur place. Un rayon de lune solitaire transperce la petite fenêtre.

Je me réveille tard, une migraine tranchante logée entre les yeux. Je fais bouillir de l'eau pour une tasse de thé. Le soleil brille, mais la matinée sent l'automne. Un bruit me tire de mes pensées. Luca a ouvert le robinet extérieur. Il est torse nu. Il s'asperge d'eau froide et se frotte le corps énergiquement avec un gant de toilette. Son jean et ses bottes sont trempés. L'été a doré sa peau. Il a le torse plus pâle que les bras. On dirait une statue en acajou. Des traces violettes parsèment ses côtes. Des bleus, comme s'il était tombé dans un escalier.

Sans prévenir, je sors dans le jardin. Surpris, il ramasse sa chemise par terre et l'enfile sur sa peau mouillée.

— Désolé, dit-il en la boutonnant. Je pensais que vous étiez sortie.

Je le regarde d'un air pensif.

— Est-ce que vous connaissiez Anca avant qu'elle vienne travailler ici ?

Comme d'habitude, son visage se ferme. Je m'attends à ce qu'il me tourne le dos, mais il semble réfléchir à sa réponse.

— La première fois que je l'ai rencontrée, c'était quand elle nettoyait vos vitres. On a discuté quelques minutes. Elle est très courageuse. Ce n'est pas facile de quitter son pays du jour au lendemain.

— Je me fais du souci pour elle.

— Moi aussi, avoue-t-il.

L'eau traverse sa chemise. Il n'a pas pris le temps de se sécher, de peur que je ne découvre ses bleus.

— Qu'est-ce qui vous est arrivé ? demandé-je en montrant ses côtes du doigt.

— Je suis tombé du toit de la cabane. J'avais la tête ailleurs.

Il passe une main dans ses cheveux.

— J'ai une question à vous poser, Ellie. À propos de David Mallory.

Je reste immobile, m'attendant au pire.

— Est-ce que vous l'aimez ?

Il me regarde avec une intensité déconcertante. Mon ventre se noue. Je me concentre sur ses pieds, sur ses bottes usées.

— On est amis. Rien de plus.

Il avance d'un pas et pose un doigt sous mon menton, me forçant à le regarder dans les yeux. Gênée, je m'écarte de lui.

— Une dernière chose, me dit-il. Il y a un pic-vert dans votre jardin. Je l'ai vu il y a deux jours.

— Ah bon ?

— C'est mauvais pour les pommiers, mais j'ai réglé le problème. Suivez-moi.

Il se dirige vers le verger. Je lui emboîte le pas. Rien n'aurait pu me préparer à la scène qui m'attend. Sur place, le soleil illumine non seulement les feuilles des fruitiers, mais aussi des guirlandes d'objets en tout genre : miroirs, morceaux de tissu, cordes, cailloux et boîtes de conserve. Je n'en crois pas mes yeux.

— C'est incroyable ! Vous avez dû y passer des heures !

— J'ai recyclé des déchets et travaillé toute la nuit. Je vous avais dit que je dormais peu. C'est un peu comme une œuvre d'art. Mon cadeau pour vous.

— Un cadeau ?

— Un cadeau d'adieu.

Les branches dansent dans le vent, bruissent et murmurent. Les objets multicolores ressemblent à des fruits. Je refuse de croiser le regard de Luca, terrifiée par ce qu'il verrait dans le mien.

29

Je fais le tour de l'épicerie, ma liste de courses à la main. Sally-Ann m'observe d'un air étrange. Je lui souris en posant mon panier sur le comptoir.

— Bonjour, Ellie. On ne peut vraiment pas leur faire confiance, n'est-ce pas ? Les gens comme lui n'ont pas leur place dans notre village.

— De qui parles-tu ?

— De l'étranger que tu héberges dans ton garage.

— Luca ?

— C'est terrible, dit-elle en mâchant son chewing-gum. Il mérite la prison.

— Je ne comprends pas...

— Tu dois être soulagée qu'il ne te soit rien arrivé. À ta place, je ne dormirais pas de la nuit.

— Qu'est-ce qui s'est passé ?

Sally-Ann fronce les sourcils.

— La fille de la ferme. Celle qui est enceinte. Il l'a violée. Tout le monde en parle. Tu n'es pas au courant ?

Mon cauchemar de la veille défile dans ma tête.

— Qui te l'a dit ?

— John, répond-elle en glissant une mèche blonde derrière son oreille. La pauvre fille s'est enfuie. Impossible de porter plainte.

— Porter plainte ?

— La police va l'interroger, dit-elle en scannant le pain. Personne ne veut de lui ici. Les gens sont en colère.

— Luca n'habite plus chez moi. Il est parti.

Elle écarquille les yeux.

— Parti ?

— Il a quitté le pays.

Elle pince les lèvres, déçue.

— Je suis sûre qu'il est coupable.

— Non. C'est une erreur.

J'ai envie de sortir au plus vite, mais je dois attendre qu'elle ait scanné tous mes articles et emballé le thé, les croquettes, le lait et les conserves de tomates dans un sac.

— Ce n'est pas la première fois qu'une agression a lieu dans le village, ajoute-t-elle. Il y a quelques années, c'est une fille de la région qui s'est fait violer par un cueilleur de la ferme Greenwell. Un migrant. Il a été envoyé en prison, mais elle s'est suicidée quelques mois plus tard. C'est pour ça que James Greenwell n'emploie plus d'étrangers.

J'enfouis les mains dans mes poches pour les empêcher de trembler.

— Je n'étais pas au courant.

— C'était il y a longtemps, bien avant ton arrivée.

J'attrape les anses du sac en cherchant mes clés

dans ma poche. Je sens le regard de Sally-Ann me transpercer le dos tandis que je me dirige vers la sortie. John et Irene bavardent au coin de la rue. Ils tournent la tête vers moi. J'ouvre la portière et jette les courses sur la banquette. Les boîtes de conserve s'écrasent par terre, roulant sur le trottoir.

30

1990

Je me plante devant le miroir, examinant l'arrondi de mon ventre et de ma poitrine. Mon chemisier ample ne suffit plus à cacher mes formes.

Les Ashton continue à rendre visite à mes parents, à jouer au bridge, à boire des cocktails, à divertir ma mère. Il assiste à chaque soirée, à chaque dîner, comme s'il ne s'était rien passé. Je monte à l'étage dès que la sonnette retentit ou que sa voix résonne dans l'entrée. Quand je ne parviens pas à m'échapper à temps, je fixe mes pieds tandis qu'il bavarde et raconte des blagues à mon père. Un jour, il m'a rejointe dans le jardin et s'est emparé de mon bras.

— Tu ne m'en veux pas, Eleanor ?

J'ai secoué la tête.

— Dans ce cas, arrête de te comporter comme une petite fille gâtée.

Je le hais. Je déteste l'enfant qu'il a semé en moi. J'aimerais me réveiller un matin et découvrir qu'il a disparu, qu'il s'agit d'une erreur. Ma mère pense que j'ai pris du poids. Elle m'a suggéré d'arrêter de manger des sucreries. J'aurais aimé qu'elle comprenne par elle-même et qu'elle règle le problème à ma place, mais elle ne voit pas plus loin que le bout de son nez.

Dehors, les pigeons roucoulent dans le grand chêne, les abeilles butinent les dernières roses, les rayons du soleil embrasent le monde de leur lueur dorée. Dedans, la maison est sombre, fermée. Mon père est dans son bureau. Je frappe à la porte.

— Entrez.

Il lève la tête, remonte ses lunettes sur son nez.

— Qu'y a-t-il, Eleanor ? Je suis très occupé.

Depuis l'annonce de mes résultats, il m'adresse à peine la parole, ignorant mon existence. Je sais qu'il est déçu de ne pas avoir eu un garçon. Jusqu'à récemment, ma réussite scolaire était la seule chose dont il était fier.

— J'ai quelque chose à te dire.

Je m'arrête devant son bureau, le corps raide, comme une élève devant son proviseur.

— Je t'écoute.

Je respire profondément. Pas la peine d'arrondir les angles. Il est temps que la vérité éclate.

— Je suis enceinte.

Mon père enlève ses lunettes, pince les lèvres. Je refuse de croiser son regard.

— *Quoi ?* Qui t'a fait ça ? Quel garçon ?

Je passe la langue sur mon palais, à la recherche de salive.

— Ce n'est pas… un garçon.

Il se lève brusquement, ouvre la porte et hurle dans le couloir.

— Miranda !

Ma mère nous rejoint aussitôt. Mon père me dévisage comme un objet brisé, un vase fissuré.

— Eleanor est enceinte. Sûrement d'un de ces nigauds avec qui elle passe son temps. Je t'avais dit que tu n'étais pas assez stricte. À cause de toi, notre fille est salie !

Ma mère se tourne vers moi.

— C'est vrai, ma chérie ?

Je hoche la tête. Elle se mord la lèvre.

— De combien de mois ? Je peux t'emmener chez le médecin. Les Ashton sera discret. Il n'en parlera à personne...

— Non !

Ils écarquillent les yeux, choqués par ma réaction.

— Les Ashton... Il est venu dans ma chambre. J'ai essayé... mais il était trop fort...

Mon père a le visage déformé par la colère.

— Ça suffit ! Je ne tolérerai pas ces mensonges !

— C'est la vérité !

J'ai les lèvres qui tremblent. En parler à voix haute me brise de l'intérieur. Un sanglot m'échappe. Je ne peux plus respirer. J'ai le nez qui coule. Mon père ne bronche pas.

— Les Ashton est notre ami. Un *médecin*.

— Non ! Il m'a fait du mal ! Il est entré dans ma chambre quand j'étais malade. Maman était à Londres...

— ASSEZ !

Mon père écrase une main sur le bureau.

— De combien de mois es-tu enceinte ? insiste ma mère. Il faut qu'on s'en débarrasse.

— Je ne sais pas, murmuré-je. Peut-être sept.

— Mon Dieu… Il est trop tard.

— Tu as gâché ta vie, lance mon père. Tu en as conscience ?

Ma mère a l'air terrifiée, elle est livide. Pendant un instant, je vois dans son regard qu'elle me croit. Puis cette certitude s'envole. Ses yeux se vident. Sa bouche tremble.

— Tu aurais dû nous en parler plus tôt.

— Je ne savais pas… Je pensais que j'étais malade… Je ne sais pas quoi faire.

— Trop tard, répond mon père. Il fallait y réfléchir avant.

— Je vais me renseigner, dit ma mère. Certaines agences ont l'habitude de ce genre de situations. De nombreux parents rêvent d'adopter…

— Maman…

Elle me contourne et se plante à côté de mon père. Le sol bascule, se dérobe sous mes pieds. Un nouveau monde se met en place autour de moi, inconnu et froid.

Les semaines passent. Je finis par croire que tout est ma faute. C'est moi qui ai provoqué Les Ashton en attirant son attention, en cherchant sa reconnaissance. Je l'ai laissé me pincer la joue et me sourire dans le dos de mon père. Je l'ai laissé entrer dans ma chambre et s'asseoir sur mon lit.

31

2015

Je rentre à la maison, jette les sacs de courses sur la table et traverse le jardin en courant. J'entrouvre la porte du garage. Luca est assis sur son lit, en train d'écrire dans son carnet.

— Je reviens du village, dis-je, à bout de souffle.

Luca se lève, l'air inquiet.

— Qu'est-ce qui se passe ?

— Les gens racontent que vous avez violé Anca.

Il ne bronche pas. Seuls ses doigts remuent. Il serre les poings. J'ai envie de lui poser la question, mais j'en suis incapable. Les mots restent coincés dans ma gorge.

Luca avance d'un pas, pose une main sur mon cœur. Je retiens mon souffle.

— Je sais à quoi vous pensez, Ellie. Écoutez votre cœur. Vous connaissez déjà la réponse.

Ma poitrine se soulève et s'affaisse sous ses doigts. Luca s'écarte de moi. Son boitement est plus prononcé que d'habitude. J'ai envie de le prendre par la main. J'ai l'impression de couler. L'espace qui nous sépare s'agrandit peu à peu, remplacé par un océan, un vide incommensurable.

— Je vous ai vus ensemble, ce jour-là. Anca n'avait pas l'air de vous apprécier.

— Elle refusait de répondre à mes questions. Elle avait peur.

— Peur de quoi ?

— Je ne sais pas, répond-il en fronçant les sourcils. Il se passe des choses étranges dans la ferme des Mallory.

— La ferme de David ?

— Quand j'y suis allé pour demander du travail, ils m'ont refusé. Toute cette sécurité... Ils cachent quelque chose. J'en suis certain.

— Vous avez raison, dis-je en me rongeant un ongle. J'ai entendu David et Adam se disputer. Je n'ai pas compris pourquoi, mais c'était... bizarre. Adam voit une femme en secret. David lui interdit de la rencontrer.

— Une petite amie, peut-être ?

— Je ne pense pas. Il a dit que cela faisait partie d'un *accord*. Cette histoire n'a aucun sens.

— Non, reconnaît Luca. J'essaie de découvrir la vérité depuis des mois. Personne n'est au courant de rien, ou les gens refusent de parler. Cet endroit est une vraie forteresse.

Il a l'air fatigué, tout à coup.

— Je me fiche de ce qu'on raconte, soupire-t-il. J'avais l'intention de partir. Ma présence complique les choses, surtout pour vous.

— Non. Je ne veux pas que vous partiez.

— Et je ne veux pas vous laisser seule, pas sans savoir qui a tué Trèfle... mais si on m'accuse, je risque gros.

— Anca est partie. Personne ne vous accuse. Ce n'est qu'une rumeur. J'ai dit à Sally-Ann que vous étiez rentré en Roumanie. Le village entier doit déjà être au courant. Je voulais vous protéger, vous faire gagner du temps.

Il se frotte le cou.

— Je refuse de me cacher. Je n'ai rien fait de mal.

— Vous ne les connaissez pas. Cette histoire va se transformer en chasse aux sorcières. S'ils vous croient parti, la situation va se calmer. Ils passeront à autre chose.

Luca fronce les sourcils, fait les cent pas près de son lit.

— Vous avez raison. Et j'aurai plus de facilité à entrer chez Mallory. Je pourrai même partir à la recherche d'Anca, poser des questions dans les autres fermes.

— Il vous faudra être discret, surtout si quelqu'un me rend visite.

— Je peux dormir dans le verger ou dans l'étable.

— Venez plutôt chez moi. J'ai une chambre d'amis. Personne ne le saura.

Il balance son poids d'un pied sur l'autre, l'air perplexe.

— Quoi que vous décidiez, il faut vider le garage. Vous pouvez déposer vos affaires dans la chambre, à l'abri des regards. Ensuite, libre à vous de dormir où vous voulez.

Il hoche la tête, ramasse ses livres et les enfouit dans son sac. Il arrache les draps du lit de camp, enroule son sac de couchage avec ses larges mains. Je le regarde effacer jusqu'à la moindre trace de sa présence. Cela lui prend moins d'une minute.

Cet homme a l'habitude de disparaître.

32

Luca est dans sa chambre, moi dans la mienne. Je pourrais presque l'entendre respirer. Le plancher grince sous ses pas. Je me lève et jette un coup d'œil furtif dans le couloir. Sa porte est fermée.

De retour dans ma chambre, j'enlève mon jean, ma culotte, mon pull et mon soutien-gorge. Je me plante devant le miroir, observant mes mollets striés de varices, mes cuisses capitonnées de cellulite. Depuis que j'ai fêté mes quarante ans, mon corps a changé. J'ai l'impression d'être davantage ancrée dans le sol, comme s'il s'était détendu, relâché.

La maison est plongée dans le silence. Je ressens comme une absence. Luca s'est endormi. Il faut que j'arrête de penser à lui, de m'imaginer en train de déboutonner sa chemise, de glisser une main sur son torse et de poser ma joue contre sa peau tiède.

Le lendemain matin, Luca n'est pas dans la maison. La cuisine et le plan de travail sont propres. J'ai peur qu'il ne soit parti pour de bon. Je remonte et j'ouvre la porte de sa chambre. Le lit est fait, comme s'il n'avait pas dormi dedans. Son sac à dos est posé à l'autre bout de la pièce, avec son sac de couchage.

Je pousse un soupir de soulagement. Son silence m'a induite en erreur. Je m'étais habituée à la présence de Will, aux bruits de pas dans l'escalier, à la montagne de tasses, de journaux, de livres et de chaussettes qui traînaient derrière lui. Luca, lui, est discret. Il n'a même pas laissé sa brosse à dents dans la salle de bains.

J'appelle Kate et lui demande si elle peut se débrouiller sans moi aujourd'hui. Elle m'assure que oui.

— La saison est terminée, dis-je. Je vais en profiter pour faire les comptes.

La journée prend une tournure grise, lourde. La pluie menace. Je suis assise dans le salon, le nez dans les factures, quand j'entends une voiture approcher. Je me lève et jette un œil par la fenêtre. La Range Rover de David est garée dehors.

Luca travaille dans le champ. Pas le temps de le prévenir. La sonnette retentit. Je reste clouée sur place. J'ai peur que David ne me voie, cachée derrière les carreaux. Je me dirige vers la porte et l'ouvre aussitôt.

— Ellie.

Fidèle à lui-même, il tient un bouquet de fleurs dans les mains, comme le soir de l'enterrement de Will avec son extravagant bouquet de lis.

— Kate m'a dit que tu étais chez toi. Je me fais du souci. Ça ne te ressemble pas.

Une bourrasque le décoiffe. Il passe une main dans ses cheveux.

— Je peux entrer ?

J'espère que Luca entendra sa voix, qu'il verra la voiture. Nous aurions dû nous mettre d'accord sur un signal, comme un torchon accroché à la porte.

Je recule d'un pas. David me tend le bouquet, s'essuie les pieds sur le paillasson. Je place les fleurs sur le buffet. Le plastique crépite sous leur poids.

— Tu ignores mes appels. Je voulais m'assurer que tu allais bien.

Son regard se pose sur le garage.

— Il paraît que Luca est parti.
— Oui. Qui te l'a dit ?
— Mary.
— Tout le village pense que Luca a violé Anca. C'est faux.
— Tu en es sûre ? dit-il en fronçant les sourcils. Anca m'a confié que le père était roumain, qu'il venait juste d'arriver au village. Après son premier passage chez toi, elle n'avait pas envie de revenir. On aurait dit qu'elle avait peur.
— Peur ?

Le doute s'empare de moi. Je le balaie de mon esprit.

— On ne saura jamais la vérité, dis-je en haussant les épaules. Luca est parti pour de bon.
— Ellie, je voulais te parler des boucles d'oreilles…
— Il n'y a rien à dire.
— J'ai fait une erreur. Je suis désolé. Je ne voulais

pas te rendre triste. Henrietta ne les portait jamais. C'était du gaspillage.

— Tu m'as humiliée, David.

— Ce n'était pas le but, insiste-t-il en tendant une main vers moi. Essaie de me comprendre. Je viens d'une famille où on comptait le moindre centime.

Je croise les bras, pousse un soupir.

— Tout est allé trop vite. On avait besoin l'un de l'autre. On se sentait seuls. Ce n'est pas suffisant pour construire une relation.

Il s'assoit sur une chaise en se frottant la joue.

— Il y avait quelque chose entre nous. Je l'ai senti.

— Moi aussi. Je croyais avoir des sentiments pour toi, mais j'ai vite compris que c'était une illusion.

— Ma femme me manque. Tu es la seule personne qui me comprenne, Ellie. Je ne t'ai pas montré à quel point j'étais désespéré. Je suis désolé.

Sa voix est teintée de tristesse. Je compatis à sa douleur. Mon mari a séduit sa femme. Je me sens coupable. Je m'assois près de lui. Il enroule ses doigts autour des miens.

— Il n'y a vraiment aucun espoir ?

Je secoue la tête. J'ai envie de retirer ma main de la sienne.

— Je sais que cela ne me regarde pas, mais… est-ce qu'il y a quelqu'un d'autre ?

— Non.

Il pousse un soupir. Nous sommes tellement proches que je perçois les minuscules veines sur ses joues.

— Tu en es sûre ? Tu peux me le dire…

— Il n'y a personne d'autre, David.

Je regarde par la fenêtre, espérant et craignant tout à la fois de voir Luca dans le jardin. Il pleut. Des gouttes s'écrasent contre les carreaux. Le ciel s'est assombri.

— Tu ne te sens pas seule ici ? Tu n'aimerais pas appartenir à nouveau à quelqu'un ?

— Je n'*appartenais* pas à Will, dis-je en retirant ma main. On était *ensemble*. C'est différent.

Un coup de tonnerre. Si seulement je savais où est Luca, je me sentirais rassurée, moins nerveuse. Le jardin est vide. J'aperçois un mouvement dans le champ, mais il doit s'agir de Muscade qui se met à l'abri. Les arbres se balancent, des bourrasques secouent leurs feuilles.

David se lève. Je devrais le serrer dans mes bras, le réconforter, mais je ne veux pas l'encourager. Il arrange sa veste, pose une main sur ma joue. Son regard s'attarde un instant sur l'escalier, puis il se dirige vers la porte.

— J'aurai essayé. Je ne regrette rien, Ellie. Si tu changes d'avis, tu sais où me trouver.

Je remarque une silhouette dans sa voiture, assis côté passager. Un homme fort et chauve. Celui qui déposait Anca au travail.

— Ton ami ne voulait pas entrer ?

David sort de la maison, remontant son col et plissant des yeux sous la pluie.

— Bill ? Non. Il m'accompagne à un rendez-vous. Ne t'inquiète pas pour lui. Il est payé pour m'attendre.

33

Dès l'instant où la Range Rover disparaît, la porte du fond s'ouvre.

— David était là, dis-je sans me retourner.

Luca se plante à côté de moi. Dehors, l'orage s'est amplifié. Nous fixons l'allée déserte en silence, les arbres secoués par le vent. Une branche se brise et s'écrase sur le gravier, sa chair blanche semblable à un os.

— Qu'est-ce qu'il voulait ? Est-ce qu'il a parlé de moi ?

— Il a des soupçons. Je pense qu'il voulait vérifier si vous étiez là.

Luca s'éloigne de la fenêtre. Je pousse un soupir.

— Il faut qu'on soit prudents. David vous croit coupable, comme le reste du village.

J'ai les mains glacées. Je les frotte l'une contre l'autre. Des nuages gris s'entremêlent dans le ciel, se transformant en une masse noire. Un vrai déluge. L'eau martèle les fenêtres, fouette les arbres et les buissons.

— Vous me faites confiance, Ellie. N'est-ce pas ?

J'ai mis tous mes œufs dans le même panier, pensé-je. Je revois ceux qu'il a déposés avec délicatesse dans les nids de mousse. Je hoche la tête.

La tempête empêche Luca de travailler dehors. Tant mieux. Je prépare une soupe à la tomate, que l'on déguste avec du pain beurré. Les carreaux sont embués. Nous sommes à l'abri, dans notre cocon, emprisonnés derrière un rideau de pluie.

Il trempe un morceau de pain dans la soupe et termine son repas. Je tends une main pour ramasser son bol. Nos doigts s'effleurent. Je frissonne. Il retire sa main, la place sous la table. J'empile les bols dans l'évier. Mon imagination me joue des tours. Cette attirance n'est qu'une illusion. Je suis comme une enfant.

Son bol m'échappe, tombe au fond de l'évier.

— Pourquoi vous méfiez-vous de David ? Est-ce qu'Anca vous a confié quelque chose ?

— Elle s'est mise en colère quand je lui ai posé la question. Elle m'a reproché d'inventer des histoires.

— Votre instinct vous dit le contraire.

Il hausse les épaules.

— Des rumeurs circulent sur les autres fermes.

— Avez-vous vérifié par vous-même ?

— J'ai essayé. Plusieurs fois. Trop de sécurité. Je n'ai jamais réussi à entrer.

Je repense au domaine de David, à quel point il m'était simple de franchir les grilles, de me promener, de me diriger vers la ferme et les caravanes. Je n'ai rien vu de suspect. Seulement des gens qui travaillaient et emballaient les fruits.

Luca allume la radio, choisit une station de rock. Il fixe le jardin avec une intensité déconcertante. J'ai l'impression qu'il se sent prisonnier, comme un oiseau en cage. J'allume le chauffage pour la première fois de l'année. Je retiens mon souffle, priant pour que la chaudière ne tombe pas en panne. Luca va de pièce en pièce pour purger les radiateurs, soulagé d'avoir une tâche à accomplir. Tant qu'il pleut, il n'y a rien d'autre à faire.

Il retire ses bottes et s'assoit sur le canapé avec son roman allemand. Il a raccommodé sa chaussette à l'aide du même fil vert que celui de son sac à dos. Mon regard se pose sur la forme intime de ses orteils. Gênée, je m'assois dans mon fauteuil et j'ouvre un livre. Je suis incapable de me concentrer. C'était ainsi que Will et moi nous installions le soir. Chacun d'un côté de la cheminée. Le visage de Luca, anguleux, taillé comme la pierre, remplace celui de mon mari, doux et rond. Luca croise mon regard. Je cligne des yeux, m'éclaircis la voix.

Les fleurs de David sont restées sur le buffet, abandonnées, sans vie. Je me lève, je m'empare du bouquet et je le jette à la poubelle, laissant claquer le couvercle derrière moi.

La pluie est incessante. Les flaques se transforment en mares. La pelouse est détrempée. Le tonnerre gronde. Inquiète, j'enfile mon ciré et mes bottes pour aller voir les animaux. Luca me suit, sa veste sur la tête, glissant sur le sol boueux. Il enferme les poules dans leur poulailler. Muscade et Gilbert sont déjà à l'abri dans l'étable. Muscade est plantée dos à la pluie, Gilbert sous son ventre. J'étale du foin dans l'appentis, en guise de lit. Luca leur laisse un seau d'eau pour la nuit.

— Vous portez l'eau à la rivière, dis-je en souriant.

Il fronce les sourcils, perplexe. Des gouttes d'eau dégoulinent de ses cheveux et s'écrasent sur ses yeux.

— C'est une expression, dis-je. Elle n'est pas vraiment drôle.

Nous courons jusqu'à la maison. Des éclairs zèbrent le ciel noir, dessinant les silhouettes des arbres. À l'intérieur, nous secouons nos vêtements trempés. Sa veste en cuir empeste l'animal.

— Je vais me coucher. Bonne nuit, Luca.

Je me retiens de croiser son regard, l'empêchant d'interpréter des choses que je ne comprends pas moi-même.

Je suis en train de me brosser les dents quand j'entends un cri. Je crache mon dentifrice dans le lavabo, tends l'oreille. Luca m'appelle. Je m'essuie la bouche et le rejoins sur le palier.

Il a un seau à la main, les yeux rivés sur le plafond. Une tache sombre s'étale sur le plâtre. L'eau ruisselle le long du mur et s'écrase sur le sol. Luca pose le seau à ses pieds. Le rythme des gouttes s'accélère, un bruit métallique brise le silence.

— Le vent a déplacé une tuile, soupiré-je.

— Je peux monter dans le grenier pour vérifier.

Je me précipite dans ma chambre et récupère le crochet qui ouvre la trappe. Luca saisit une lampe de poche dans sa bouche et grimpe aux barreaux de l'échelle, disparaissant dans le noir.

J'ouvre les placards de la cuisine, j'en sors trois casseroles et les installe à l'étage, sous les fuites les plus abondantes. J'entends Luca se déplacer au-dessus de ma tête, des frottements et des coups. L'eau cascade dans les récipients. Le tapis fait des bruits de succion sous mes pieds nus. Je vide le seau dans la baignoire.

Luca redescend, cheveux plaqués au front et épaules trempées. Il a cet air qu'ont les hommes par temps de crise, un brin suffisant, obnubilé par la tâche en cours, comme si rien d'autre n'existait.

— J'ai besoin d'outils. Il y a un trou dans le toit.

Je propose de l'aider. Il refuse. Pour m'occuper, je file dans la cuisine me préparer un thé. Le liquide brunâtre est trop chaud. Je souffle dessus. Si Will avait été là, c'est moi qui serais montée dans le grenier. J'étais plus bricoleuse que mon mari.

Luca me rejoint quelques minutes plus tard, m'annonçant que les dégâts sont réparés.

— J'irai vérifier demain, après la pluie.

— Merci, dis-je d'un air renfrogné.

— Ça va, Ellie ?

J'aimerais lui expliquer ce que je ressens, mais je ne trouve pas les mots. Une boule de frustration gonfle en moi. Le problème ne vient pas de la fuite, ni du fait qu'il a pris les devants. C'est mon propre désir qui me dévore, et la peur que Luca ne partage pas mes sentiments.

— Tout va bien. Je suis juste fatiguée.

Je lui tourne le dos. Il pose une main sur mon bras.

— Regarde-moi.

Mon cœur s'emballe. Je plonge mon regard dans le sien.

— Dis-moi ce qui ne va pas.

Je suis incapable de répondre.

— Je ne suis pas à ma place ici, Ellie. Tu le sais. Je ne sais pas combien de temps je vais rester. Une semaine, deux, trois… Je m'en vais bientôt.

— Et alors ?

— Ce n'est pas juste. Pour toi.

— Tu n'as pas le droit de décider à ma place.

— Si. Ça nous concerne tous les deux.

Je parviens à peine à respirer. Il passe un doigt sur mes lèvres. Je m'empare de sa main et dépose un baiser sur sa paume.

— Je me fiche que tu partes. Tout ce qui m'importe, c'est que tu sois là, maintenant.

Il inhale comme s'il avait mal quelque part. Je lâche sa main. Il sent l'humidité du grenier et la transpiration. J'aperçois un éclat argenté autour de son cou, une chaîne qui lui colle à la peau. Je l'effleure du doigt.

— C'est la première fois que je vois ce collier.

— Il appartenait à ma sœur.

Des questions défilent dans ma tête, à propos de sa famille, de son départ, de son histoire, mais elles n'ont plus d'importance. Ses bras s'enroulent autour de moi. Mon ventre se contracte. Il approche son visage du mien, dépose ses lèvres contre les miennes.

Je l'entraîne dans ma chambre et sors une bougie de la commode. Il l'allume avec son briquet, m'observant à la lueur de la flamme. Je dois commencer par la vérité.

— J'ai couché avec David. On était ensemble. C'est fini, mais c'est arrivé.

— Je sais, répond-il à voix basse.

La bougie se consume peu à peu, projetant nos ombres jointes sur les murs et le plafond. Luca appuie son dos contre la tête de lit. Les oreillers et la moitié des couvertures traînent par terre. Ma tête est lourde sur son épaule. Il dessine des cercles sur ma peau.

— Je pensais que tu ne voulais pas de moi.

— Je t'ai voulue dès l'instant où je t'ai vue dans le jardin. Je pensais que je te faisais peur. Ensuite, quand j'ai emménagé dans le garage, j'ai compris que tu étais avec David.

— Parfois, tu me regardais… comme si tu me détestais.

— Jamais. Jamais, Ellie. Mais je me méfiais. Je ne connaissais pas les détails de ta relation avec David. Je me demandais si tu étais au courant de ce qu'il cachait.

— Tu n'avais pas confiance en moi ?

— J'avais confiance en toi, pas en la situation.

Il penche la tête, lèche mon poignet. Et tout recommence. Les baisers. L'exploration lente et délibérée de nos corps. Je suis enivrée par sa force physique, par l'intensité de sa passion, comme s'il était prêt à me dévorer. Nous glissons l'un contre l'autre. Dents et langues et ongles. C'est tout ce qui compte. Cet instant. Le passé et le futur s'entrechoquent. Luca a toujours été là. Sur cette barque, il y a tant d'années, c'était son visage dans la lune, son corps que je cherchais à atteindre.

Derrière la porte restée ouverte, les gouttes d'eau s'écrasent dans le seau et les casseroles. Plus lentes, plus rares. Leur tintement ressemble à une percussion de jazz, à une horloge qui ralentit, victime du temps qui passe.

34

Le lendemain matin, mon corps et mon esprit sont en éveil. J'ai peur d'ouvrir les yeux, de trouver un oreiller vide. Mais Luca est bien là. Il sourit. Son visage se plisse. Il m'attire contre son corps chaud, m'enveloppe dans ses bras. J'inhale le parfum poivré de sa peau.

— Tu rêvais.
— Ah bon ?

Je me redresse sur un coude, passe une main dans mes cheveux. Luca s'allonge sur le dos, un bras sous la tête, détendu comme si nous nous connaissions depuis des années. Les poils de son torse sont gris, ses muscles épais et denses, sa peau souple comme celle d'un jeune homme. Je pousse un soupir. Je n'ai pas envie de bouger, mais j'ai mal à l'épaule et il faut que j'aille aux toilettes.

Je sors du lit en serrant le drap contre moi, à la recherche de ma robe de chambre.

— Non, Ellie.

Je me retourne, surprise.

— Ne te cache pas. Je veux te voir.

Je laisse tomber le tissu et je me lève lentement.

— Tu es belle.

Je retiens mon souffle. Il pousse la couverture, se lève et s'étire.

— Il ne pleut plus. Je vais réparer le toit.

Il me serre dans ses bras. J'écoute les battements de son cœur. Dehors, les ombres des nuages se déplacent sur les prés et le verger, noircissant la forêt et les champs de David.

Luca boit un thé avant de sortir dans le jardin. Il disparaît en boitant derrière la cabane. Je repense à ce qu'il m'a dit. *Une semaine, deux, trois... Je m'en vais bientôt.*

Pas encore, pensé-je. *Il ne part pas encore.*

Il est temps de retourner au salon de thé. J'ai des gâteaux à préparer. Je monte dans la Fiat et conduis jusqu'au village, appréciant ce moment de solitude. Je n'ai pas envie d'écouter la radio, ni de musique. J'ai besoin de silence pour tout absorber, rejouer le film de cette nuit, sentir son odeur, son goût. Je souris malgré moi.

Je ralentis et m'arrête à un croisement. Des migrants travaillent dans le champ d'en face. Leurs silhouettes font désormais partie du paysage. Ils pourraient partir s'ils en avaient envie. Ici, il n'y a ni grilles, ni clés.

Au village, Mary me salue de la main.

— J'attends la girouette, me dit-elle.

— Pardon ?

— On a remporté le concours. Tu ne savais pas ?
— Félicitations. Vous avez gagné une girouette ?

Elle hoche la tête, triomphante.

— Village le mieux entretenu du Kent ! Au fait, j'étais choquée d'apprendre la nouvelle concernant ton... locataire. Tu ne t'es pas sentie en danger ?
— Non. Les rumeurs sont fausses. Luca n'est pas coupable.
— Il est retourné en Roumanie ?

Je hoche la tête.

— Anca et Luca sont partis. Il est temps de les oublier et de passer à autre chose.

La journée est calme. Kate me demande si elle peut prendre sa semaine pour terminer sa formation.

— Bien sûr. Ce n'est pas comme si on croulait sous les clients.

Le brigadier s'installe à sa table habituelle. Je lui sers un scone et une tasse de thé. Il pose son journal et lève la tête vers moi.

— J'ai appris la nouvelle, dit-il. Je vous avais prévenue.
— Luca n'est pas...
— Je ne parle pas de l'étranger, mais de David Mallory.
— Je ne comprends pas.
— Cet homme a mené Henrietta en bateau. Moi, il ne m'aura pas.
— David a été honnête avec moi. Il m'a parlé de son passé.
— Les mésaventures de cette jeune migrante n'au-

raient pas eu lieu si la ferme appartenait encore aux Aiken-Brown.

— Peut-être. De toute manière, David et moi ne sommes plus ensemble.

Le brigadier me dévisage avec pitié avant de rouvrir son journal.

35

Les journées sont de plus en plus courtes. J'ouvre l'étable pour Muscade et Gilbert, j'étale de la paille fraîche et m'assure que leur seau d'eau est plein. Il fait sombre. Je ne vois pas plus loin que le bout de mon nez. En me redressant, j'aperçois un mouvement du coin de l'œil. Sûrement un hérisson, ou un rat. Je plisse les yeux. La silhouette est plus solide que l'ombre, plus grande qu'un animal. Beaucoup plus grande.

— Qui est là ?

Un bruissement. Un grognement. J'attrape le râteau posé contre le mur et j'avance en le brandissant.

— Je suis armée ! Levez-vous. Lentement.

J'essaie de paraître sûre de moi, mais j'ai la voix qui tremble. La créature cesse de bouger. J'ai envie d'appeler Luca, mais la maison est trop loin et je n'en ai pas la force.

— Qui êtes-vous ?

La chose se lève, s'élargit, se déroule. Je recule d'un pas, la main serrée autour du manche. La créature gémit et titube. On dirait une femme. Elle tend les mains vers moi.

— S'il vous plaît…

Je reconnais cette voix. Je lâche aussitôt le râteau. Son visage est éclairé par la lune et déformé par la douleur. Je la prends dans mes bras. Je sens son ventre, rond comme un ballon. C'est alors que je comprends. Elle est sur le point d'accoucher.

— Anca.

Elle s'effondre sur moi. Mes jambes se dérobent sous son poids. Je me redresse, la soutenant par les épaules.

— Vous pouvez marcher jusqu'à la maison ?

Elle hoche la tête. Nous sortons de l'étable en chancelant. Elle est à bout de souffle et grogne de douleur. Je suis terrifiée.

— Vous avez perdu les eaux ?

Un *oui* guttural s'échappe de sa bouche. Je lève la tête. Les lumières de la maison sont allumées. Où est Luca ? Anca trébuche, traîne des pieds, se rattrape à moi. Une douleur aiguë me transperce l'épaule. Je hurle.

La porte s'ouvre. La lumière transperce la pénombre, dessine un chemin sur le sol. Luca court jusqu'à nous et soulève Anca. Il l'entraîne dans la cuisine. Elle s'affaisse contre le dossier d'une chaise. Luca lui parle en roumain, la force à s'asseoir. Je pose une main sur son épaule.

— Elle ne peut pas. Elle va accoucher.

Anca bouge les lèvres, murmurant une prière silencieuse. Elle a la peau grise, recouverte d'un voile de sueur.

— Elle était dans l'étable. Il faut appeler un médecin. L'hôpital.

— Non ! Non. Il arrive. Maintenant.

Anca s'agrippe au dossier, ferme les yeux. Je n'ai pas le temps de réfléchir.

— Venez dans le salon. Luca, j'ai besoin de mes ciseaux de couture. Et de draps. Plein de draps propres. Ils sont dans l'armoire.

Dans ma tête, j'essaie de me rappeler ce que j'ai appris à l'école. Je jette des coussins par terre.

— Vous serez plus confortable à genoux, mais allongez-vous d'abord sur le canapé. Il faut que je vous examine. J'ai suivi une formation de sage-femme.

— Je... Je suis... infirmière, dit-elle tandis que j'enlève sa culotte et soulève sa jupe.

— C'est vrai ?

Elle se mord la lèvre. Elle a raison. Pas le temps de l'envoyer à l'hôpital. Je touche la tête du bébé. Une courbe osseuse, glissante et tiède. Anca se tord de douleur. Elle descend du canapé et se met à genoux. La violence de son besoin d'expulser le bébé la traverse de part en part. Elle risque la déchirure.

— Attendez ! Ne poussez pas encore.

Elle ne m'entend pas. Elle lutte et gémit, les épaules raidies par l'effort. Son corps entier convulse et le bébé glisse dans mes mains, blanc et gigotant. Le poids de son corps me surprend. Il tourne la tête. Je glisse un doigt dans sa bouche pour m'assurer qu'il respire. Ses lèvres s'entrouvrent, dévoilant ses gencives nues. Un cri perçant vrille le silence. Mon ventre se contracte.

Je plie un coin de drap et m'en sers pour essuyer le sang et le vernis de son visage. Ses yeux gonflés restent fermés. Je dépose le bébé sur mes genoux et j'examine sa peau plissée, son torse, ses deux bras et ses deux jambes. Un garçon.

Le cordon ombilical pend entre les cuisses ensanglantées d'Anca, épais et ondulé. Elle a rampé et s'est allongée sur le canapé, épuisée. Le placenta n'est pas encore sorti. Elle n'a pas le droit de s'endormir.

— Regardez, dis-je en plaçant le bébé contre elle. C'est un garçon.

Elle tourne la tête dans l'autre sens, le regard vide. Son bébé a besoin d'elle, pleure de faim et de frustration. Elle l'ignore. Comme si elle n'entendait rien, ne sentait rien. Elle est sous le choc. L'accouchement est allé trop vite. Elle a peut-être besoin de points de suture.

Je serre sa main dans la mienne.

— Je sais que vous êtes fatiguée, mais ce n'est pas terminé. Vous ne voulez pas le voir ? Il a faim, Anca.

Une larme dévale sa joue. Sa main est immobile dans la mienne. Horrifiée, je découvre qu'elle est couverte d'ampoules et de plaies suintantes. Des boutons rouges parsèment sa peau jusqu'au coude.

Le bébé hurle. Je le prends dans mes bras et l'enveloppe dans une serviette. Il se blottit contre mon cou comme un chaton, orientant sa bouche vers mon oreille pour téter. Frustré, il pleure à nouveau.

Je meurs d'envie de le nourrir, de le réconforter. Je ne peux pas bouger. Il est encore attaché au placenta.

— Luca !

Il est déjà là, le visage rongé par l'inquiétude.

— Tout va bien ? Le bébé ?

— Un garçon. Je pense qu'elle ne veut pas le nourrir. Est-ce que tu peux aller à Canterbury ? On a besoin de lait pour nouveau-né, de biberons, de couches et de vêtements. Des grenouillères, si tu en trouves à cette heure-ci.

Luca touche la main du bébé.

— Il est beau. Donne-lui un peu d'eau sucrée sur ton doigt pour le calmer. Je vais en préparer avant de partir.

— Anca a des blessures sur les mains.

Il se met à genoux devant elle, murmure en roumain. Elle ne répond pas. Il inspecte ses poignets, ses bras. Il se penche, hésitant. Je me demande s'il va l'embrasser. Il se contente de se lever en soupirant.

— Tout va bien se passer, Ellie. Je reviens vite.

Et si quelqu'un le reconnaissait ? Et s'il était arrêté, ou avait un accident ? Je ferme les yeux et respire profondément. C'est une urgence. Nous n'avons pas le choix.

Anca s'est tournée vers le dossier du canapé. Elle ne répond pas quand je lui parle. Son bébé s'est résigné. Il hoquette doucement. Je plonge mon index dans l'eau sucrée et je l'approche de ses lèvres. Il ouvre la bouche et suce le liquide. La frustration déforme ses traits. Très vite, je replonge mon doigt dans l'eau et le glisse dans sa bouche affamée. Il s'habitue au geste et à l'absence, attendant mon retour comme un bébé oiseau.

— Je sais que tu veux du lait, mais c'est tout ce que j'ai pour le moment.

Il fronce les sourcils comme un vieillard. J'inhale son odeur de nouveau-né. Une odeur que j'avais oubliée.

— Tu es en sécurité. Je promets de te protéger.

Anca a réussi à expulser le placenta. Aucune déchirure, pas de lésions internes. C'est un miracle. Elle a des bleus à l'intérieur des cuisses, mais ils datent d'avant l'accouchement. Elle refuse toujours de voir son enfant.

Je ne sais pas combien de temps s'est écoulé depuis le départ de Luca. Une heure ? trois heures ? J'ai perdu la notion du temps, mais cela me semble trop long. Je me plante derrière la fenêtre et j'ouvre les rideaux, les yeux rivés sur l'allée sombre. Les arbres et les buissons remuent contre le ciel noir. Le vent s'est levé. Je me ronge les ongles, tends l'oreille. Derrière moi, le placenta repose sur une serviette ensanglantée. Le bébé dort près de sa mère. Il a encore faim, mais il est trop fatigué pour rester éveillé.

Une voiture tourne dans l'allée. Mon cœur s'emballe. Je cours jusqu'à l'entrée. Luca a les bras chargés de sacs. J'ai envie de le serrer contre moi, mais je retourne dans le salon, effrayée à l'idée de laisser le bébé sans surveillance sur le canapé.

— Je me faisais du souci.

— Il m'a fallu du temps pour tout trouver. Je vais préparer le lait. Est-ce qu'Anca s'est intéressée à l'enfant ?

Je secoue la tête. Déçu, il disparaît dans la cuisine. J'entends le clic de la gazinière, les bruissements des sacs en plastique. Je retourne auprès du bébé. J'appelle Luca et lui demande de stériliser les ciseaux pour couper le cordon.

— J'ai aussi besoin de corde, ou de laine.

— Non, dit-il en s'accroupissant. Pas besoin de le pincer. Il est prêt à être coupé ou brûlé.

— Comment le sais-tu ?

— Au cirque, les femmes n'accouchaient jamais à l'hôpital. Et je me suis occupé de beaucoup d'animaux. Les chiens, les chats, les lions mordent le cordon quand il est prêt.

Il a raison. Le cordon se coupe net. Luca approche une bougie de l'extrémité. L'odeur de chair brûlée me donne la nausée.

— C'est le meilleur moyen de le stériliser.

Le bébé a ouvert les yeux un instant, puis il s'est rendormi, enveloppé dans sa serviette, blotti contre sa mère. Anca continue à l'ignorer. Je me lève et m'étire, secouant mes mollets engourdis.

— Il faut le laver, lui mettre une couche et lui donner à manger. Anca a besoin d'un bain et qu'on soigne les plaies sur ses mains.

Luca se gratte le nez.

— Je pense que ce sont des brûlures. Une allergie aux produits chimiques.

Il me serre dans ses bras et dépose un baiser sur mon front.

— Bravo, Ellie.

Malgré la fatigue, une vague de chaleur déferle sur moi, une joie sirupeuse et dorée.

36

Le lendemain, je m'arrête devant la chambre d'amis avec le bébé dans les bras. J'ai changé les draps et j'y ai installé Anca. Je lui ai donné de l'arnica pour soigner ses bleus. J'espère qu'elle a dormi. La journée est passée vite. Il faut absolument qu'elle rencontre son fils.

Je tends l'oreille. Luca est à l'intérieur, en train de discuter avec elle. Quand j'ouvre la porte, elle est assise, la tête contre l'oreiller. Elle porte une de mes chemises de nuit. Sa peau est grise contre les draps blancs. Luca est debout, sourcils froncés. L'atmosphère est tendue.

— Comment allez-vous ? dis-je en m'asseyant au bord du lit.

Je pose le bébé endormi sur mes genoux. Sa tête est lourde contre mon bras.

— Je me sens mieux. Merci pour hier soir.

— Vous voulez le prendre dans vos bras ?

Elle me fixe en silence, le regard vide. Luca touche mon coude.

— J'ai demandé à Anca ce qui se passe à la ferme.

Il lui parle en roumain. Anca lui répond, épuisée et sur la défensive.

— Qu'est-ce qui se passe ?

— Elle dit qu'elle travaillait illégalement. Les marques sur ses bras sont dues aux produits chimiques qu'ils utilisent sur les fruits. David ne fournit pas de gants à ses employés.

Je repense aux gants jaunes qu'elle portait en faisant le ménage, à la façon dont elle avait tiré dessus en entrant chez moi, recouvrant ses avant-bras.

— Il faut appeler la police et envoyer Anca à l'hôpital, pour s'assurer que tout va bien.

— Non ! S'il vous plaît… Je n'ai pas de papiers. Ils vont m'expulser. M'envoyer en prison.

Elle s'agite, tente de sortir les jambes de sous la couverture.

— D'accord, dis-je pour la calmer. Je n'appellerai personne. Pas encore. Et le père du bébé ? Qui est-ce, Anca ?

Elle secoue la tête.

— David m'a parlé d'un autre travailleur roumain.

Son visage se ferme. Luca nous tourne le dos, bras croisés, face à la fenêtre.

— Je n'appelle personne pour le moment, mais sachez que si David emploie des migrants illégalement, c'est lui qui aura des problèmes. Pas vous.

Anca n'a pas l'air convaincue. Le bébé gigote dans mes bras, bâille et dévoile sa petite langue.

— Je vais faire à manger. Un bouillon de poulet et des tartines. Dites-moi si vous voulez autre chose.

Anca ne réagit pas.

— Comment voulez-vous que j'appelle votre fils ? Il n'a pas encore de prénom.

Je soutiens sa tête pour qu'Anca voie son visage, ses petits yeux entrouverts, prêts à explorer le monde. Elle hausse les épaules, murmure quelque chose en roumain. Je me tourne vers Luca.

— Elle dit que ce n'est pas son fils.

Nous laissons Anca dormir après le repas. Luca est appuyé contre le mur, m'observant en train de donner le biberon au bébé. Ses petits orteils se contractent de plaisir. Ses tempes battent sous ses cheveux noirs. Il est si petit, si fragile. J'ai peur de lui faire mal.

— Tu avais raison, dis-je à Luca. David mérite d'être poursuivi en justice.

— Je pense que la police s'intéressera davantage aux migrants qu'à lui.

— C'est-à-dire ?

— Il est possible que David ait confisqué leurs papiers et pratique la servitude pour dettes. Si c'est le cas, ces gens ont payé quelqu'un pour les faire entrer dans le pays. Ils doivent rembourser leurs dettes, payer leur logement et leurs repas. Ils ne gagnent rien.

— C'est illégal.

— Bien sûr, autant qu'employer des sans-papiers, mais David a des relations. Je suis sûr que son ami l'inspecteur de police est au courant. Peut-être même se fait-il de l'argent sur son dos.

— Qu'est-ce qu'on peut faire ?

— Rien, pour l'instant. Anca est la clé du mystère. Elle ne nous dit pas tout.

— David pensait qu'elle était partie en Roumanie.

— Il avait tort. Elle a fui la ferme, mais elle est restée dans la région. Elle a survécu toute seule.

— Maintenant qu'Anca est de retour, on peut prouver ton innocence.

— Ce n'est pas le plus important, Ellie. Anca est terrifiée. Elle nous cache quelque chose. J'aimerais gagner sa confiance. J'ai besoin de temps.

Mon ventre se noue. Je me penche vers le bébé.

— Quoi qu'il arrive, j'appellerai la police. Demain au plus tard. On ne peut pas gérer ce problème seuls, Luca. Je suis désolée.

— Ne me dis pas que tu leur fais confiance ? Tu es trop naïve, Ellie.

Ses paroles ont la force d'une gifle. Je peine à le regarder dans les yeux.

— Je suis chez moi, Luca. Contrairement à toi, je n'ai pas l'intention de partir. Je dois faire ce que je considère juste, pour tout le monde.

Il enfouit les mains dans ses poches, furieux.

— Je m'en vais.

— Luca !

La porte claque derrière lui. Je pose ma bouche sur la tête du bébé, fredonnant une berceuse. Je me concentre sur son souffle, sur son corps délicat. Il a besoin de moi autant que mon bébé, mon fils perdu à jamais.

37

Je me sers d'un tiroir comme berceau de fortune, d'un oreiller en guise de matelas et d'un drap plié en quatre. Le bébé se réveille toutes les deux heures. Des ombres se dessinent sur les murs. J'ai peur. Et s'il arrêtait de respirer ? Je ne peux pas dormir en même temps que lui. De temps en temps, je pose une main sur sa poitrine pour m'assurer qu'il est vivant.

À plusieurs reprises, je me lève et change sa couche. Un geste raide, automatique. Je descends dans la cuisine pour préparer son biberon. Les heures se mélangent. Il pleure. Je bondis, tirée d'un monde obscur, flou, peuplé d'hallucinations. Je me suis endormie avec le bébé sur la poitrine. Je le dépose dans son tiroir sans le réveiller.

La lumière du matin perce les rideaux, disséquant le sol. Je me sens vide. Mon regard se pose sur le berceau. Le bébé gémit et gigote. Il est déjà temps de se lever, de préparer le biberon, de vider le lave-vaisselle, de servir le petit déjeuner d'Anca. J'espère que Luca s'est occupé des poules. Je me traîne hors du lit en bâillant et je me penche sur le berceau, plongeant mes yeux dans ceux du bébé, incolores et impatients.

Dans la cuisine, je mesure le lait en poudre. Voilà ce que j'ai raté il y a tant d'années : ces petits instants du quotidien, la responsabilité de s'occuper de son enfant. Je n'ai jamais été seule avec mon fils. Je repense à l'odeur de l'hôpital, aux infirmières qui me regardaient le nourrir, prêtes à me l'enlever. Je glisse une mèche de cheveux derrière mon oreille et verse l'eau bouillante dans le biberon. Mon cerveau embué calcule mal la distance. L'eau éclabousse mon poignet. Je passe la main sous l'eau froide, les yeux rivés sur ma peau rougie. Je dois cesser de fantasmer. Je vais rendre son fils à Anca. Quand il pleurera, je n'irai pas le chercher. Je les laisserai seuls. Ses sanglots éveilleront son instinct maternel.

Je monte l'escalier, le bébé dans les bras, le biberon à la main. Je pousse la porte de la chambre d'amis avec mon pied. Le lit est vide, les draps défaits. Il y a des taches de sang sur le matelas. L'oreiller est froissé. Anca doit être dans la salle de bains. Je m'assois sur le lit et donne le biberon à son fils. Ses petites mains se posent sur la bouteille, ses doigts effleurant le plastique.

J'espère qu'Anca n'est pas tombée sur le carrelage, ne s'est pas évanouie dans la baignoire. Mon regard se pose sur le drap taché. Et si une lésion m'avait échappé ? Je blottis le bébé contre mon épaule. En me levant, je remarque un morceau de tissu par terre. Ma chemise de nuit. Les vêtements d'Anca ne sont pas sur la chaise. Je me plante devant la salle de bains. Je l'appelle. La porte n'est pas fermée. Le miroir au-dessus du lavabo ne reflète que mon propre visage.

Je fais le tour de la maison en hurlant son nom. Rien. Aucun signe de Luca non plus. Une vague de terreur s'empare de moi. J'entre dans le bureau de Will, où Luca entrepose ses affaires. Son sac à dos est là. Je suis soulagée, mais le temps passe et je reste sans nouvelles. Je vérifie le garage. Personne. Je l'appelle dans le jardin. S'il est parti, il aura besoin d'argent. Je me précipite dans le bureau, ouvre le tiroir. Les cinq mille livres sont à leur place. Je les compte pour m'en assurer. Je repense à l'argent qu'il a gagné en cueillant les fruits. Il le garde dans une enveloppe, dans la poche avant de son sac.

Je vide le contenu par terre. Ses vêtements, ses livres, sa tasse et une paire de chaussures s'écrasent sur le plancher. Pas d'enveloppe. Il l'a emportée avec lui. Je m'assois sur le fauteuil de Will. Le bébé s'endort dans mes bras, insouciant, satisfait. J'essuie une goutte de lait sur son menton. Je ne comprends rien. Dois-je appeler la police ? Les hôpitaux de la région ? Anca est peut-être malade.

Où Luca l'a-t-il emmenée ?

Dehors, le bruit familier d'un moteur, des pneus qui crissent sur les graviers. Je sais aussitôt de qui il s'agit. Le cœur battant, je dépose le bébé dans son tiroir et ferme la porte derrière moi. Je dévale l'escalier. Mes gestes sont alourdis par la peur, maladroits.

Vite ! Vite ! hurle une petite voix. *Ouvre-lui avant qu'il sonne.*

Je me jette sur la porte. David est planté sur le seuil.

— Bonjour, dis-je en nouant ma robe de chambre.

— Mary m'a dit que le salon de thé était fermé. Est-ce que ça va, Ellie ?

Il entre sans que je l'invite. Il a l'air différent. Préoccupé. Sa chemise est froissée, ses cheveux ébouriffés.

— Je suis malade. J'étais au lit.

Il pose ses doigts froids sur mon front.

— Tu es tout le temps malade. Tu ne prends pas soin de toi.

Je m'éclaircis la voix, feins une toux. J'espère qu'il ne remarque pas l'odeur de bébé dans la maison, un mélange de sang et de lait, de couches et de désinfectant.

— Tu n'as besoin de rien ? Tu ne devrais pas être seule dans cet état.

— Non, merci. J'ai juste besoin de repos.

Mon mensonge est crédible. J'ai des cernes, les yeux rouges, les cheveux gras.

— Kate ne pouvait pas tenir le salon de thé ?

— Non. Elle est en formation. C'était plus simple de fermer. Et puis, les clients sont rares, ces temps-ci.

Il me tourne le dos, sort de la maison. Soulagée, je pose une main contre le mur. C'est alors que je l'entends. Un sanglot. David s'arrête. Je retiens mon souffle. J'essaie de tousser pour masquer les pleurs.

Trop tard. Impossible de couvrir les hurlements qui s'échappent de ma chambre.

David revient sur ses pas, pose un pied sur la première marche de l'escalier.

— C'est un bébé ?

Il monte à toute vitesse. Je me précipite derrière lui. Il entre dans ma chambre, remarque le berceau. Il remonte le couloir, ouvre la porte de la chambre d'amis, de la salle de bains, du bureau.

— Où est-elle ?
— Anca n'est pas là. Elle est partie ce matin.

Je prends le bébé dans mes bras. Je le calme en lui tapotant le dos, en le berçant. David me rejoint dans la chambre.

— Tu aurais dû m'en parler. Tu sais que je me faisais du souci pour elle.
— Luca n'est pas le père.

Il me lance un regard noir, passe une main sur son menton mal rasé.

— Luca n'est pas en Roumanie, n'est-ce pas ? Il se cachait ici en attendant l'arrivée du bébé. Et tu l'as aidé…

Je fixe mes pieds nus sur le tapis.

— Laisse-moi deviner. Il est parti avec elle ?

Silence. Son visage s'attendrit.

— Ce n'est pas ta faute, Ellie. Tu es trop naïve. Ils ont tout manigancé sous notre nez. Ce sont des trafiquants.
— Anca m'a dit que tu employais des migrants illégalement. Je vais prévenir la police, David.

Il ignore ma menace.

— J'en ai déjà parlé à Charlie. Ils sont à leur recherche. Comment ose-t-elle abandonner son bébé ? C'est inadmissible.

— Comment savais-tu qu'Anca serait là ?

— Je ne le savais pas. Je voulais juste prendre de tes nouvelles. Tout s'explique. Cette femme se sert de sa gentillesse pour manipuler les gens.

Il fait les cent pas dans la chambre.

— J'ai beaucoup d'employés. La plupart ont de la famille qui cherche à entrer dans le pays pour travailler. Le désespoir les rend vulnérables. Une fois sur place, ils rapportent beaucoup d'argent aux trafiquants comme Anca.

Pour me calmer, j'aspire le parfum laiteux de l'enfant blotti dans mes bras.

— Bill m'a dit qu'il avait vu Anca et Luca discuter ensemble. Ce n'est qu'après le départ d'Anca que j'ai compris qu'ils se connaissaient déjà. Le viol était un mensonge pour nous attendrir. Ils sont sûrement amants.

— Anca avait les mains brûlées par les produits chimiques. Elle m'a dit que tu ne fournissais pas de gants à tes employés.

— Bien sûr que si ! J'insiste pour qu'ils les portent, mais certains refusent. Plus ils cueillent de fruits, plus ils gagnent d'argent. Les gants les ralentissent.

J'ai la tête qui tourne. Est-ce pour cette raison qu'Anca est venue dans mon étable ? Pour retrouver Luca, le père de son enfant ? Je n'ai pas le droit de perdre pied. Pour le moment, mieux vaut me taire.

David pose un doigt sous mon menton, me forçant à le regarder droit dans les yeux.

— Arrête ton petit jeu, Ellie. Je sais que tu ne me crois pas. Tu ne comprends rien. Tu ne les connais pas.

38

Après le départ de David, j'appelle le commissariat. J'ai les mains qui tremblent. Le réceptionniste me demande à qui je souhaite m'adresser. Ma gorge se serre.

— Allô ? Allô ?

Je raccroche. Je devrais appeler les services sociaux, mais ils m'enlèveront l'enfant et le placeront en famille d'accueil. Je préfère m'occuper de lui. Il me connaît. Je ne veux pas qu'on le ballotte d'un endroit à l'autre, entouré de voix inconnues, touché et porté par des mains étrangères.

Je ne lui ai pas donné de nom. Cette décision ne m'appartient pas.

La journée défile. Je le nourris, change ses couches, prépare des biberons tout en attendant l'appel de Luca. J'enveloppe le bébé et l'emmène dehors avec moi. Il faut que je m'occupe des poules. J'aurais besoin d'une écharpe pour le porter. Une poussette. Une liste entière d'articles que j'aimerais lui offrir.

Je travaille d'une main. Je le balance d'un côté,

puis de l'autre. Muscade passe la tête par-dessus la barrière pour le renifler. D'ici deux ans, il pourrait monter sur son dos, s'agripper à sa crinière avec ses petits doigts potelés.

Je balaie cette image de mon esprit. Cet enfant n'est pas le mien. Bientôt, je le donnerai à une autre. D'autres pensées vont et viennent dans ma tête. Les paroles de David. Comment expliquer la disparition de Luca et Anca ? Je suis épuisée. J'ai du mal à tenir debout. Je n'ai même pas la force de manger. J'emmène le bébé dans le salon. Il fait sombre. Les vitres noires me mettent mal à l'aise. Je tire les rideaux et m'affale sur le canapé avec sa petite tête douce sous le menton.

— Plus rien n'a de sens… sauf toi.

Je dépose un baiser sur son oreille. Je repense à Luca, à ses bras autour de moi, à ses lèvres explorant mes joues, mon nez et mes paupières. Je presse une main contre mon front jusqu'à en avoir mal.

D'abord, Will. Maintenant, Luca.

J'ai mal au bras. Le bébé s'est endormi. Je me demande s'il rêve. Je devrais le poser, mais je n'en ai pas envie. Je change de bras pour dégourdir l'autre. Je place ma bouche contre sa joue. J'aime la façon dont sa tête s'imbrique dans le creux de mon cou. J'aime quand il s'agrippe à moi pendant que je lui donne le biberon, quand il me regarde dans les yeux, perçant mon âme. J'ai examiné son ventre la dernière fois que j'ai changé sa couche. Le cordon flétri tombera d'ici une semaine, comme la queue d'un agneau.

Je l'ai fait naître. J'ai coupé son cordon. Mais il ne m'appartient pas.

Un claquement de portière me réveille. David ? la police ? Luca ? Je calme le bébé, réveillé comme moi. Je soulève le rideau et jette un œil par la fenêtre. On frappe à la porte. Je me dirige vers l'entrée, aux aguets. Quelqu'un se racle la gorge, puis frappe à nouveau. Plus fort, cette fois. Je me mords la lèvre. J'ai peur que le bébé se mette à pleurer.

— Ellie ?

Je soulève le loquet, tourne la clé. Kate est plantée devant moi, illuminée par l'éclairage extérieur. Je la fais entrer et ferme la porte à clé derrière elle.

— Qu'est-ce qui se passe ? À qui est ce bébé ?

— C'est une longue histoire. Tu veux boire quelque chose ?

— De l'alcool, s'il te plaît. N'importe lequel.

Kate a l'air d'aller mieux que la dernière fois que je l'ai vue. Elle est maquillée – lèvres rouges et paupières pailletées – et porte ses créoles en argent.

Elle s'assoit à table. Je sors une bouteille de vin blanc entamée du frigo. Je lui sers un verre. Je renifle la couche du bébé tandis qu'elle boit une gorgée.

— Il faut que je le change.

— Qui est sa mère ?

— Anca.

Elle manque de s'étouffer sur son vin.

— Anca ? Celle qui... Mon Dieu, le village entier parlait d'elle !

— Luca ne l'a pas... Ce n'est pas le père. Elle a

accouché ici, et elle a disparu. N'en parle à personne, s'il te plaît. C'est très compliqué.

— Elle a accouché ici ? Sans médecin ?

— J'ai suivi une formation de sage-femme.

— Qu'est-ce que tu vas faire du bébé ? Il est minuscule. Il s'appelle comment ?

— Il n'a pas encore de nom, dis-je en le berçant. C'est à Anca d'en choisir un. Je devrais appeler les services sociaux, mais je préfère attendre un peu, lui donner une chance.

Kate se lève et se penche vers l'enfant.

— Comment a-t-elle pu t'abandonner ? Regarde-toi. Tu es adorable ! Est-ce que tu sais où elle est partie ?

— Aucune idée. Quand je suis entrée dans sa chambre ce matin, elle avait disparu. Pas de message. Rien.

— Bizarre. Dépression *post-partum* ?

Je revois les yeux vides d'Anca, son refus de nourrir le bébé.

— Peut-être. Elle était sous le choc, et très malheureuse. Elle refusait de voir son bébé. Je n'ai aucun moyen de la contacter.

— Tu devrais prévenir la police.

— Je sais. Je lui donne encore quelques jours.

Elle me regarde jongler entre l'enfant et mon verre.

— Anca a de la chance d'être tombée sur toi. Tu as l'air à l'aise avec lui, mais tu n'es pas équipée. Tu n'as même pas de cosy.

Elle écarquille les yeux.

— C'est pour ça que tu as fermé le salon de thé ?

Quelle idiote ! Je n'aurais jamais dû partir ! Je suis désolée, Ellie.

Je secoue la tête.

— Tu ne pouvais pas savoir. Comment se passe ta formation ?

— Bien. Il faut que je t'avoue quelque chose, Ellie... mais j'ai peur que tu m'en veuilles.

Elle détourne le regard, baisse la tête.

— Ça a l'air sérieux. Laisse-moi changer le bébé. Je reviens dans cinq minutes. Sers-toi un autre verre.

Quand je reviens dans la cuisine, Kate est en train de se ronger les ongles. Je commence à me faire du souci pour elle.

— Je ne t'en ai pas parlé parce qu'il me l'a interdit. Il m'a dit que c'était notre secret. J'étais sous le charme. Je lui ai obéi.

— De qui parles-tu ?

— Adam. Je ne pensais pas qu'il s'intéressait à moi, mais il s'est mis à me rendre visite après le travail.

— À la Laiterie ?

Elle hoche la tête.

— Il était gentil, drôle, séduisant. Il m'a confié qu'il en avait marre de son père, des tensions à la maison. J'espérais qu'il m'embrasserait, mais il ne s'est rien passé. On a juste discuté. Il est passé me voir plusieurs fois.

— Tu n'aurais pas dû te servir de ton lieu de travail pour le rencontrer, mais ce n'est pas la fin du monde.

— Je n'ai pas fini, Ellie. Je pense que c'est Adam

qui est responsable de toutes les choses étranges qui se sont passées au salon de thé.

Je la dévisage, incrédule.

— Tu le vois toujours ?

Elle secoue la tête.

— La dernière fois qu'on s'est vus, c'était la veille du jour où on a trouvé le rat. Ce soir-là, j'ai essayé de l'embrasser. Il m'a avoué qu'il aimait quelqu'un d'autre. J'ai éclaté en sanglots, je l'ai supplié de rester. C'était pathétique. Il m'a dit qu'il n'avait jamais eu de sentiments pour moi. J'étais furieuse ! Le lendemain, on a trouvé le rat mort dans la salle. C'est là que j'ai compris... Il s'était servi de moi pour entrer dans la cuisine, pour toucher aux affaires derrière mon dos.

— Qu'est-ce qu'il lui a pris ? Il aurait pu nous faire couler !

Adam avait-il appris la vérité sur Will et Henrietta ? Voulait-il se venger ? Kate se met à pleurer. Son mascara coule sur ses joues. Elle attrape un mouchoir dans son sac et s'essuie les yeux. Je pose une main sur son épaule.

— Je ne t'en veux pas, Kate.

Je monte dans la chambre pour mettre le bébé au lit. Je laisse la porte entrouverte et descends dans la cuisine.

— Est-ce qu'Adam t'a parlé de moi ?

— Non. Il parlait beaucoup d'Henrietta et de David. Il vénère son père comme un héros.

— Et sa mère biologique ?

— Il ne m'en a parlé qu'une seule fois. Il avait

bu. Il était en colère. Il lui en voulait de l'avoir abandonné. Il disait que les femmes étaient faibles.

— Et William ?

Elle a secoué la tête, l'air surprise.

— Ils ne se connaissaient pas vraiment.

Je fais les cent pas dans la cuisine, tapotant les dossiers des chaises du bout des doigts. Je repense à la femme qu'Adam a rencontrée dans le café, à l'accord que David a évoqué. Je fronce les sourcils. Quel jour était-ce ? Un mercredi. À 11 heures. S'ils se rencontrent là-bas chaque semaine à la même heure, je pourrais les surprendre ensemble.

Kate se lève, ferme son manteau et me serre dans ses bras. Elle tremble comme une feuille.

— Merci de ta compréhension, dit-elle en s'écartant de moi. Qu'est-ce que tu vas faire pour Adam ?

— Rien. On n'a aucune preuve. Mais j'aimerais comprendre ses intentions.

— Et le bébé ? Le salon de thé ?

— Je vais attendre quelques jours, en espérant qu'Anca revienne. Sinon, j'appellerai les services sociaux. Le salon de thé peut rester fermé une semaine de plus. J'ai un peu d'argent de côté.

— D'accord. Appelle-moi si tu as besoin d'aide.

Elle sort de la maison et se dirige vers sa voiture. Ses talons glissent sur les graviers, son sac à main rouge se balance sur son bras. Elle me salue d'une main.

Je ne lui ai pas tout raconté. Je ne lui ai pas parlé de Luca. Kate me connaît trop bien.

Mon visage m'aurait trahie.

39

Le mercredi matin, j'appelle Kate pour emprunter un siège auto à sa sœur. Elle arrive une demi-heure plus tard et le sort de sa voiture en l'époussetant.

— Il est un peu taché, s'excuse-t-elle. Anca n'est pas revenue ?

— Pas encore.

Je transfère le siège dans ma voiture, essayant de comprendre comment l'attacher. Kate a l'habitude. Elle tire sur la ceinture et la glisse dans la coque en plastique.

— Voilà, Ellie. J'aurais pu garder le bébé, tu sais. Tu n'es pas obligée de l'emmener partout avec toi.

Elle a raison, mais je ne veux pas l'abandonner. C'est comme s'il était lié à moi par un cordon invisible.

— La prochaine fois.

— Tu vas faire des courses ?

Je hoche la tête. Je meurs d'envie de lui faire part de mon plan, mais c'est trop risqué. Kate raffole des ragots, et je lui en ai déjà trop dit. J'espère qu'elle ne parlera d'Anca à personne.

— Je n'en ai pas pour longtemps.

Munie de deux biberons, de couches et de lingettes, je file jusqu'à Canterbury. J'arrive au Jeu de tarot peu avant 11 heures. Aucun signe de la Defender d'Adam. La dernière fois, il est arrivé en retard. J'espère que ce sera encore le cas aujourd'hui. Le bébé dort, un filet de bave dégouline sur son menton. Je prends le risque de le sortir de son siège. Il remue et gémit. Je le berce pour le calmer et j'entre dans le café sombre.

L'odeur m'attaque les narines, un mélange de café et d'humidité. Le papier peint pèle sur les murs. Des étudiants bavardent autour d'une table. Un vieil homme est assis devant une fenêtre, le regard vide, un chien à ses pieds. C'est alors que je l'aperçois, assise au fond de la salle. Elle porte un béret et des lunettes de soleil.

Je m'arrête devant sa table. Elle lève la tête. Le choc me coupe le souffle. Saisie d'un doute, je fronce les sourcils, étudie son visage. C'est bien elle. Malgré sa nouvelle couleur de cheveux et les lunettes qui dissimulent ses yeux, je reconnais son nez fin, ses pommettes saillantes, sa bouche bien dessinée.

Le cœur battant, je serre le bébé contre moi.

— Henrietta ?

Elle se recroqueville sur son siège.

— Vous faites erreur, dit-elle d'une voix rauque.

Le bébé tousse contre mon cou. Sa présence me donne confiance. Je m'assois en face d'elle.

— Je vous reconnais.

Elle détourne le regard, pose une main sur son front.

— Je ne comprends pas. J'ai assisté à la cérémonie. Vous étiez *morte*.

Elle ressemble à un insecte avec ses grandes lunettes. Je m'agrippe à la table en repensant à la conversation entre David et Adam.

— David est au courant ? Il *sait* que vous êtes vivante ?

Elle tressaille, comme si je l'avais giflée. Elle se penche vers moi et saisit ma main. Ses longs ongles s'impriment dans ma peau.

— Ça suffit. On ne peut pas en parler ici.

Elle se lève et se dirige vers l'entrée du personnel. Je lui emboîte le pas. Nous traversons la cuisine. Un tintement de casseroles, une poubelle qui déborde, une chanson à la radio. Un jeune homme fume un joint, appuyé contre l'évier. Il nous regarde sortir par la porte du fond.

Dehors, Henrietta s'arrête entre deux bennes à ordures. Une odeur âcre s'en échappe.

— Comment m'avez-vous retrouvée ?

— J'ai suivi Adam. Je voulais savoir avec qui il avait rendez-vous.

— Ne le répétez à personne. Je vous en prie.

Elle enlève ses lunettes et me regarde droit dans les yeux. La lumière du jour trahit son inquiétude. Elle a la mâchoire serrée, la peau pâle.

— Étiez-vous vraiment malade… ou était-ce aussi un mensonge ?

Elle s'humecte les lèvres.

— Je ne peux pas vous répondre.

Le bébé se blottit contre ma joue. Henrietta se frotte les yeux. Je perds patience.

— Vous avez couché avec William, *mon* mari. J'exige des explications.

Elle a l'air surprise.

— Il ne s'est rien passé entre William et moi.

— J'ai trouvé vos affaires à la maison. Will a retiré de l'argent pour vous.

Je lève les sourcils, réfléchissant un instant.

— C'est *vous* qui me l'avez rendu, n'est-ce pas ?

— Oui, admet-elle. Adam l'a déposé dans votre boîte aux lettres. Je comprends que ces quelques indices vous aient induite en erreur.

— Dans ce cas, expliquez-moi.

— Je dois faire vite, dit-elle en jetant un œil furtif autour d'elle. Il y a des années de cela, je suis tombée amoureuse de David. Je l'ai épousé sans le consentement de mes parents.

— Je suis au courant.

Elle secoue la tête, impatiente.

— David a changé. Il était déjà par nature possessif, mais son comportement a empiré avec le temps. Il est devenu paranoïaque, dominateur. Il était déçu que je ne puisse pas avoir d'enfants et me le reprochait. Il s'est mis à détester tout ce qu'il aimait chez moi. On aurait dit qu'il cherchait à me punir, à se venger. La situation s'est compliquée après la mort de mes parents, quand David a récupéré la ferme. Je cachais les bleus sous mes vêtements. Quand ils étaient visibles, on se mettait d'accord sur une histoire commune.

Ses aveux me glacent le sang. Je revois la main de David autour de mon bras, le jour où je l'ai quitté. Henrietta, le bras dans le plâtre.

— Quand vous vous êtes cassé le poignet… et la cheville… C'était lui ?

Elle hoche la tête.

— Vous auriez pu le quitter, le mettre dehors.

Elle éclate d'un rire amer.

— Vous pensez que ça ne m'est pas venu à l'esprit ? Il s'excusait toujours, me promettait que c'était la dernière fois. J'avais envie de le croire. Parfois, il ne me touchait pas pendant des semaines, des mois, mais il revenait toujours à l'attaque. Quand j'ai demandé le divorce, il m'a reproché de lui gâcher la vie, de ternir sa réputation. Il a refusé de me laisser partir. Il ne voulait pas abandonner la ferme.

— Il n'avait pas le droit de vous retenir.

Elle m'offre un sourire triste.

— Je sais, mais j'étais terrifiée, et nous avions déjà adopté les enfants. Il fallait que je les protège, eux aussi. J'ai attendu qu'ils grandissent, et j'ai à nouveau demandé le divorce. David a refusé. Mon seul espoir, c'était la fuite, mais il contrôlait notre argent. Il me surveillait. Il vérifiait le kilométrage de ma voiture. Il m'interdisait de voir mes amis. Il était jaloux des autres hommes. Tous, sauf William. Quand Will a remarqué une trace de coup, il m'a posé des questions. C'était la première fois que j'en parlais à quelqu'un. J'avais tellement honte… Il m'a promis de m'aider. Il a gardé un sac avec mes affaires, prêt pour mon départ.

— William voulait vous aider à échapper à David ? Vous n'étiez pas amants ?

— Bien sûr que non. Comment avez-vous pu croire une chose pareille ? Will m'a prêté de l'argent. Il devait passer me chercher en secret et me déposer à la gare. Entre-temps, j'ai découvert que David couchait avec une migrante. Je l'ai menacé d'en parler à tout le monde. Il était fou de rage. J'ai cru qu'il allait me tuer. Il avait peur du scandale. Je lui ai promis de garder le secret, à condition qu'il me laisse partir. Il pouvait raconter ce qu'il voulait à mon sujet. Tout ce qui m'importait, c'était de continuer à voir mon fils et récupérer ma part de notre fortune. Je ne pouvais pas passer une minute de plus avec lui dans cette maison.

J'ai la tête qui tourne, assommée par sa confession.

— David a mis en scène votre mort pour sauver sa fierté ? Et vous l'avez laissé faire ?

— Cet homme est prêt à tout pour préserver son image, pour qu'on le respecte.

— Et vous avez joué le jeu ?

— Vous ne connaissez pas le vrai David. Désormais, il ne peut plus me faire de mal. J'en sais trop à son sujet. Il donne l'impression de tout maîtriser, mais il a des problèmes financiers. Je lui ai demandé de vendre la ferme, sans quoi il n'aura jamais les moyens de me verser ma part. Mais il est têtu. Il refuse de vendre. Tout ce que je veux, c'est mon argent. Je n'ai pas envie de me venger, ni de le traîner en justice. Ce serait un scandale, et cela ferait souffrir les enfants.

— Adam et Rachel sont au courant ?

— Quand ils étaient petits, ils pensaient que j'étais maladroite. La violence avait lieu à l'abri des regards. Le docteur Waller me soignait en cachette. En grandissant, ils ont senti que quelque chose ne tournait pas rond, mais je ne leur en ai jamais parlé directement.

Elle fouille dans son sac et en sort un mouchoir.

— Avec le temps, je recolle les morceaux, je redeviens moi-même. J'ai vécu dans ce village toute ma vie, comme un oiseau en cage. C'est épuisant. Il faut sauver les apparences, être parfaite. Vos faits et gestes sont analysés, décortiqués.

— Rachel sait que vous êtes vivante ?

— Bien sûr. Les seules personnes à être au courant sont David, mes enfants et le docteur Waller. Mais Rachel est une vraie fille à papa. Je ne l'ai pas vue depuis mon départ.

— Vous avez mis en scène votre cancer ?

— J'ai toujours souffert de migraines. On est allés voir un spécialiste. C'est là que m'est venue l'idée.

— Qui a confirmé votre décès ?

— David a payé Peter Waller en échange d'un faux certificat. Vous n'avez pas remarqué que David aime avoir des gens utiles à ses côtés ? Ian, Peter ? Il sait faire chanter les autres quand il en a besoin. Il obtient toujours ce qu'il veut. Vous ne le connaissez pas.

Je me sens rougir malgré moi. Henrietta étudie ma réaction.

— Éloignez-vous de David. Pour votre bien.

Son regard se pose sur le bébé, comme si elle le remarquait pour la première fois.

— Il est bien jeune pour être sans sa mère.

— C'est le fils d'Anca. Je m'en occupe en attendant son retour.

Henrietta recule d'un pas, choquée.

— Le fils de David…

— Pardon ?

— C'est avec Anca qu'il couchait, dit-elle d'une voix tremblante. Il était obsédé par elle. Je n'ai pas réussi à l'aider. Je n'ai rien pu faire.

Elle jette un œil vers le café.

— Il faut que j'y aille. Adam est sûrement arrivé.

— David a forcé Anca à avoir des relations sexuelles avec lui ?

— Tout ce que je peux vous dire, c'est que je suis contente qu'Anca lui ait échappé.

Elle enfile ses lunettes de soleil. Elle a les doigts qui tremblent. Je pose une main sur son bras.

— Henrietta, que se passe-t-il à la ferme ?

— Rien. Il ne se passe rien. Certains travailleurs sont sans papiers, mais c'est le cas partout. Ne vous mêlez pas de tout ça, Ellie. Je vous en prie.

Elle se dirige vers la porte, jette un dernier regard par-dessus son épaule.

— Quand on est battue, on pense que tout est sa faute. On perd confiance en soi.

Des centaines de questions se bousculent dans ma tête.

— Pourquoi rencontrez-vous Adam ici ? Pourquoi pas chez vous, si vous avez peur d'être reconnue ?

314

— Je ne veux pas que David sache où je vis. C'est plus simple ainsi. Plus sûr. Désormais, il faut que je trouve un autre endroit. Adieu, Ellie. Nous ne nous reverrons pas.

Elle disparaît dans la cuisine. J'ai du mal à croire qu'elle était ici, il n'y a qu'un instant. Le bébé gigote dans mes bras. Il se met à gémir. Il a les yeux ouverts. De grands yeux bleus. Comme son père. Il a faim. Je dépose un baiser sur sa tête. Son innocence me donne envie de pleurer.

Je remonte l'allée, longeant d'autres bennes à ordures et les jardins voisins. Par-dessus les barrières, j'aperçois un chat noir, et une femme qui balaie. Je tourne au coin de la rue, passe devant le café. La Defender est garée dehors. J'imagine la mère et son fils réunis à l'intérieur. Le bébé pleure. Je le serre fort contre moi. Il me reste une dernière chose à faire avant de lui donner le biberon.

Je remonte le trottoir, à la recherche de la Mini, et je note le numéro de la plaque d'immatriculation.

40

La messagerie clignote.

— Ellie ? C'est moi. Je suis désolé d'être parti sans prévenir. Je reviens demain. Je te raconterai tout. Reste à la maison. Ne parle à personne. Surtout pas à David ni à Adam. Anca est avec moi. Ne t'inquiète pas pour elle. Reste à l'abri.

Luca. Il a dû m'appeler depuis une cabine. Il n'a pas de portable. Aucun numéro à rappeler. C'est terriblement frustrant. J'écoute le message plusieurs fois pour entendre sa voix. Il ne m'a pas abandonnée.

Sous la douche, je me frotte la peau jusqu'à ce qu'elle pique, insistant sur chaque endroit que les mains de David ont touché. Pourquoi n'ai-je pas su lire les signes, déchiffrer les indices ? Je me souviens de sa dispute avec Henrietta, de leur image de couple parfait, propre sur lui, charmant, froid et intouchable.

Je penche la tête sous le jet et laisse les aiguilles chaudes s'écraser sur mon crâne, masser mes paupières, inonder ma bouche.

Henrietta avait beau paraître différente, avec ses

cheveux blonds et ses nouveaux vêtements, elle était quand même terrifiée. Elle a échappé à David mais se cache encore. Elle ne m'a pas tout dit. Son histoire ne tient pas debout. Je crois aux coups, et au soutien de William. Mais pourquoi David a-t-il accepté de la laisser partir après avoir couché avec Anca ? Feindre sa mort était une solution extrême. Il devait y avoir autre chose. Elle n'a pas répondu à ma question concernant la ferme. Elle n'a pas non plus eu l'air surprise quand je la lui ai posée. Que m'a-t-elle caché ? Je fronce les sourcils, réfléchissant au temps qui s'est écoulé depuis la cérémonie. C'était il y a plus d'un an. Anca n'était pas encore enceinte, mais David couchait déjà avec elle.

Je sors de la douche. Je suis restée tellement longtemps que l'eau est froide et mes doigts plissés. Frissonnante, je m'enveloppe dans une serviette. Le bébé dort dans son berceau de fortune. Je fais les cent pas. Je me sens piégée, angoissée. Coupable. J'ai imaginé le pire alors que mon mari était innocent. Il a aidé une femme victime de maltraitance. Il était *vraiment* son chevalier servant.

Pardonne-moi, Will.

Vingt ans d'amitié, d'amour sincère et constant. Il méritait mieux de moi. J'ai enlevé toutes ses photos, je les ai rangées dans le noir, loin de ma vue. J'ai donné ses vêtements et effacé toute trace de lui dans notre maison. Je l'ai trahi.

Je me mets à genoux et j'ouvre notre coffre. J'y trouve un portrait de nous deux. Nous sommes à l'université, un soir de réception, bras dessus, bras dessous, bien habillés, souriants. Nos têtes se touchent. C'est la dernière photo que j'aie de lui.

Je la remets à sa place sur la cheminée. William m'observe avec ses grands yeux bleus. Je détourne le regard. J'ai la nausée, honte d'avoir laissé David me toucher. J'ai envie de me déshabiller et de prendre une autre douche. Je ne sais pas si je me sentirai propre un jour.

Je ne peux pas obéir à Luca. Je ne peux pas rester ici, à me tourner les pouces en l'attendant. Je veux savoir ce qui se passe dans cette ferme. En m'approchant de la grange, des caravanes, peut-être trouverai-je ce qu'Henrietta m'a caché. Luca n'y est pas parvenu parce qu'il est un étranger. On l'aurait aussitôt expulsé. Si on me surprend, je pourrai faire croire à une visite improvisée. David ne sait pas que j'ai rencontré Henrietta. Il n'a aucune raison d'être méfiant.

Je ne veux pas le revoir, mais je me sens prête. Prête à lui mentir.

La nuit est en train de tomber quand j'arrive chez Kate. Je sors le siège auto de la voiture avec le bébé endormi dedans. Il est lourd. Cet enfant grandit à vue d'œil. Je m'agrippe à la poignée, frappe à la porte. La mère de Kate m'ouvre, étonnée de me voir.

— Mme Rathmell ? Quelle bonne surprise !
— Bonsoir, Mme Smith. Est-ce que Kate est là ?

Son regard se pose sur le bébé. J'essaie d'employer un ton léger, enjoué. J'entre dans le couloir étroit et surchauffé. Les effluves du dîner s'échappent de la cuisine : côtelettes d'agneau, pommes de terre à l'eau. Kate sort du salon. J'entends la télévision derrière elle, des rires et des applaudissements.

— Bonsoir, Kate. Je suis désolée de débarquer sans prévenir, mais tu m'avais proposé de le garder. Est-ce que tu peux t'en occuper une heure ou deux ? Je n'ai pas vraiment le choix.

— Bien sûr.

Elle a l'air inquiète. Je lui souris, reconnaissante.

— Kate, tu aurais pu me dire que Mme Rathmell avait eu un bébé ! Regardez-moi ce bout de chou...

La voix de Mme Smith transpire de sous-entendus. Elle attrape le siège et le pose sur la moquette.

— Je ne suis pas sa mère, dis-je en posant le sac de biberons et de couches.

— Vous l'avez adopté ?

Pauvre Kate. J'imagine l'interrogatoire qu'elle subira dès que je serai partie. Je jette un œil vers le bébé. Un filet de bave coule sur son menton. Je m'accroupis pour l'essuyer.

— Merci, Kate. Je reviens vite.

Je gare la voiture dans un chemin, à l'abri des regards, aussi loin que possible de la route. Je marche jusqu'au virage des Mallory en trébuchant sur des touffes d'herbe. À mon grand soulagement, je ne croise aucune voiture.

Les grilles sont fermées. Je pose une main sur la barre du haut. Mon bras se tend, mon corps tremble. Elle est électrifiée. Une douleur intense traverse ma chair et mes os. Mes doigts s'ouvrent, raides comme des ciseaux. Je tombe. Le monde devient noir, rouge. Je manque d'air. Allongée par terre, je fixe la lune, qui me surveille d'un œil. Je roule sur le côté et me relève en me frottant le bras.

Je n'ai pas le choix. Il faut que je l'ouvre. Je pense connaître le code. La dernière fois que j'ai vu David, je suis restée un instant sur le paillasson, devant l'interphone. Un numéro était noté à côté. Je me concentre, essayant de tirer les chiffres de mon subconscient. J'ai une bonne mémoire. Je me souviens des numéros de téléphone de chaque maison où j'ai vécu.

Je tape le code sur le clavier. Après un second essai, les grilles s'ouvrent.

Je marche sur l'herbe pour ne pas faire de bruit. Je tends l'oreille, guettant un aboiement ou un bruit de pattes sur le gravier. Max et Moro. Je ne veux pas les rencontrer seule dans le noir.

Je passe devant le vieux chêne. La maison surgit de la pénombre. Quelques fenêtres sont éclairées au rez-de-chaussée et au premier étage. Je longe le bâtiment, me tapissant contre les buissons. Les épines des rosiers me piquent le bras. Je sais qu'un éclairage automatique se déclenche quand on approche des murs. Lorsque j'atteins les fenêtres de la cuisine, je pousse les feuilles d'un buisson de laurier et je m'accroupis dessous, sur la terre humide. Je prie pour que les chiens soient enfermés pour la nuit. Je me demande comment atteindre les caravanes sans être repérée.

Il y a du mouvement derrière les carreaux. Le rideau de la cuisine est ouvert. J'aperçois Adam, une bouteille de vin à la main. Je retiens mon souffle. Constanta entre dans la pièce. Elle se dirige vers l'évier. Adam dépose un baiser dans son cou. Elle fait la vaisselle, sèche les assiettes et les bols, puis enlève son tablier.

Je comprends tout. Son accent. Sa gêne le jour de notre rencontre. Constanta travaille pour eux. Elle a remplacé Anca en cuisine. Je me demande si elle vit sur place, dans une caravane.

La porte du fond s'ouvre. Constanta descend les marches avec un grand sac poubelle. Elle le jette dans la benne à ordures, s'enveloppe dans son manteau et se dirige vers la ferme à grandes enjambées.

Je tourne la tête vers la fenêtre. Personne. Adam a disparu. Je me précipite hors des feuillages, abandonnant ma cachette, et je rattrape Constanta. Je pose une main sur son épaule. Elle pousse un cri de surprise.

Je lui fais signe de se taire.

— Qu'est-ce que vous faites ici ? Allez-vous-en.
— C'est Anca qui m'envoie.
— Anca ?

Je hoche la tête.

— Elle est en sécurité.
— Libre ?
— Oui.
— Et le bébé ? Est-ce qu'elle a accouché ?
— C'est un garçon.

Elle pousse un soupir de soulagement.

— Vous avez un message pour moi ?

Je réfléchis, paniquée. Il faut que je sois prudente.

— Non. Elle voulait que je voie les caravanes.

321

— Elle n'a aucun message pour sa sœur ?
— Sa sœur ? dis-je en fronçant les sourcils.
— Moi.
Je cache ma surprise.
— Bien sûr. Elle voulait vous dire qu'elle allait bien, et le bébé aussi.
— Il ne faut pas rester ici. Adam s'en va, mais les autres vous trouveront.

Elle part à vive allure, tête baissée, les mains dans les poches. Je lui emboîte le pas et traverse le jardin désert, en balayant du regard les portes et les fenêtres. Un oiseau chante. Un animal fuit dans la pénombre. J'ai les mains moites.

Constanta s'arrête, fixant le mur de la grange.
— Une caméra. Là-haut. Prenez mon manteau.

Elle enlève son anorak, que j'enfile aussitôt. Je cache mon visage avec la capuche.
— Vite.

Elle se précipite vers une barrière, sort une clé de sa poche, pousse un portail et me laisse passer devant. Nous sommes dans un gigantesque champ labouré, longé d'arbres et encadré par une barrière. Les caravanes sont des rectangles pâles dans la nuit. Constanta se dirige vers la plus proche et ouvre la porte.

Je manque aussitôt d'oxygène. J'entends quelqu'un respirer. Constanta se sert d'un briquet pour allumer une petite lampe à gaz. La lueur projette des ombres sur son visage. J'ai l'impression qu'on m'observe. Je suis entourée d'yeux. Des visages pâles et hagards me fixent depuis des lits de camp superposés. Il doit y avoir huit ou dix femmes. L'une d'elles parle dans une langue étrangère. Constanta lui répond à voix basse.

— Notre chef va bientôt arriver, me dit-elle.

Je serre les poings, outrée.

— Vous dormez toutes ici ? Vous êtes trop nombreuses.

Elle hausse les épaules.

— C'est la même chose dans toutes les caravanes.

— Vous ne pouvez pas partir ?

— Pas de papiers, pas d'argent.

— Pas d'*argent* ? Vous n'êtes pas payées ?

Je repense à ce que m'a dit Luca. Constanta fronce les sourcils.

— Un peu. Mais on a des dettes. Beaucoup de dettes.

— Vous devriez fuir.

— Nulle part où aller. La police nous arrêtera.

Elle montre la porte du doigt.

— La nuit, on nous enferme à clé.

— Seulement la nuit, dis-je en examinant la caravane. Vous pourriez partir maintenant. Vous avez la clé du portail.

— Parce que je travaille chez eux. La nuit, ils me confisquent la clé. Quand on se plaint, ils nous battent.

— Vous allez nous aider ? murmure une voix dans le noir.

Une femme sort de sous sa couverture. Elle a les cheveux blancs et le visage ridé. Elle se met à genoux devant moi. Elle se met à pleurer. J'étudie ses mains. Je reconnais les plaies sur sa peau. Les autres s'assoient, parlent entre elles, s'agitent.

Constanta est terrifiée.

— Vite ! Ils arrivent !

Trop tard. La porte s'ouvre. Quelqu'un m'attrape par le poignet, m'attire sur son lit. Un corps roule sur moi. J'ai du mal à respirer. Un silence s'abat sur la caravane.

— La clé, ordonne une voix masculine. On éteint les lumières. Vous connaissez les règles.

Personne ne répond. L'homme éclate de rire et claque la porte derrière lui. J'entends la clé tourner dans la serrure. Un bruissement de chaîne. J'essaie de me redresser. Je me cogne la tête. Je sors du lit, cherchant mon portable et mes clés dans mes poches. Introuvables. J'ai dû les perdre devant les grilles, au moment de ma chute.

Les femmes parlent à voix basse. L'une d'elles allume une allumette. Le visage de Constanta s'illumine. Elle me regarde d'un air sévère.

— On va vous donner des vêtements. Quand ils viendront nous chercher, suivez-nous. J'attirerai leur attention, vous partirez en courant. Compris ?

— Quand ils viendront vous *chercher* ?

Elle hoche la tête avant que l'allumette ne s'éteigne.

L'obscurité est totale. J'entends des voix, des murmures. Des mains remuent autour de moi, touchent mon visage. Je sursaute. Je comprends qu'elles me tendent des vêtements. J'enfile un pull qui sent le moisi, et une veste par-dessus. Quelqu'un recouvre ma tête avec une écharpe.

— Allongez-vous. Il faut dormir, maintenant.

— Je pensais que vous étiez la petite amie d'Adam.
— C'est ce qu'il veut... mais c'est impossible. C'est du sexe, pas de l'amour. Je ne peux pas aimer un homme qui fait des choses pareilles.

Je m'allonge sur le lit, le corps collé à celui d'une étrangère. Sa hanche contre la mienne. Son souffle sur mon visage. Une odeur de crasse. Je respire par la bouche. J'aurais dû prévenir Kate. Personne ne sait où je suis. Je panique. Je suffoque. Je ne sens plus mes poumons.

Je m'allonge au bord du lit, le bras coincé sous le poids de mon corps. J'ai des fourmis dans la main. Je fixe la pénombre. Autour de moi, on tousse, on chuchote, on ronfle. De l'autre côté des cloisons de la caravane, un renard hurle. Non loin de là, le village dort paisiblement.

J'ai dû m'assoupir. On frappe à la porte. Ma voisine appuie sur mes épaules. Des jambes émergent des lits. Des visages endormis, des regards inquiets.

— Debout, murmure Constanta. Suivez-nous. Ne parlez pas. Fuyez dès que vous le pouvez.

Les femmes sortent de la caravane, descendent les marches et traversent le champ. Je recouvre mon visage avec l'écharpe, penche la tête et me faufile au milieu du groupe. Elles m'entourent, me protègent.

Nous traversons les herbes hautes et humides. Le jour se lève. Des traînées rouges lacèrent le ciel gris. Le brouillard matinal s'accroche au sol. Un autre groupe se dirige vers nous.

— Pas de bavardages, aboie un homme.

Je reconnais les employés en veste noire de la dernière fois, postés près de la barrière. Certains fument. D'autres nous poussent tandis que nous approchons du sentier. Ils donnent des coups dans le dos de certaines pour les faire trébucher. En passant devant eux je tire sur mon écharpe afin de cacher mon visage. Un vieux bus est garé dans l'allée. La portière est ouverte. Un chauffeur attend derrière le volant. Les femmes forment une rangée et montent les marches, épuisées, le dos voûté. En silence.

Je suis paralysée par la peur. Il ne faut pas que je monte. Jamais je ne réussirai à m'enfuir.

Puis j'entends du mouvement derrière moi. Je reconnais la voix de Constanta.

— Il faut que j'aille aux toilettes.

— Tu n'as qu'à pisser dans un sac. Monte.

Elle lève les bras au ciel, hurle de toutes ses forces.

— Non ! Je ne suis pas un animal !

Les hommes en noir l'encerclent.

— Maintenant, murmure une voix à mon oreille.

Je m'enfuis en courant, les coups et les cris de Constanta résonnant derrière moi.

41

Je tourne à gauche et me précipite dans un bâtiment agricole. À l'intérieur, je percute un corps lourd et dense. Je me retiens de hurler. Je sens de la fourrure sous mes doigts.

Mes yeux s'acclimatent à l'obscurité. La lumière du jour filtre à travers une fenêtre à barreaux. La créature est pendue à l'envers. La carcasse d'un cerf. Une odeur de sang. Quelque chose me pique le mollet. Un bois. Le sol est jonché de cartons remplis de membres d'animaux.

Je m'accroupis dans un coin, le cœur battant. M'a-t-on vue en train de m'échapper ? La peur me noue le ventre. Je vomis par terre. Et Constanta ? Je l'imagine allongée au sol, rouée de coups. Je me mords le pouce et repense à Luca, son œil enflé, ses blessures. Tout s'explique.

J'entends une voix de l'autre côté du mur. Un homme qui compte.

— Parfait. Tout le monde est là. Allez-y.

Le bus démarre et s'éloigne. Le pot d'échappement

toussote. Il y a du mouvement dehors. Quelqu'un éclate de rire.

— Cette salope l'a bien cherché.

Une odeur de cigarette. J'attends le silence, j'attends que la fumée s'estompe. Je suis terrifiée, mais je dois absolument sortir de là. Je n'ai pas le choix. J'ouvre la porte, je regarde à droite, puis à gauche. J'ai les jambes lourdes. Le ciel s'éclaircit. J'évolue d'ombre en ombre. Une lumière s'allume. Je m'arrête, retiens mon souffle, j'examine les toits et les poteaux, à la recherche de caméras de surveillance.

Il y a du bruit dans la grange principale, où les ouvriers emballent les fruits. J'écoute leurs murmures et leurs voix, le ronflement d'une machine. J'hésite à entrer, à demander de l'aide, mais je ne sais pas qui j'y trouverai, en qui je peux avoir confiance, qui accepterait de m'aider. Il faut que je me débrouille seule.

J'atteins une autre grange, vide, portes béantes. Un tracteur est garé au milieu. Il y a une montagne de tuyaux. Deux silhouettes discutent de l'autre côté de la cour. Sans réfléchir, je me précipite à l'intérieur. J'entends quelqu'un approcher. Je ne sais pas s'ils m'ont repérée.

Je me cogne le genou. Quelque chose de fin et lisse glisse sous ma main. Sous le plastique humide, une surface en métal. Une voiture de course. Je roule par terre et me cache sous la bâche. Forte odeur d'essence et de caoutchouc. Des bruits de pas approchent. Mes poils se hérissent. Quelqu'un est dans la grange. Il jure, fait tomber quelque chose par terre. Chaque bruit semble décuplé. Ses pieds passent près de ma tête. Il s'enfonce dans le bâtiment, fait demi-tour et s'en va.

Je sors de ma cachette. Le jour s'est levé. Je dois faire vite. Je cours le long des dépendances, traverse les buissons qui longent la maison, remonte l'allée, terrifiée à l'idée que les chiens me courent après. Je jette un œil vers la haie d'arbustes qui encadre la cour. Mon imagination me joue des tours. J'ai l'impression de voir leurs feuilles remuer.

Devant les grilles, je tape le code. Elles s'ouvrent et se ferment derrière moi. J'ai envie de pleurer de soulagement. Je me mets à genoux, examinant les graviers à la recherche de mes affaires. Un éclat argenté. J'attrape le trousseau de clés, attachées à un cœur en cuir. Mon portable est juste à côté. Il est rayé et déchargé. Impossible de l'allumer.

Une voiture s'arrête derrière moi. La Defender. Adam baisse sa vitre.

— Ellie ? Qu'est-ce que vous faites ?

Un tonnerre d'aboiements éclate. Les chiens sont à l'arrière, la gueule grande ouverte, les dents acérées, leur souffle embuant la vitre.

Je passe une manche sur mon visage.

— Je venais voir ton père.

J'espère que ma voix ne me trahit pas. J'ai les jambes qui flageolent.

— Il est un peu tôt.

— Je n'arrivais pas à dormir. On s'est disputés. J'aimerais lui parler.

— Où est votre voiture ?

— Je suis venue à pied. J'avais besoin de marcher, de réfléchir.

Je pose une main sur ma tête et enlève l'écharpe. Il sort de sa voiture.

— Rentrez chez vous, Ellie. Vous n'êtes pas en sécurité ici.

— En sécurité ?

Il pose une main sur mon bras.

— Maman m'a dit que vous m'aviez suivi. Vous lui avez posé des questions.

Je retiens mon souffle. Je ne sais pas quoi répondre.

— Elle vous a prévenue. Vous savez qu'il est dangereux. Dites-moi la vérité. Dites-moi pourquoi vous êtes là.

J'ai la gorge sèche. Je m'humecte les lèvres.

— Je suis entrée dans une des caravanes.

— Vous êtes entrée… C'est pas vrai !

Il s'éloigne de moi en se frottant le visage. J'hésite à partir en courant. Il secoue la tête, résigné.

— Je savais que ça finirait par arriver. Je savais que c'était une mauvaise idée de vous laisser venir à la maison. Le pire, c'est que je suis content que vous soyez au courant. Mon père est incontrôlable. Il n'écoute personne. Il est allé trop loin.

— Est-ce qu'il te force à travailler avec lui ?

Adam passe une main dans ses cheveux.

— C'est une entreprise familiale. Je suis impliqué jusqu'au cou.

Il fixe le sol, puis plonge son regard dans le mien.

— Quand j'étais petit, je voyais mon père comme un dieu. Il était courageux, dynamique, puissant, entreprenant. Un jour, j'ai entendu du bruit derrière une porte. J'ai vu des choses que je n'aurais jamais dû voir. Quand j'ai compris ce qu'il faisait subir à ma mère... j'ai eu peur. J'étais perdu, mais c'était *mon* monde. J'ai grandi dans cette famille. J'étais jeune et influençable. Je l'ai copié, j'ai pris exemple sur lui. Je sais que ce n'est pas une excuse.

— Si j'appelle la police, tu seras envoyé en prison.
— Je sais. Je le mérite. C'est ma mère qui refuse de l'accepter.
— Pourquoi as-tu fait toutes ces choses... au salon de thé ? Le sel, le rat... les fausses critiques ? Je sais que c'est toi, Adam.
— J'ai été stupide. Je pensais que si le salon de thé fermait, vous quitteriez le village. J'essayais de vous faire fuir. Vous ne compreniez pas dans quelle situation vous vous étiez mise. Vous pensiez que ma mère était morte. Vous nous preniez pour une famille *normale*. Mais je savais que vous finiriez par découvrir la vérité... et qu'il vous ferait du mal, à vous aussi.
— Tu voulais me protéger ?
— Je voulais que vous partiez.
— Ma poule... Trèfle. C'est toi qui l'as tuée.

Il hoche la tête.

— Je suis passé chez vous ce matin-là. Je voulais vous parler de mon père, vous aider à comprendre... Quand j'ai vu la Range Rover garée devant la maison, j'ai compris qu'il était là, avec vous. J'étais désespéré. Il fallait que je vous fasse peur, que vous ayez un choc.

Il s'agrippe à mon bras.

— D'après ma mère, vous possédez quelque chose qui lui appartient. Quelque chose qui forcera mon père à payer sa part. Votre mari l'a gardé en lieu sûr.
— Qu'est-ce que c'est ?
— Une enveloppe. Des informations.
— J'ai fouillé toute la maison. Je n'ai rien trouvé.

Il s'éloigne de moi, frustré, impatient.

— Dans ce cas, c'est à vous de prendre les choses en main. Allez voir la police, mais surtout pas Ian Brooks. Mon père pense qu'il a tous les droits. Il est impitoyable. Je me fais du souci pour Constanta.
— Pourquoi ?
— J'ai vu la manière dont il la regarde. Si elle refuse de se donner à lui, il la vendra à un proxénète.
— Adam, c'est Constanta qui m'a aidée à m'enfuir. Ils l'ont battue.

La colère déforme son visage.

— Appelez la police, Ellie.

Il monte dans la Defender et fait claquer la portière derrière lui. Les grilles s'ouvrent. Il remonte l'allée. Les chiens aboient.

De retour dans ma voiture, je tremble tellement que j'ai du mal à mettre le contact. Je ferme les portières à clé et fais demi-tour sur l'herbe humide, faisant grincer les vitesses, le regard rivé sur le rétroviseur.

42

Je me gare devant chez Kate. Je reste assise un instant, immobile, les mains sur mes tempes, forçant ma respiration à retrouver un rythme normal. Les paroles d'Adam tournent en boucle dans ma tête. Il participe à leurs manigances. C'est un criminel. Je ferme les yeux. Je revois le corps sans vie de Trèfle, pendu à ma porte. J'imagine ce petit garçon surprenant son père en train de battre sa mère. Son traumatisme, ses doutes et sa confusion. Je m'autorise un éclair de pitié même si, en ce moment même, Constanta et les autres voyagent dans un bus qui les emmène je ne sais où. Je grogne de frustration.

Ce qui compte, c'est qu'elles soient vivantes, que je sois au courant de la situation et que je puisse les aider. Je jette un œil à ma montre. Il est trop tôt pour frapper à la porte, mais c'est plus fort que moi. Je ne peux pas rentrer sans le bébé.

J'entends ses hurlements avant même d'atteindre le seuil. Kate m'ouvre en robe de chambre, les cheveux en bataille. Elle le porte contre son épaule, son petit corps raidi par le chagrin. Je tends les mains pour le prendre dans mes bras.

— Où étais-tu, Ellie ? Je me faisais du souci. Tu aurais dû me dire où tu allais. Le bébé pleure depuis ton départ. Ma mère déteste qu'il n'ait pas de prénom.

— Je suis désolée, dis-je en le berçant. Je n'ai pas pu te contacter.

— Qu'est-ce qui se passe ? Où étais-tu ? Est-ce que tu vas bien ?

— J'étais chez David. Il exploite ses employés. Ce sont des esclaves.

— Quoi ?

— Ils sont enfermés, forcés à travailler.

— Mais… je les vois tous les jours dans les champs, sans surveillance.

Je recule d'un pas. Je n'ai pas le temps de lui expliquer.

— Dis à ta mère que je suis désolée de l'avoir dérangée. Il faut que j'y aille.

Kate me fait un clin d'œil.

— Ne t'inquiète pas pour elle. Elle exagère toujours.

Je porte le bébé dans un bras, le siège auto et le sac dans l'autre, et je retourne à la voiture. Il faut que je rentre chez moi. J'entends encore la voix d'Adam dans ma tête. *Appelez la police*.

Tilly surgit de la pénombre et s'enroule autour de mes jambes en miaulant. Je lui dis de se taire, jonglant avec le bébé et le sac en entrant dans la cuisine.

Il est là, devant moi. Il est plus grand que dans mes

souvenirs. Il a l'air fatigué. On se regarde un long moment. Je lâche le sac et traverse la cuisine en deux enjambées, la main levée. Je le gifle. Ma main me brûle. Il ne bronche pas. Il a la joue rouge.

— Où étais-tu passé ? Tu m'as abandonnée !

J'éclate en sanglots. Luca me serre dans ses bras. Je plaque mon visage contre sa chemise, contre son torse bombé. Il dépose un baiser sur ma tête. Le bébé se réveille et se met à hurler.

— Je suis là, Ellie. Je suis désolé.
— Où est Anca ?
— Dans sa chambre. Elle dort.
— Il faut que j'appelle la police. Tout de suite. Tu avais raison. Les migrants sont des esclaves. Et Constanta… je pense qu'elle est blessée…

Luca me soutient par les épaules.

— C'est déjà fait. La police est au courant.

Je lève les sourcils.

— Tu es allé au commissariat ?

Il hoche la tête. Je me sens faible. Je m'affale sur une chaise. Il se penche pour m'enlever le bébé des bras.

— Où étiez-vous passés, Luca ?
— Anca s'est enfuie. Je l'ai suivie.
— Tu aurais dû me prévenir.
— Tu dormais. Je n'ai pas eu le temps de te donner des explications.

Le bébé continue à pleurer.

— Il a faim.

Je respire profondément, puisant dans mes dernières forces. Luca pose une main sur mon épaule.

— Je m'en occupe.

Il fait chauffer un biberon et me sert une tasse de thé. Je bois pendant qu'il nourrit le bébé. Il monte à l'étage, le change et le met au lit. La maison est silencieuse. Le thé est chaud et sucré. J'enroule les doigts autour de la tasse tiède.

— Tu as l'air épuisée, dit-il en me rejoignant dans la cuisine. Va te coucher.

— Pas avant que tu m'expliques.

Il s'assoit à côté de moi et me prend la main.

— Je suis désolé d'être parti, Ellie. Il fallait que j'aide Anca. Elle avait peur que David la retrouve. Je lui ai promis qu'elle serait en sécurité avec moi, que je n'en parlerais à personne. On a pris un bus, puis un train jusqu'à Canterbury. On a dormi dans un petit hôtel. Au bout d'un moment, elle a commencé à parler.

Luca a plongé son regard dans le mien, le visage fermé.

— David est le père de l'enfant.

Je pince les lèvres, me retenant de lui raconter mon histoire. Je veux entendre la sienne en premier.

— David l'a forcée à coucher avec lui pendant des mois. En échange de son silence, il lui a promis de laisser sa sœur tranquille. Tant qu'Anca obéissait, Constanta ne risquait rien. Anca n'a pas vu sa petite sœur pendant des semaines. Il les a séparées. Puis Adam l'a choisie et s'est mis à coucher avec elle. David a menacé de vendre Constanta à un proxénète si Anca le dénonçait.

Il marque une pause, pousse un soupir de frustration.

— Elle a peur de la police. Elle pense qu'ils vont l'envoyer en prison, qu'elle ne reverra plus jamais sa sœur.

— Henrietta est vivante, dis-je à voix basse.

Il écarquille les yeux.

— Vivante ?

— Je l'ai rencontrée. David l'a battue pendant des années.

Luca prend sa tête entre ses mains.

— J'en étais sûr. J'aurais dû agir plus tôt. J'aurais dû essayer de l'arrêter.

— Je suis allée à la ferme, Luca. J'ai vu les travailleurs et les caravanes.

Son visage change. Je tremble comme une feuille.

— Constanta m'a aidée en faisant diversion. J'ai réussi à m'enfuir, mais ils l'ont battue. Quand as-tu parlé à la police ? C'est urgent. Il faut qu'ils y aillent *maintenant*.

— On était à Londres hier. Je suis passé à la police métropolitaine pour éviter l'ami de David. Ils vont faire une descente à la ferme. Peut-être ce soir. Même si David l'apprend, il sera trop tard pour cacher les preuves.

— J'ai croisé Adam. Je pense qu'il est amoureux de Constanta. Il ne supporte plus de participer à ces horreurs. Il veut que ça se termine.

— Son souhait va se réaliser, dit Luca en approchant sa chaise de la mienne. J'ai contacté les services sociaux de Canterbury. Ils viennent demain pour emmener Anca. Elle a des papiers. David a menti. Il les lui a confisqués. Et il y a autre chose…

Je pose les mains sur mes oreilles.

— Ils vont emmener le bébé.

Je m'effondre dans ses bras.

— Je suis désolé, Ellie.

Je monte à l'étage, tellement épuisée que j'ai l'impression de flotter hors de mon corps. Luca et moi nous retrouvons sous les draps. Nos corps se pressent, peau contre peau. Je ne peux plus pleurer. Je sais qu'il a raison. Il faut que je dise adieu à ce bébé.

Il dort dans son tiroir. Bientôt, je les regarderai me l'enlever, comme ils m'ont enlevé mon fils. Je suis trop préoccupée pour m'endormir. J'ai peur que Luca disparaisse à nouveau.

— Est-ce que tu vas partir ?

Il reste allongé, immobile. J'écoute son souffle régulier s'échapper de sa bouche.

— Est-ce que tu veux que je parte ?

— Non. Reste avec moi.

Il serre ma main dans la sienne.

— Tu pensais que David était violent… à cause de ton père ? De ce qu'il a fait à ta sœur ?

— David est plus discret que mon père, plus intelligent. Mais il est aussi sadique, aussi cruel, aussi faible et aussi lâche que lui. Mon père nous battait, ma mère et moi. On aurait pu s'enfuir, mais pas Marisca. Elle était trop jeune. Un jour, j'ai décidé d'y mettre fin. À quatorze ans, j'étais quasiment aussi grand que lui.

Je l'ai empêché de la frapper. On s'est battus dans le jardin.

Mon cœur s'emballe. Désormais, je comprends pourquoi il ne parle jamais de sa famille.

— Je lui ai brisé le crâne avec une pierre, murmure-t-il. Une pierre de la montagne.

Je le serre fort dans mes bras, blottis le nez contre son cou. Sa barbe me pique la peau.

— Et ensuite ?

— Je suis parti. J'ai croisé un cirque. Ils m'ont donné du travail. Un nouveau nom, une nouvelle identité. Ils m'ont protégé.

— Que sont devenues ta sœur et ta mère ?

— Elles ont eu du mal à survivre sans moi, mais elles ont réussi. Ma mère était forte. J'ai envoyé de l'argent à la maison dès que j'ai commencé à en gagner.

— Ton collier…

— Marisca me l'a donné le jour de mon départ. J'ai traîné le corps de mon père le plus loin possible du jardin. Je l'ai enterré. J'ai ouvert la cage.

— La cage ?

— La louve. Elle s'est enfuie, elle aussi.

Il approche son visage du mien et nous nous embrassons lentement, profondément. C'est ma façon de lui montrer que je comprends, que je connais ce sentiment de trahison. Le soleil se lève. Le bébé gigote dans son tiroir.

— Je sais qu'il sera difficile de le laisser partir, Ellie. Tu t'occupes bien de lui. Je me suis toujours demandé pourquoi tu n'as pas eu d'enfants.

— J'en ai eu un. Un fils, quand j'étais très jeune. Il a été adopté. Quand il a eu dix-huit ans, j'ai pu le contacter. Je lui ai écrit une lettre. Il n'a jamais répondu.

Je me mords la lèvre.

— Je pense qu'il me reproche de l'avoir abandonné. Il me déteste.

Luca me serre contre lui.

— Non. C'est sûrement le contraire. S'il te détestait, il aurait profité de cette occasion pour exprimer sa colère. Et s'il était malheureux, il t'aurait répondu parce qu'il n'aurait rien d'autre dans sa vie. Son silence est une bonne nouvelle. C'est qu'il vit sa vie, qu'il a une famille, des amis. Des parents. Il ne veut pas te rendre triste.

Luca dépose un baiser sur mon épaule.

— Il ne te déteste pas, Ellie.

Je reste immobile, digérant ses paroles. Luca se redresse sur ses coudes et passe une main sur sa nuque. Il dépose quelque chose dans ma main. Un métal chaud contre ma paume.

— Je ne peux pas accepter.

— Bien sûr que si.

Il m'aide à mettre le collier, attachant la chaîne en argent tandis que je soulève mes cheveux. Assise sur le lit, je regarde par la fenêtre. Les rideaux sont ouverts. Il y a comme une lueur à l'horizon.

Je me penche, plisse les yeux.

— Luca... Un incendie. Je pense que c'est la ferme.

Je sors du lit, les yeux rivés sur le nuage de fumée

qui flotte au-dessus des champs. Des oiseaux noirs volent en cercle. Luca se lève, enfile son jean et son pull.

— Qu'est-ce que tu fais ?
— Les caravanes. Les migrants. Il faut que je les aide.
— Je viens avec toi.
— Non, Ellie. C'est trop dangereux. Adam et David essaient de brûler les preuves. Je ne sais pas si la police est arrivée. Reste ici avec le bébé.

Une vague de terreur s'empare de moi.

— Je ne veux pas que tu partes.

Luca pose une main sous mon menton, plonge son regard dans le mien.

— Je reviens vite.
— Tu as besoin du code. Pour ouvrir les grilles.

Je crie les chiffres tandis qu'il dévale l'escalier. Il s'arrête en bas des marches et les répète. Il les a déjà mémorisés. Je hoche la tête et lui souris.

Puis il disparaît.

43

Je frissonne en regardant la voiture quitter l'allée. Le bruit de moteur s'éloigne tandis que Luca accélère sur les petites routes de campagne.

Depuis ma chambre, je fixe la lueur rouge des flammes, les traces noires qui teintent le ciel gris, la fumée âcre qui s'étend le long de l'horizon. J'entends une sirène au loin. Sûrement la police. Les pompiers. Je me demande ce qui se passe. J'espère que Luca a tort, qu'il ne s'agit pas des caravanes. Je me ronge les ongles, frustrée.

Dans la salle de bains, je remplis le lavabo d'eau froide et je m'asperge le visage. Ma peau pique comme si on l'avait fouettée. Je me sèche avec ma serviette. Je n'ai jamais autant manqué de sommeil de toute ma vie. J'ai les yeux rouges, la peau grise. Pourtant, il m'est impossible de retourner me coucher, pas tant que Luca est absent. Autant m'habiller. Les poules ont été négligées. Je vais m'occuper des animaux dès que le bébé sera réveillé, après lui avoir donné un biberon et changé sa couche.

Il dort profondément. Il est épuisé par le changement de rythme, la nuit qu'il a passée à pleurer chez des étrangers. Je m'accroupis à ses côtés pour l'admirer. Son visage bouge même dans le sommeil : ses sourcils dansent, son front se plisse, ses lèvres se pincent. Ses cheveux noirs sont fins comme du duvet. Je me demande s'ils vont tomber et changer de couleur. Je ne le saurai jamais, et cela me brise le cœur. Je passe un doigt sur sa petite joue potelée.

— Tu t'habitueras à mon absence, murmuré-je. Mais je ne m'habituerai pas à la tienne.

Cet enfant ne m'a jamais appartenu. Je le sais depuis le début.

J'enfile mes vêtements et je m'arrête devant la chambre d'amis, tendant l'oreille. Pas un bruit. Anca dort profondément. Il n'est pas encore 8 heures.

Je descends dans la cuisine, retrousse mes manches. Le lave-vaisselle est plein. Tilly est affamée. Je remplis sa gamelle. J'ouvre le robinet, remplis la bouilloire, attrape une tasse dans le placard, jette un sachet de thé au fond. Les biberons que Luca a préparés m'attendent dans le frigo. J'en sors un pour le réchauffer. Le bébé va bientôt se réveiller.

Je me demande à quelle heure les services sociaux arriveront. Luca ne m'a rien précisé. Je n'allume pas la radio. Je ne l'entendrais pas revenir. J'attends en silence, espérant reconnaître le bruit de la Fiat remonter l'allée. Je passe une main sur la chaîne en argent autour de mon cou.

Du coin de l'œil, je devine un mouvement, une ombre derrière la fenêtre de la cuisine. Je bondis de surprise. Le visage de David. Seules les vitres nous séparent. Je suis pétrifiée. Mon regard se pose sur la porte du fond. Elle n'est pas fermée à clé.

Je me jette dessus, mais il est plus rapide. La poignée tourne, la porte s'ouvre. Je plaque l'épaule contre le bois, pesant de toutes mes forces pour la refermer. Mes pieds glissent sur le carrelage. David insiste de l'autre côté. Je n'arrive pas à tourner la clé. Je pousse, appuyant de tout mon poids, mais le battant s'ouvre suffisamment pour qu'une main glisse dans l'entrebâillement. Je hurle, donne un dernier coup d'épaule. La porte se referme sur son poignet. Ses doigts se contractent. Il me propulse en arrière.

Je me précipite derrière la table et soulève une chaise en guise de bouclier. David se redresse, époussette sa veste. Il est aussi essoufflé que moi. Il a de la boue sur les chaussures. Il les essuie à l'arrière de son pantalon, l'une après l'autre. Il a dû marcher à travers champs.

— Qu'est-ce que tu veux, David ?

— Je m'attendais à un accueil plus chaleureux. Tu me déçois, Ellie.

— Va-t'en. La police arrive.

Il éclate de rire.

— La police est un peu occupée en ce moment. On a le temps, Ellie. Beaucoup de temps.

Je jette un œil vers l'horloge. Luca ne devrait pas tarder à revenir. Il faut que j'occupe David, que je le fasse parler.

— Henrietta est vivante. Tu m'as menti. Tu as menti à tout le monde.

Il lève un sourcil en approchant de la table, plaquant les mains sur le plateau. Nous sommes face à face, la panière à fruits et une tasse de café à moitié vide entre nous. Mes muscles se contractent. Il m'observe, calcule la distance qui me sépare de la porte. Il sait que je suis piégée.

— Pourquoi m'as-tu invitée à ce dîner ce soir-là ? demandé-je d'une voix tremblante. Qu'attendais-tu de moi ?

Il longe la table, laissant glisser ses doigts le long du bois. Méfiante, je recule d'un pas. Il m'offre un grand sourire.

— Tu étais différente des autres. Tu ne t'es pas jetée dans mes bras. C'était un défi à relever.

— Je t'ai quitté, David. Tu n'as pas apprécié mon départ. Tu aimes diriger les autres, n'est-ce pas ?

— Je déteste qu'on se moque de moi, répond-il d'une voix glaciale.

— Il y a quelque chose dans la maison, dis-je sans le lâcher du regard. Quelque chose que tu veux.

Sa joue tressaille.

— Tout à fait.

— L'intrus... c'était toi.

— Un de mes hommes.

— Il n'a rien trouvé. Anca non plus.

David hausse les épaules.

— On va le trouver maintenant. Ensemble.

— Non !

Je serre les poings. Il se penche sur la table.

— Tu as prévenu la police, Ellie. Les amis sont censés s'entraider, pas se dénoncer.

Un nœud de colère se contracte dans mon ventre.

— Je ne suis pas ton amie. Tu enfermes tes employés ! Tu les envoies dans d'autres fermes ! Tu les bats !

— La ferme était en faillite. Je ne pouvais pas perdre l'entreprise et la maison. Je n'avais pas droit à l'erreur, tu comprends ? L'échec n'a jamais été une option. Jamais !

Il écarte les doigts, examine mon visage.

— Ne me regarde pas comme ça, Ellie. Je ne suis pas le seul à me faire de l'argent sur le dos des migrants. Je suis prêt à tout pour survivre. Je pensais que tu l'avais compris.

Il se déplace à nouveau, rôdant autour de la table comme un prédateur autour de sa proie.

— Tu as raconté à tout le monde que Luca avait violé Anca. Mais c'était toi ! Son bébé... c'est ton fils.

Il secoue la tête.

— Les femmes sont des menteuses. Je me suis occupé d'Anca, je l'ai nourrie, habillée. Elle ne m'a jamais remercié. Pourquoi les femmes sont-elles aussi difficiles ? Elles n'apprécient jamais ce qu'on leur offre.

— C'est pour ça que tu battais Henrietta ? Parce qu'elle ne t'a jamais *remercié* ?

Il pince les lèvres.

— Ce qui s'est passé entre Henrietta et moi ne te regarde pas. C'est une affaire privée.

— Non, David. Ce n'est pas privé, c'est un crime.

Mon regard se pose sur la planche à découper et

la rangée de couteaux de cuisine. David m'en bloque l'accès. Il les atteindra avant moi. Une veine bat le long de son cou, ses épaules se tendent.

Un bruit extérieur brise le silence. Muscade se met à braire. David en profite pour se jeter sur moi. Je brandis la chaise entre nous, mais il s'en empare et la jette sur le côté. Il m'attrape par le bras, enfonce ses doigts dans ma peau. Je tente de me débattre. Mes pieds glissent sur le carrelage.

— Lâche-moi ! La police arrive !
— Non, Ellie, dit-il, le regard froid.

Il me fait mal. Je vise son visage avec ma main libre. Il me retient et me donne un coup de poing dans la mâchoire. Puis une gifle. La douleur me transperce le crâne. Tout est rouge, puis noir. Je tombe en arrière. David me rattrape et lie mes poignets dans mon dos. Il a trouvé le rouleau de corde que je garde sur la commode.

Il me pousse vers l'escalier. Le nœud creuse ma peau. Nous montons les marches côte à côte. Il me donne un coup d'épaule. Je trébuche.

— Qu'est-ce… que… tu… fais ?

J'arrive à peine à parler. J'ai la joue en feu, les oreilles qui sifflent, des douleurs dans les dents. Un cri perce le silence. Des pleurs. Des hoquets. Le bébé.

— Non… murmuré-je. S'il te plaît, David. C'est ton fils.

Il me traîne dans le bureau de Will et me pousse sur le fauteuil. Il se met à genoux devant moi, prenant soin de m'attacher les chevilles. Je me débats. La corde ne bouge pas.

— Regarde-moi, Ellie. Tu vas m'aider à retrouver l'enveloppe que ma femme a donnée à ton mari. Elle est quelque part dans cette maison. Sûrement dans cette pièce. On abattra les murs s'il le faut.

Je garde les yeux fermés. Je refuse de lui obéir. J'attends le coup suivant. La prochaine explosion de douleur. Rien. Un bruit sourd, suivi d'un grognement. Je soulève les paupières.

David est à genoux, une main posée sur la tête. Anca est derrière lui, ma batte de cricket à la main. Elle porte ma chemise de nuit. Elle est pieds nus, essoufflée, terrifiée. David essaie de se relever.

— Attention, Anca !

Il se jette sur elle, l'attrape par sa robe. Elle recule en hurlant.

— Frappez-le !

Elle lui donne un coup de batte sur la tempe. Il titube. Elle le frappe à nouveau, à l'arrière du crâne. Il tombe à genoux. Ses cheveux se teintent de rouge. Il essaie de ramper, mais la batte s'écrase sur sa nuque. David tombe sur le ventre. Un dernier coup, un dernier grognement.

Anca tourne la tête vers moi, un filet de salive s'échappant de ses lèvres entrouvertes. Elle a les mains qui tremblent le long du manche. Elle écarte les doigts. La batte s'écrase par terre. Une traînée rouge sur le plancher, des gouttes de sang sur sa robe.

David est immobile. Le liquide foncé dégouline sur sa tête et son front. Anca pousse un cri, recouvre sa bouche d'une main.

— Anca. Vite ! Détachez-moi.

Elle s'accroupit derrière moi, tente de dénouer la corde.

— Je n'y arrive pas…

— Il y a des ciseaux dans le tiroir.

Elle coupe la corde en pleurant de frustration. La lame érafle ma peau. J'ai enfin les mains libres. Je les frotte et me penche pour délier mes chevilles.

David n'a pas bougé.

— Est-ce qu'il est mort ?

Anca ne répond pas. Je me lève et m'accroupis à côté de lui. Son poignet est tiède. Je sens son pouls.

— Il est vivant.

Le visage d'Anca est déformé par la douleur. Elle s'effondre dans mes bras, tremblante des pieds à la tête.

— Je… j'aurais voulu le tuer.

J'ai la tête qui tourne. J'essaie d'organiser la suite, de remettre de l'ordre dans mes idées, de nous extraire de cet instant sordide. Impossible. Puis, de l'autre côté du palier, un sanglot brise le silence. Le bébé. Il a faim. J'imagine sa bouche ouverte et ses joues roses.

Je force Anca à me regarder dans les yeux.

— Allez chercher votre fils. Il a besoin de vous.

J'enroule le restant de corde autour des poignets et des chevilles de David. Anca est paralysée, horrifiée.

— Votre bébé vous attend, Anca. J'arrive. Je vous apporte le biberon.

C'est comme si elle sortait d'une transe. Elle regarde autour d'elle pendant quelques secondes, les yeux écarquillés, avant de se précipiter vers la porte.

J'attrape mon portable pour appeler la police. J'hésite un instant, puis je raccroche. Et si Ian Brooks l'apprenait ? J'entends les sirènes se diriger vers la ferme. Je dois informer la police présente à Langshott que David est ici.

Ses bras sont liés derrière son dos. Il est ventre à terre, la tête tournée sur le côté. Son sang coule et s'écrase sur le tapis. Ses paupières tressaillent. Il n'arrivera pas à se libérer seul. Pas dans cet état. Je ferme la porte à clé derrière moi.

Le bébé pousse des cris perçants. Je dévale l'escalier, saisis le biberon tiède. Anca fait les cent pas dans ma chambre, son fils dans les bras. Elle le berce avec raideur. Je lui tends le biberon. Elle s'assoit, mais ne sait pas comment s'y prendre. Je guide sa main pour approcher la tétine de sa bouche. Il tète avec gourmandise.

— Bravo, Anca.

Elle dévisage l'enfant. Son visage se détend. Son regard se pose sur quelque chose derrière moi.

— Cette photo, dit-elle en montrant la cheminée du doigt. C'est votre mari ?

Je hoche la tête.

— Il est mort il y a un an et demi, dans un accident de voiture.

— Je sais. Ce soir-là, votre mari est venu à la ferme. Je lui ai ouvert la porte. Il a été gentil avec moi.

Je fronce les sourcils.

— William a rendu visite à David ?

— Oui. Ils ont discuté dans la bibliothèque avec Adam.

Des centaines de pensées défilent dans ma tête. Will était à Langshott ce soir-là ? avec David et Adam ? C'est sûrement là-bas qu'il a bu. Il venait de chez eux quand il m'a doublée sur la route. Je ferme les yeux. Je ne comprends plus rien. Le visage de Luca surgit des ténèbres, bloquant tout le reste. Pourquoi n'est-il pas encore rentré ?

— Voici la clé du bureau, dis-je à Anca. Ne l'ouvrez sous aucun prétexte. Il faut que j'aille à la ferme, prévenir la police. Les services sociaux vont s'occuper de vous et du bébé.

— D'accord.

Elle ne me prête plus attention. Elle admire son enfant, l'air émerveillé, comme si elle le voyait pour la première fois.

— Bonne chance, Anca. Au revoir, petit bonhomme.

Je dépose un baiser sur son front plissé. Il m'ignore, lui aussi. Il est concentré sur les dernières gouttes du biberon, les yeux fermés et l'air béat.

44

Je balaie l'allée du regard. Luca est parti avec la voiture. J'avais oublié. Je fonce dans le garage et je m'empare de mon vélo. Je pédale aussi vite que possible, tête baissée. Une fine bruine s'écrase sur le goudron. Je serre les dents, appuyant sur les pédales, m'agrippant au guidon.

La route est déserte. Je longe les champs de houblon, traverse le village et remonte la route qui mène à la ferme. La bruine se transforme en pluie. Les gouttes me brûlent les yeux, s'immiscent dans ma bouche ouverte. Peut-être aideront-elles à éteindre le feu ?

Au sommet de la colline, une fumée noire assombrit le ciel. Trop de fumée. Je panique. J'irai plus vite en abandonnant le vélo et en courant à travers champ. Je m'arrête devant un mur en pierres et jette mon vélo dans le fossé. La boue est épaisse et s'accroche à mes bottes. Je dérape, tombe à genoux. Je traverse le champ, puis me faufile sous une clôture de barbelés. Un autre champ, l'herbe humide, les lapins qui fuient avec leurs queues blanches. La fumée m'étouffe. J'entends les sirènes, les cris.

Mon cœur bat à tout rompre. Luca. Je l'aime. Je ne le lui ai pas encore dit. C'est un besoin urgent, viscéral. Il faut que je le retrouve.

Une haie sépare le dernier champ de la ferme. Je tente de la traverser, épaules en premier. Je lutte contre les épines, les branchages, les feuilles mouillées, les brindilles qui déchirent mes vêtements. J'émerge tremblante, mais triomphante. Ma joie est de courte durée : une barrière se dresse devant moi. Une barrière digne d'une prison, haute, électrifiée, impénétrable. Un panneau m'indique qu'il s'agit d'une « propriété privée ». Il y en a partout. Des mots écrits en rouge. « Défense d'entrer ». « Passage interdit ». Voilà ce dont Luca me parlait. Un sanglot s'échappe de ma gorge. Je longe la barrière jusqu'à la route, jusqu'aux grilles. Pour une fois, elles sont ouvertes. Pas besoin de code. Je remonte l'allée en courant.

La maison ne semble pas avoir été touchée par l'incendie. La porte d'entrée est ouverte. Plusieurs voitures de police sont garées dans la cour. Un policier parle dans un talkie-walkie. Je cours jusqu'à lui.

Il se retourne, surpris.

— David Mallory ! dis-je, essoufflée. Il s'est échappé. Il est chez moi. Il a besoin de soins.

Je lui donne mon adresse et répète l'information à une policière, qui veut que je l'accompagne. Je recule d'un pas.

— Non ! S'il vous plaît. Mon ami est ici. Il faut que je le retrouve.

Je pars à toute vitesse, suivant une ambulance qui se dirige vers la ferme. Le véhicule avance plus vite que moi. Je passe devant la grange, puis l'étable. L'herbe est arrachée, creusée par les pneus des voitures, transformée en boue. D'autres ambulances sont déjà sur place. Trois camions de pompiers sont garés entre les caravanes, moteurs allumés. Je tousse. L'air est chargé de fumée qui me brûle la gorge. Le sol est trempé. Il y a du monde partout, certains avec des couvertures de survie sur les épaules. Les policiers aident les travailleurs à s'éloigner des caravanes fumantes. Deux infirmiers soulèvent un homme sur une civière. Un groupe est rassemblé à l'arrière d'une ambulance. Une femme est assise avec un masque à oxygène sur le visage, les mains bandées.

Certaines caravanes sont réduites à l'état de carcasses. Une fumée épaisse s'échappe des vestiges. D'autres sont presque intactes. Les fenêtres sont brisées, les portes ouvertes. L'une d'elles est encore en feu. Les flammes s'échappent par le toit et les fenêtres. Trois pompiers tiennent une lance à incendie. L'eau jaillit du tuyau et s'écrase sur la tôle. L'odeur est atroce, toxique : un mélange de plastique, de métal, de chair et de poils brûlés.

Je traverse le champ en appelant Luca. Personne ne prête attention à moi. Je reconnais une silhouette familière. Constanta. Je titube jusqu'à elle en hurlant. Elle ne me voit pas. Elle se frotte les yeux. Elle a pleuré. Ses larmes ont creusé des sillons sur son visage noirci.

Je l'attrape par le bras.

— Constanta ! Est-ce que ça va ?

— Tellement de feu...

Elle me dévisage, l'air hagard. Elle a les paupières enflées, les joues rouges, les lèvres fendues.

— Ils t'ont frappée ?

Elle se touche le visage.

— Oui. Ce n'est pas grave.

Je la serre dans mes bras.

— Tout va s'arranger. Ta sœur est chez moi avec le bébé. Les services sociaux vont s'occuper de vous. Vous allez être à nouveau réunies.

Je m'écarte d'elle, balaie le champ du regard.

— Où est Luca ?

Elle hausse les épaules. Elle ne le connaît pas. Je me retourne, frustrée. C'est alors que je comprends. Luca est rentré à la maison. Je n'ai pas vu la Fiat dans la cour. Il n'avait aucune raison de rester là, maintenant que les pompiers sont sur place. Soulagée, je me détends, libérée de ma terreur. Je reviens sur mes pas, pataugeant dans la boue et l'herbe. J'entends des bribes de langues étrangères, les voix calmes des infirmiers, les crépitements de leurs radios, les ronronnements de moteur. C'est terminé. L'injustice dont ces gens ont été victimes, les mensonges, toute cette cruauté... C'est fini. Malgré ma fatigue, je sens comme un poids s'envoler. Au-delà des tourbillons de fumée, de la suie qui monte jusqu'au ciel, je devine la clarté du jour.

J'accélère le pas. Il faut que je rentre à la maison. Je veux voir le bébé une dernière fois avant son départ. Je repense à David, allongé dans le bureau de

Will. Son sang coagulé sur le tapis. Mon allée doit être envahie de véhicules. La police, l'ambulance, les services sociaux. Mais Luca sera là, lui aussi. Nous les affronterons ensemble.

Un rideau de pluie déforme les arbres et les haies, s'accrochant aux barrières, formant des flaques dans les carcasses des caravanes éventrées. J'ai mal à la joue et à la mâchoire. Je m'écarte pour laisser passer une voiture de police. Les essuie-glaces balaient frénétiquement le pare-brise, les pneus s'enlisent dans la boue. Au loin, un journaliste tente d'entrer avec un appareil photo. Un policier le repousse. Je me demande où sont passés Adam et ses chiens. Je me retourne une dernière fois.

C'est alors que je le vois. Luca est à l'autre bout du champ, avec un groupe d'infirmiers et de policiers. Plus grand, plus large que les autres. Je reviens sur mes pas, à toute vitesse, glissant sur les touffes d'herbe humides.

— Luca !

J'y suis presque. Les détails prennent forme autour de lui. Les flammes qui s'échappent de la caravane. Un homme par terre, ses cheveux luisants contre la boue. La couverture étalée sur lui. Luca qui se penche pour lui parler.

— Luca !

Il se redresse dans un nuage de fumée. Son visage sale et fatigué s'illumine quand il me voit. Il lève une main. Quelqu'un crie. Il se retourne et, brusquement, se met à courir vers la caravane en feu. Un policier tente de le retenir. Une explosion déchire l'air.

Je devine la silhouette de Luca devant les flammes orange. Leur chaleur me brûle le visage.

Le site est plongé dans le silence. Je suis à genoux dans la boue. Je lève la tête, hébétée. J'ai les oreilles qui sifflent. Je cligne des yeux. Un brouillard noir. Des morceaux de métal et de papier volent autour de moi, tombant du ciel. La caravane a disparu. Ce n'est plus qu'une épave. Une coquille de plastique fondu.

Je me relève. Des gens se précipitent vers lui. Je le vois, face contre terre. Encerclé par les infirmiers. Je me fraye un chemin parmi eux. Sa chemise a été soufflée. Le restant de tissu est collé à des morceaux de peau difformes. Il a le visage calciné, noir. Une odeur de chair brûlée. Les paumes de ses mains sont à vif.

Quelqu'un me cogne en passant. Je tombe en arrière. Une douleur vive me transperce l'épaule. Ils emportent Luca sur une civière. Ils parlent vite. On l'enveloppe dans une couverture de survie. Une ambulance approche. J'essaie de me lever, mais la douleur est trop intense. J'ai la tête qui tourne. Une portière se ferme. Il est parti.

Mon monde n'est plus que chaos. Je suis seule. Je frissonne, détruite par la dissolution des liens qui connectaient mon esprit et mon corps à ceux de Luca. À genoux sur le sol, je vomis, les doigts emmêlés dans l'herbe.

Je ferme les yeux. Je ne vois plus que son corps en ruine, son visage vide et brûlé.

45

J'ai l'impression d'avoir parcouru des kilomètres dans ce couloir vert. Les gens que je croise ont l'air aussi perdus que moi. Un homme en fauteuil roulant me frôle, poussé par une infirmière. Les chaussures couinent sur le lino. Une odeur de désinfectant et de plastique plane. Je ne reconnais rien. Je suis désorientée.

Après l'explosion, une ambulance m'a déposée à l'hôpital. J'étais étourdie, affaiblie. Je voulais retrouver Luca. C'était le chaos. La plupart des migrants avaient été admis dans le même service, brûlés par les flammes et intoxiqués par la fumée. Je refusais de partir avant de l'avoir vu. J'ai appris qu'il était au bloc opératoire. J'étais impuissante.

Une jeune infirmière a examiné mon épaule droite, ma joue enflée et ma mâchoire. Elle m'a demandé de rentrer à la maison et de me reposer. On m'a donné des antidouleurs, et le nom d'une salle. *Thomas Becket*. Luca y serait envoyé après l'opération. J'ai attendu pendant des heures. Quand on m'a appelée, il était encore inconscient. Je me suis assise à son chevet, les yeux rivés sur son visage abîmé, jusqu'à ce qu'on me renvoie chez moi.

La maison était vide. Je suis montée dans le bureau. La porte était ouverte. Je suis entrée, méfiante, m'attendant presque à ce que David soit tapi dans l'ombre. Les ciseaux étaient par terre, à l'endroit précis où Anca les avait jetés. Des lambeaux de corde traînaient à côté du fauteuil. Une tache de sang séché maculait le tapis. Indélébile. Je ne voulais pas y toucher, ni garder ce résidu de David chez moi. Je me suis mise à genoux, j'ai enroulé le tapis et je l'ai soulevé dans mes bras.

En me levant, j'ai trébuché sur quelque chose. Une des planches du parquet n'était pas bien clouée. J'ai glissé les doigts le long de la lame disjointe. Mon cœur s'est emballé. J'ai passé la main sous le plancher. J'ai senti comme du papier. C'était une grande enveloppe avec une inscription dessus : « En cas de décès – à donner aux journalistes et à la police ». Signé : Henrietta.

J'ai ouvert l'enveloppe, vidé le contenu sur le bureau : des photographies et des documents. J'ai d'abord examiné les photos. Certaines étaient floues, sous un angle étrange, comme si elles avaient été prises en cachette. J'ai reconnu les caravanes, fermées à clé de l'extérieur. Un groupe de migrants. Un homme chauve – Bill – qui les brusquait. Un portrait flou de David qui levait la main sur Constanta. Le docteur Waller devant un groupe de travailleurs qui montaient dans le bus. Les gros plans du corps d'une femme : un poignet, des côtes, une cuisse, tous recouverts de bleus verts et violets. Henrietta. Elle les avait prises elle-même. Son visage boursouflé reflété dans un miroir et, derrière, sa main sur l'appareil photo. Chacune était datée.

Il y avait des photocopies de documents, de passeports, de pièces d'identité. Une liste de noms, dont Ian Brooks, Peter Waller. Les contacts de David.

L'hôpital est noir de monde. Un ascenseur s'arrête à mon étage. Je me dirige vers le son, tourne au bout du couloir, me glisse à l'intérieur juste avant que les portes se referment. Je sors à l'étage suivant, guidée par une infirmière.

Je reconnais l'endroit. C'est ici qu'ils ont laissé Luca à sa sortie du bloc. Je suis pressée de le revoir.

On a placé son lit devant la fenêtre. Il dort. Je m'assois à son chevet. Il a les mains bandées. J'examine son visage. Depuis ma première visite, on a nettoyé la suie et la terre qui recouvraient sa peau. En dessous, son visage est intact, à part une coupure causée par les débris. Ses sourcils ont brûlé. Il a perdu des cheveux. Quand la bonbonne de gaz a explosé, son torse a reçu la force de l'impact, ainsi que ses mains, qu'il avait levées pour protéger son visage. Ses pauvres mains, déjà brûlées en ouvrant les portes des caravanes pour libérer les derniers occupants et les porter dans ses bras avant que la police et les pompiers prennent le relais. L'explosion n'avait pas été aussi dangereuse que la fumée toxique qu'il avait respirée.

Luca ouvre les yeux. Je dépose un baiser sur son front, prenant garde de ne pas toucher ses joues et ses mains.

— Comment vas-tu ?
— Bien.

Il a la voix enrouée.

— J'ai eu des nouvelles d'Anca. Elle m'a appelée hier. Elles ont décidé de rester en Angleterre avec sa sœur. Elle a donné un prénom au bébé. Elle l'a appelé Luca.

Il sourit, puis fronce les sourcils, inquiet.

— Et toi, Ellie ? Comment vas-tu ?
— Ça va. J'ai encore mal à l'épaule, mais…
— Je ne parlais pas de ton épaule.
— Il est avec sa mère. Tout est rentré dans l'ordre. Je ne veux pas le revoir. Pas encore.
— Des nouvelles de David et Adam ?
— La perquisition et leur arrestation font la une des journaux. Rachel aussi a été arrêtée. Je ne sais pas quand aura lieu le procès.

Je me penche vers lui. J'aimerais le serrer dans mes bras.

— Adam s'est rendu lui-même au commissariat. Il coopère. La police est sur place. Tout le secteur est bouclé. Tu peux imaginer ce qui se raconte dans le village.

Il essaie de parler, mais sa gorge est trop sèche. Je lui sers un verre d'eau et l'aide à boire à la paille.

— Tu as réussi, Luca. C'est grâce à toi.

Il remue la tête sur l'oreiller.

— Non. C'est grâce à Anca. À toi. C'est un enchaînement de situations.

Ses yeux s'emplissent de larmes.

— Il y avait quelqu'un dans la caravane... avant qu'elle explose. J'ai entendu un cri.

— Tu as sauvé beaucoup de monde.

J'aimerais trouver les bons mots pour le réconforter. Je sais qu'il ne cessera de penser à cette personne, celle qu'il n'a pas pu sauver.

— Adam était là, avant que la police et les pompiers arrivent. Il m'a aidé.

— C'est vrai ?

Je revois encore Adam devant les grilles de Langshott. La tendresse dans son regard quand il parlait de Constanta. Notre discussion à la ferme, lorsqu'il avait essayé de me dire quelque chose avant que Rachel nous interrompe.

Luca a l'air épuisé. Il lève une main vers mon visage.

— Ta joue ?
— Rien de cassé. Je vais bien.
— Joli bleu.
— Tu peux parler !

Il sourit. Je lui raconte ma découverte de l'enveloppe, son contenu.

— J'ai tout donné à la police. Henrietta a sûrement demandé à William de la cacher chez nous par sécurité. Je pense qu'elle s'en est servie pour manipuler David.

— Elle aurait pu fournir les preuves à la police, le

dénoncer, leur parler des coups, d'Anca, des migrants. Pourquoi ce silence ?

— Parce que David n'aurait pas été le seul à finir en prison. J'ai trouvé une lettre dans l'enveloppe. Elle y raconte le mal que David a fait autour de lui, tout en essayant de défendre Adam. Elle le décrit comme une victime. Henrietta s'est retenue de tout dévoiler pour protéger son fils.

— La police doit être à sa recherche.

— Je leur ai donné le numéro de sa plaque d'immatriculation. Je m'en veux, après tout ce qu'elle a enduré, mais elle a insisté pour couvrir Adam alors qu'il était coupable, et elle n'a pas essayé d'aider les migrants, de protéger Anca.

— Elle avait trop peur. Peur de David.

Une infirmière entre dans la pièce.

— L'heure des visites est bientôt terminée.

— C'est vrai, dis-je à Luca. Tu as besoin de repos.

Son regard se pose sur le recueil de poèmes de Rainer Maria Rilke que je lui ai apporté.

— Est-ce que tu peux m'en lire un avant de partir ?

— Bien sûr. Lequel ?

— Peu importe. Je veux juste entendre ta voix.

J'ouvre le livre à la page la plus usée, je me racle la gorge et je lui lis le poème. Je continue, même après que ses yeux se sont fermés.

Luca s'est endormi. Je pose le livre sur la table et repense au jour où je l'ai invité à travailler à la maison. Parfois, je me demande pourquoi je lui ai fait confiance. Ce n'était pas seulement le courage dont il avait fait preuve sous le chapiteau, ni mon instinct.

C'était aussi le besoin que j'avais de me prouver que la confiance n'a pas besoin d'être méritée. Parfois, elle existe autour de nous, aussi présente que l'air, vitale mais invisible.

Sans Luca, la maison me semble vide. Le bébé me manque terriblement, même si je sais qu'il est avec sa mère, et que c'est la meilleure solution. Son regard et son odeur de lait aussi. Je m'étais habituée à sa chaleur contre mon cou. Sans lui, j'ai perdu mon équilibre.

Je fais des cauchemars toutes les nuits. Je rêve des caravanes en feu, de l'explosion. Je me réveille en panique, craignant que David soit quelque part dans la maison, convaincue de sentir de la fumée, d'entendre sa voix, les aboiements des chiens. Puis tout me revient, et la première chose que je vois en ouvrant les yeux le matin, c'est la photo de William et moi sur la cheminée. Le visage souriant de mon mari.

David est entré dans ma vie un an après la mort de William. Il pensait que je ne découvrirais pas ses secrets. Après l'enterrement, il m'a rendu visite pour vérifier si j'étais au courant de quelque chose, mais aussi pour mettre la main sur l'enveloppe. Henrietta était désespérée. David refusait de lui payer sa part, de vendre la ferme. Elle l'a fait chanter pour lui forcer la main. David se doutait que William avait caché les preuves chez nous. Il m'a séduite pour les récupérer et garder un œil sur moi, au cas où je les trouve avant lui. Désormais, je suis convaincue que David a volé la page manquante de la lettre, celle où Will m'avouait qu'il aidait Henrietta, non pas qu'il me trompait. La lettre grâce à laquelle j'aurais découvert la vérité.

Anca m'a dit qu'elle avait vu William le soir de l'accident. Rien que d'y penser, mon ventre se noue. William voulait aider les migrants et Henrietta. Il a sûrement rendu visite à David pour tenter de le raisonner. Il n'avait pas conscience du danger qui l'attendait. Je l'imagine à Langshott Hall, Anca lui ouvrant la porte, récupérant son manteau, David, son sourire, les murmures dans la bibliothèque, Adam fermant la porte derrière eux. David a dû lui offrir un verre. Une scène de *La Mort aux trousses* défile dans ma tête. En noir et blanc, James Mason et un groupe de voyous forcent Cary Grant à boire une bouteille d'alcool. Ils traînent Grant, ivre mort, jusqu'à sa voiture. Quand je pense que David a choisi ce film pour me le montrer... J'en ai la nausée.

Et que m'a dit Henrietta ? *David ne peut plus me faire de mal. J'en sais trop à son sujet.* Elle était présente ce soir-là. Elle a été témoin de ce qui s'est passé. Elle s'est servie du meurtre de William pour contraindre David à la laisser partir, offrant son silence en échange de sa liberté et de la protection de son fils. Voilà l'accord dont David parlait, pacte qu'il a brisé en refusant de la payer.

Au commissariat de Canterbury, j'attends seulement quelques minutes avant que l'inspecteur en chef Davies m'accueille dans son bureau.

Il se lève, me serre la main, me fait signe de m'asseoir. Il est grand, il a le crâne dégarni et les yeux fatigués.

— Je remplace l'inspecteur Brooks. C'est moi qui gère l'affaire Mallory.

Je sais que cet homme est très occupé. Je ne veux pas lui faire perdre son temps.

— Je pense que David Mallory est responsable de la mort de mon mari. J'en suis même certaine.

Un autre policier entre et pose deux tasses de café sur la table. L'inspecteur verse du sucre dans la sienne.

— Je vous écoute.

— Mon mari a rendu visite à David le soir de sa mort. Je peux le prouver. C'est Anca qui lui a ouvert la porte. Elle le confirmera. Je pense qu'on l'a forcé à boire. Sa mort a été arrangée. Je ne sais pas comment, je ne connais pas les détails, mais je suis sûre qu'Henrietta est au courant. Je pense que le meurtre de William a poussé David à libérer Henrietta.

Il hoche la tête.

— Nous avons retrouvé Mme Mallory grâce au numéro de plaque que vous nous avez fourni. Elle est interrogée en ce moment même. Je vous tiendrai au courant.

— Et Ian Brooks, l'ami de David ?

— Il a été révoqué. Une enquête a été ouverte à son sujet.

— Quand aura lieu le procès ?

Il secoue la tête.

— Il va nous falloir du temps pour rassembler les preuves. L'affaire Mallory est très complexe. Viol, usage de faux, incendie criminel, travail illégal...

— Et la mort de William.

Il hoche la tête.

Je serai convoquée en tant que témoin lors du procès. Je suis prête à aller au tribunal, même si l'idée de revoir David me rend malade, m'étouffe comme dans un cauchemar. Je dois le faire pour Will.

46

Six mois plus tard

L'immeuble surplombe le quartier. Je lève la tête en plissant les yeux, éblouie par le soleil. Au-dessus du toit, la traînée blanche d'un avion. J'appuie sur le bouton de l'interphone. Appartement numéro 33. Une voix grésille. Je pousse la lourde porte en acier, j'entre dans l'ascenseur et monte jusqu'au troisième étage. Je me regarde dans le miroir sale de cet espace confiné. Je ne parviens pas à me calmer. Une odeur de fast-food et de parfum stagne dans la cabine. Dehors, sur la passerelle en béton, des graffitis apportent une touche de couleur à l'environnement gris. Je passe devant des fenêtres de cuisine, témoin de la vie d'inconnus, inhalant les odeurs de repas.

Anca m'ouvre la porte. Son regard est lumineux. Elle est mince, vêtue d'un jean et d'un tee-shirt rose. Elle m'invite à entrer dans le petit salon, visiblement fière de sa nouvelle maison. Constanta nous rejoint, un plateau dans les mains, et le pose sur la table basse. Elle me sourit d'un air timide.

Je tends l'oreille, à l'affût des pleurs du bébé. Je

sais qu'il aura changé. Il est encore trop petit pour parler, mais j'aimerais l'entendre dire mon prénom, bien qu'il soit difficile à prononcer. Le P et le M sont plus faciles que le L. Papa. Maman.

Désormais, il doit se tenir assis. Il marche peut-être même à quatre pattes. Curieux, il touche à tout, découvre les textures, goûte et sent le monde qui l'entoure. J'essaie de contrôler mon excitation. Je sens déjà son poids dans mes bras. Me reconnaîtra-t-il ? Peut-être se souviendra-t-il de mon odeur, de la forme de mon corps contre le sien. Je balaie la pièce du regard. Je ressens un vrai manque. Pas de jouets, pas de chaise haute, pas de poussette ni de berceau. Des jolis meubles, des tableaux sur les murs, un vieux tapis sous mes pieds.

— On prend des cours d'anglais, annonce Anca en souriant.

— Bravo.

Constanta verse du lait dans mon thé. Je ne veux pas les brusquer après tout ce qu'elles ont vécu, mais c'est plus fort que moi.

— Anca… Où est votre fils ? Où est Luca ?

Elle croise les jambes.

— Dans une famille d'accueil.

— Une famille d'accueil ?

Je ne m'y attendais pas. Son aveu me coupe le souffle. Constanta se penche vers moi.

— Est-ce que ça va ?

Elle me tend un verre d'eau. J'enroule les doigts autour de la paroi glissante du verre. Je bois. Le liquide froid dévale ma gorge. Je m'essuie les lèvres, regarde autour de moi, confuse.

— Je ne comprends pas. Tu ne l'as pas gardé ?

Son visage se ferme.

— Je ne pouvais pas. Ma sœur et moi, il faut qu'on trouve un moyen de survivre dans ce pays.

— Tu aurais pu recevoir des aides…

Je ne termine pas ma phrase. Les deux sœurs me regardent sans broncher. J'ai les mains qui tremblent. Je pose le verre sur la table. Constanta dit quelque chose en roumain. Sa sœur hoche la tête.

— Vous avez été gentille avec moi, Ellie. Vous êtes la première personne dans ce pays qui m'a respectée. Je tenais à vous remercier. Et Luca… il m'a sauvée.

— Il a sauvé beaucoup de monde.

Je ne peux pas la laisser faire la même erreur que moi. Elle regrettera d'avoir abandonné son fils. Je le sais.

— Je n'en parle jamais, Anca, mais je veux que vous sachiez quelque chose. Quand j'étais plus jeune, j'ai été violée… par un ami de mes parents. Je suis tombée enceinte.

J'avale ma salive. Anca a les yeux rivés sur moi.

— Personne ne m'a crue. Ou peut-être que si. Je ne sais pas. Ils ne *voulaient* pas le croire. Mes parents ne m'ont pas soutenue. J'étais terrifiée. Mon fils a été adopté. Aujourd'hui, je n'ai aucun moyen de savoir où il est. Il me manque terriblement. Je ne veux pas que vous viviez la même chose.

Anca pince les lèvres. J'ai la voix qui tremble. Je veux qu'elle m'écoute, qu'elle comprenne.

— Merci, mais je ne reviendrai pas sur ma décision.

Anca est trop calme. J'ai envie de la secouer.

— Vous ne comprenez pas... Il représente votre chair et votre sang. Il n'est pas comme son père. Il est innocent. Un enfant a besoin de sa mère.

Constanta pose une main sur mon genou.

— Ma sœur a beaucoup souffert, murmure-t-elle.

Anca se lève et marche jusqu'à la fenêtre, le regard rivé sur les toits de Canterbury et la flèche du clocher à l'horizon.

— On est venues dans ce pays pour refaire notre vie, pour se sentir chez nous. Au lieu de ça, on nous a piégées, exploitées comme des esclaves. On travaillait douze heures par jour. On traversait le pays en bus pour travailler dans d'autres fermes, sans aucun salaire en échange. On n'avait même pas le droit de descendre pour aller aux toilettes. On ne nous nourrissait pas. Quand on se plaignait, on nous battait. Au travail, ils nous poussaient à aller toujours plus vite. Aucun repos. Pas d'eau. Quand on est traité comme ça, on perd l'envie de vivre. On se terre dans la peur.

Elle se tourne vers moi.

— David a commencé à me prendre à part. Il m'a donné à manger. Il m'a offert des vêtements. Il m'a employée comme cuisinière, ce qui m'a facilité la vie, et aussi celle de ma sœur. En échange, il voulait que je couche avec lui. Au début, j'ai résisté. Mais je n'ai pas eu le choix. Je n'avais nulle part où aller. Il aimait me frapper. Il aimait me faire peur. Mon fils sera bien mieux sans moi. Une famille veut l'adopter.

Sa voix est triste et voilée. Elle croise les bras sur sa poitrine.

— Je comprends votre point de vue, Ellie. Mais quand je regarde mon enfant, je vois David. Constanta et moi, on veut tout oublier. Recommencer à zéro. J'ai essayé, mais je n'ai pas réussi à aimer ce bébé. Je n'ai pas réussi.

Elle pose une main sur sa bouche. Mes yeux s'emplissent de larmes. Je n'ai pas le droit de la juger.

— Vous, vous avez aimé mon fils, ajoute-t-elle.
— Oui.

Elle s'accroupit devant ma chaise.

— Alors, vous voulez qu'il soit heureux. Avec une famille qui s'occupe de lui et lui offre une belle vie.

Je suis terriblement déçue, dévastée à l'idée de ne plus jamais le revoir. Tout espoir s'est envolé. J'ai envie de hurler. Je me dis que je pourrais l'adopter, mais Luca et moi sommes trop vieux pour être acceptés.

— Est-ce que… La famille qui est intéressée… Est-ce qu'ils sont gentils ?

Elle hoche la tête.

— Ils veulent un enfant depuis des années. Ils ont une belle maison, et un grand cœur. Beaucoup d'amour.

Je respire profondément.

— Dans ce cas… c'est pour le mieux. Je lui souhaite beaucoup de bonheur.

J'éclate en sanglots. Elle me serre dans ses bras.

Ses cheveux s'écrasent sur mon visage. Je lui promets de m'en remettre. Elle m'assure que notre bébé va être heureux, qu'il sera fort, intelligent et aimé. Je m'essuie les yeux. Anca prend ma main dans la sienne.

— Il vous portera en lui. C'est vous qui l'avez mis au monde. Vous êtes la première personne qu'il a vue.

Malgré tout ce qu'elle a vécu, Anca a encore confiance en des étrangers, elle est convaincue qu'ils s'occuperont bien de son fils, qu'ils l'aimeront. Si elle le croit, je dois le croire aussi.

— Vous avez perdu votre mari, dit-elle. Il s'est passé quelque chose ce soir-là, n'est-ce pas ? Avant l'accident ?

Je hoche la tête.

— Henrietta a tout avoué à la police. William avait rendu visite à David pour le raisonner. David savait qu'il finirait par le dénoncer. Il lui a offert un whisky et a fait semblant de l'écouter. Puis David et Adam l'ont empêché de partir. Ils l'ont forcé à boire toute la bouteille. Une fois Will ivre, David l'a installé dans sa voiture. Il s'est inspiré de son film préféré.

Anca a l'air perplexe.

— Un film ? Mais… ils ne pouvaient pas savoir que votre mari aurait un accident, même s'il avait bu.

— David a dit à William que j'avais eu un accident, qu'il fallait qu'il se dépêche. Adam s'était caché au bord de la route. Quand il a entendu la voiture, il a lâché ses chiens. Ils ont traversé la route. Will a perdu le contrôle du véhicule. Adam devait s'assurer que William était bien mort, mais il n'en a pas eu le temps. J'étais déjà sur place.

Anca secoue la tête, pose une main sur mon bras.

— Je suis désolée. David battait sa femme. Il me battait moi. Mais Adam n'a jamais frappé Constanta. Il essayait de la protéger. Je pense qu'il en voulait à son père d'avoir maltraité sa mère, mais qu'il l'admirait beaucoup. Il n'arrivait pas à être fidèle à ses deux parents en même temps.

— J'ai reçu une lettre d'Adam, ajoute Constanta. Il m'a écrit depuis la prison. Il s'est excusé. Il avait un message pour vous.

— Pour *moi* ?

— Il a dit qu'il ne mériterait jamais votre pardon, et qu'il espérait que sa vraie mère, sa mère biologique, était aussi forte que vous.

Je reste silencieuse un long moment. Je frissonne, balaie le salon du regard, le vase rempli de jonquilles. Cet appartement est petit et confortable, tout l'inverse de Langshott Hall.

— Vous n'avez pas envie de rentrer dans votre pays ?

— Non. Cet endroit, c'est ce dont on rêvait avant d'arriver ici. Tout ce qu'on veut, c'est une nouvelle vie, travailler dur et envoyer de l'argent à nos familles.

— Vous vous installez ici au moment où je pars.

— Vous partez ? s'étonne Anca.

— Je vends le salon de thé et la maison. Luca et moi allons déménager.

— Où ?

— Je ne sais pas, avoué-je en souriant. Ailleurs.

Luca m'a dit qu'il pouvait faire n'importe quoi de ses mains. Il est débrouillard. Moi aussi. On va tout reprendre à zéro.

— Et les animaux ?

— Ils viennent avec nous.

Les deux sœurs sont plantées devant la porte de leur appartement. Anca glisse une main autour de la taille de Constanta. Elles me disent au revoir, avec leurs sourires fragiles. La porte se referme.

Je repars vers l'ascenseur. Je m'arrête sur la passerelle et ferme les yeux, chancelante. Je pose les mains contre le béton. J'entends des bruits de pas. Un souffle. J'ouvre les yeux. C'est un jeune homme, avec une capuche qui cache son visage, une chaîne autour du cou.

— Ça va, madame ?

Je me redresse, hoche la tête. Il me dévisage d'un air inquiet.

— Vous en êtes sûre ?

Je me force à sourire.

— Oui. Merci.

Il s'en va, mais je ne lui prête pas attention. J'imagine les deux jeunes parents avec ce petit garçon blotti dans les bras. Je les laisse s'éloigner. Ma tristesse évolue, remplacée par une sensation de légèreté.

J'ai besoin de rentrer à la maison. Je suis trop impatiente pour attendre l'ascenseur. Je dévale l'escalier, les trois étages, mes pieds battant le béton froid. Je pousse la porte et sors dans la rue bondée, me mêlant à la foule.

Luca m'attendra dans le jardin, la chatte à ses

trousses, ou dans le potager, sous les pommiers et les rubans décolorés, un recueil de poésie à la main. Nous terminerons les cartons ensemble. Ensuite, nous nous installerons autour de la table de la cuisine, une carte du pays étalée entre nous, et nous discuterons de la suite.

J'accélère le pas. J'ai envie de courir. Mes jambes s'emballent. Je sprinte sur le trottoir, mon sac rebondissant contre mon dos, ma veste glissant sur mes épaules.

Il est midi, l'heure de la pause déjeuner. Je slalome entre les promeneurs solitaires et les employés de bureau qui me bloquent le passage avec leur café à la main, en train de rire et de partager des potins. Je me faufile entre eux, le souffle coupé, frustrée, obligée de ralentir pour ne percuter personne.

Puis, un à un, ils s'écartent. Ces étrangers surpris se décalent pour me laisser passer, m'ouvrant le chemin de la liberté.

NOTE DE L'AUTEUR

Je tenais à raconter, à travers ce livre, une histoire centrée sur la détresse des migrants victimes d'esclavage. J'avais prévu de la situer plus tôt, à l'époque où des ramasseurs de coques chinois se sont noyés, mais j'ai commencé à écrire mon manuscrit durant l'été 2015, au moment où avait lieu le plus grand flux de migration de réfugiés depuis la Seconde Guerre mondiale. Il m'a paru logique de modifier les dates du récit et d'écrire une histoire ancrée dans le présent, prenant en compte la tragédie qui se déroulait devant mes yeux.

La radio et la télévision couvraient l'événement. Comme beaucoup de mes concitoyens, je suis devenue témoin, spectatrice de ce désastre depuis le confort de mon salon, tandis que ces hommes et ces femmes risquaient leur vie et celle de leurs enfants dans des bateaux de fortune, traversaient des pays entiers pour finalement être refusés à la frontière, parqués dans des abris provisoires pour une durée indéterminée. Au moment même où j'écris ces lignes, ces personnes qui fuient la guerre et la pauvreté sont au cœur des débats politiques, provoquent terreur et outrage, mais ouvrent aussi l'esprit et le cœur des gens. Au milieu de toute cette horreur, des photos d'enfants morts sur les plages, il subsiste des lueurs d'espoir, des actes de gentillesse, des étrangers qui aident d'autres étrangers. Ce sont ces histoires que je souhaitais inclure dans mon roman.

Anca et sa sœur sont des personnages fictifs, mais les épreuves qu'elles ont traversées ont lieu partout dans le monde. La traite transatlantique a été abolie au XIXe siècle, mais l'Organisation internationale du travail estime qu'environ 21 millions d'hommes, de femmes et d'enfants sont encore esclaves à travers le monde. Au Royaume-Uni, il existerait plus de 10 000 victimes d'esclavage moderne : travail forcé, travail domestique, exploitation sexuelle et activités illégales comme la culture de cannabis. Beaucoup travaillent dans des champs, dans des bureaux, sous nos yeux. C'est difficile à croire, mais il leur est impossible de fuir. Beaucoup de migrants sont vulnérables, vivant dans un pays étranger dont ils ne maîtrisent pas la langue et ne comprennent pas les lois. Ils sont exploités contre leur gré, victimes de violence, de menaces physiques et psychologiques, de dettes, de mensonges et de terreur.

L'humanité est plus belle que ces actes. Elle *devrait* être plus belle. Personne ne naît pour devenir esclave. Aucun être humain, aucune créature ne mérite d'être mis en cage. Un étranger n'en est plus un dès l'instant où on lui tend la main.

REMERCIEMENTS

Transformer un manuscrit en roman requiert l'aide et le soutien de beaucoup de personnes. Bien des amis, collègues et membres de ma famille ont fait partie intégrante de ma démarche. Il m'est impossible de tous les nommer tant ils sont nombreux, mais j'espère que vous vous reconnaîtrez. Merci à tous ceux qui m'ont soutenue et encouragée.

Je tiens à remercier tout particulièrement les personnes suivantes :

J'ai la chance de travailler avec Emma Beswetherick, l'éditrice la plus pointue, la plus diplomate et la plus gentille que je connaisse. Merci de croire en moi. Un grand merci à Dominic Wakeford, Jo Wickham et le reste de l'équipe Piatkus et Little, Brown, London qui a travaillé en coulisses.

Merci à ma formidable et brillante agent, Eve White, envers qui je serai éternellement reconnaissante. Merci de te battre pour moi, de croire en mon travail et d'avoir amélioré mon manuscrit. Merci à Kitty Walker pour son aide.

Comme toujours, merci à ma sœur, Ana Sarginson, et à Karen Jones, qui ont pris le temps de lire et critiquer mes brouillons. Merci à mes amies auteures Viv Graveson, Cecilia Ekback, Laura McClelland et Mary Chamberlain de m'avoir aidée autour d'un déjeuner à la British Library.

Tout mon amour et mes remerciements à Alex Malengo, qui a cru en moi quand j'étais en difficulté et qui a accepté de discuter d'intrigues et de personnages jusque tard dans la nuit. Merci à mes enfants, Hannah, Olivia, Sam et Gabriel, d'avoir supporté mon manque d'attention et d'avoir lu les livres. Et merci à Sarra Sarre pour ses conseils éditoriaux, pour m'avoir fait rire et pour ces années d'amitié.

Un grand merci à l'association Walk Free, qui a accepté de me rencontrer et qui se bat contre l'esclavage moderne.
www.walkfree.org @walkfree

Du même auteur :

Jumelles, Marabout, 2013 ; Le Livre de Poche, 2017.
Sans toi, Marabout, 2014.
L'Autre moi-même, Marabout, 2015.

Composition réalisée par NORD COMPO

Imprimé en France par CPI
en septembre 2018
N° d'impression : 3030305
Dépôt légal 1re publication : octobre 2018
LIBRAIRIE GÉNÉRALE FRANÇAISE
21, rue du Montparnasse - 75298 Paris Cedex 06

36/6464/0